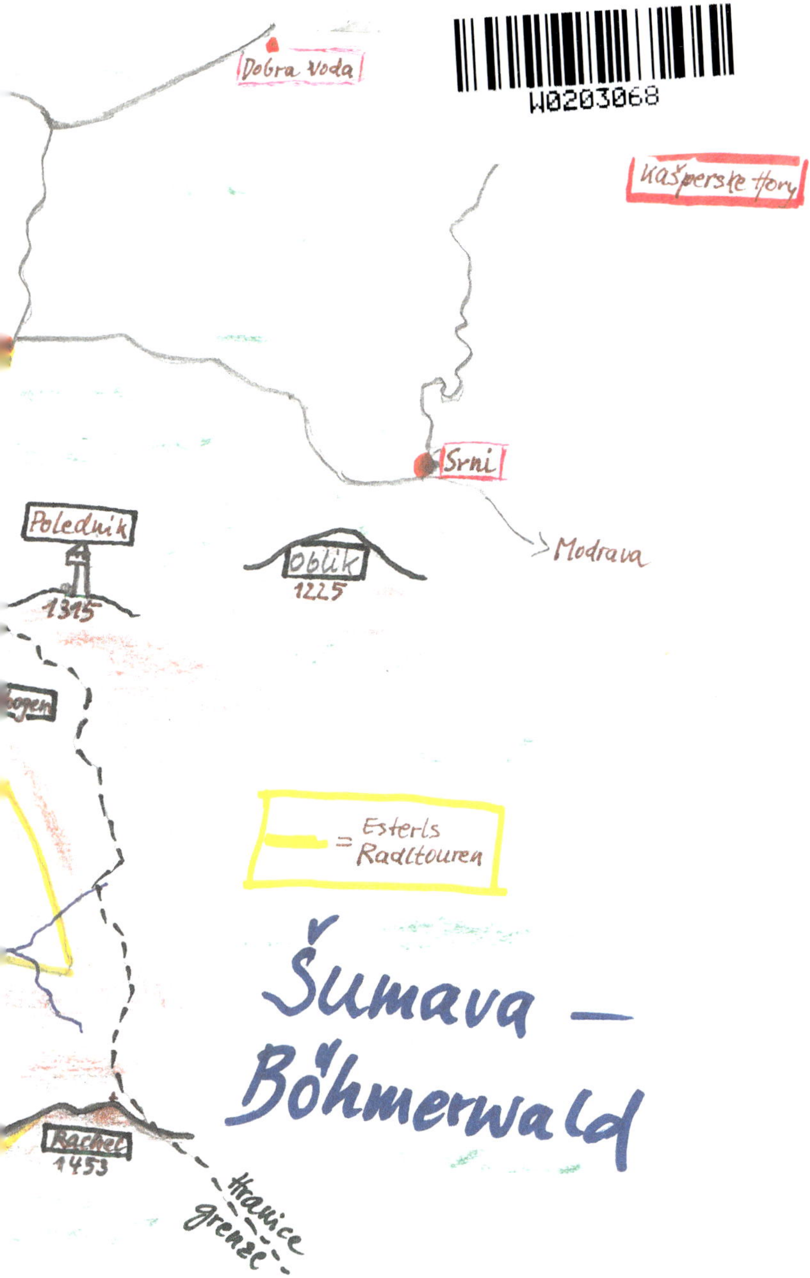
Dobra voda
Kašperske Hory
Srni
Modrava
Polednik
1315
Oblik
1225
bogen
= Esterls Radltouren
Šumava – Böhmerwald
Rachel
1453
Hranice
grenze

Ossi Heindl

Max Esterl und das letzte Spiel

Max Esterls zehnter Fall

Ein Böhmerwaldkrimi

Ohetaler Verlag

Impressum
Max Esterl und das letzte Spiel
Max Esterls 10. Fall - Ein Böhmerwaldkrimi
Autor
Ossi Heindl
Layout
Hans Schopf
Umschlaggestaltung
Nikola Šmídková, Euroverlag Pilsen; Foto: Conny Heindl
Herausgeber
Ohetaler Verlag
Wittelsbacherstr. 2 • 94481 Grafenau
www.ohetaler-verlag.de
info@ohetaler-verlag.de
Tel. 08552 4200
in Zusammenarbeit mit
Verein „Karl Klostermannverein – Dichter des Böhmerwaldes e. V.“

ISBN 978-3-95511-127-4

Inhaltsverzeichnis

Prolog

Seit gestern Nacht lagerten sie schon hier herobem in den Wäldern zwischen Rachel und Falkenstein, ganz dicht an der Grenze. Sie hatten alles mitgenommen, was sie brauchten: Ihre Schlafsäcke, Verpflegung für eineinhalb Tage und natürlich ihr „Pyromanenbesteck", wie sie es scherzhaft nannten: Die Paste, die ihnen einer ihrer tschechischen Freunde, ein Chemiestudent, zusammengemixt hatte.

Heute am frühen Morgen waren sie das ganze Areal abgegangen und hatten genau bestimmt, wo sie die Brandsätze platzieren würden. Kein Mensch hatte sie dabei gesehen. Die beiden Nationalparks Šumava und Bayerischer Wald hatten wegen der seit einigen Wochen erhöhten Waldbrandgefahr außerhalb der Wege ein noch strengeres Betretungsverbot erlassen, als eh schon in den Kernzonen bestand.

Nachdem sie die richtigen Plätze gefunden und markiert hatten, machten sie sich in einem zweiten Durchgang daran, die „Feuerpaste" an diesen Plätzen anzubringen und ihr Nahrung bereitzulegen: Trockene Fichtenreiser lagen zur Genüge herum, so dass sie jeweils richtige Brandnester aufschlichten konnten. Diese schweißtreibende Arbeit beschäftigte sie bis in den Nachmittag hinein. Dann machten sie Brotzeit und ruhten sich aus.

Am Abend waren zwei ihrer tschechischen Freunde zu ihnen gestoßen, die im Šumava-Nationalpark dasselbe vorhatten wie sie, und sie hatten sich lange unterhalten. Über Gott und die Welt, über ihr jetziges Vorhaben, über ihre Pläne für die Zukunft…

Mit den tschechischen Aktivisten zusammen waren sie seit heute früh dabei, ihren Plan auszuführen, den sie schon vor Wochen generalstabsmäßig vorbereitet hatten.

Sie hatten an alles gedacht:

Die Aktion musste genau jetzt stattfinden, am 17. September 2021, jetzt nach diesem Hitzesommer, der aber bald zu Ende gehen würde. Das war ein wichtiger Teil ihres Plans. Der Waldbrand sollte ein Fanal sein, aber keine Katastrophe. Die beispiellose Hitzewelle des Sommers 2021 hatte selbst die flechtenbehangenen Feuchtwälder in den Hochlagen des Bayerischen und des Böhmerwaldes dürr werden lassen. Der extreme Borkenkäferbefall hatte aus den Käfernestern der Jahre 2019 und 2020 ganze Käferfriedhöfe gemacht. Hektargroße Friedhöfe mit Fichtenleichen, die so vertrocknet waren, dass ein kleines Fünkchen genügen würde, um sie wie Zunder hochgehen und explodieren zu lassen.

Schon seit Wochen flogen kleine, einmotorige Flugzeuge die Grenzberge ab, um nach Brandherden Ausschau zu halten, die Ranger der beiden Nationalparke Šumava und Bayerischer Wald, die örtlichen Feuerwehren und die Polizei waren in erhöhter Alarmbereitschaft, in den Medien wurde ständig gemahnt, bei Touren durch das Nationalparkgebiet ja vorsichtig zu sein. Kein offenes Feuer, keine Zigaretten, selbst der kleinste Funke konnte größte Auswirkungen haben.

So würde es ein Leichtes sein, ein paar Hektar Baumleichen in Flammen aufgehen zu lassen. „Feuerbestattung", hatte der Xaver dies in einem Anflug von Sarkasmus genannt.

Der Starkregen, der ab Mitte der nächsten Woche in allen Wetterprognosen angesagt war, sollte dann dafür sorgen, dass der Brand eingedämmt und gelöscht werden konnte. Die Freunde wollten nicht vernichten. Sie wollten warnen.

Und: Es war ausgemacht, dass kein Menschenleben riskiert werden durfte. Natürlich würden Tiere draufgehen. Darüber hatten sie lange diskutiert. Das Rotwild hatte eine Chance, die Vögel sowieso. Zahlreiche Mäuse und eine

Menge Insekten würde es halt erwischen. „Hauptsächlich Borkenkäfer", hatte einer der Tschechen bemerkt. Um die würde es nicht schade sein. Man musste eben das große Ziel vor Augen haben. Kollateralschäden durften einen nicht abschrecken.

Jetzt nahmen sie noch ihr gemeinsames Abendessen ein, die Frauenauer hatten ein schönes Stück Geselchtes mitgebracht. „Schwarzgeräuchert", hatte wiederum der Xaver gewitzelt. Das Geräucherte mundete selbst den Veganern. Nach der Brotzeit würden sie sich auf den Weg machen. Alles war vereinbart, alles war abgesprochen:

Feuer machen, ein Zeichen geben, aufrütteln!

Danach musste es flott gehen.

Sie würden aufbrechen, um auf längst aufgelassenen, kaum noch begangenen früheren Wanderwegen und Holzrückegassen rasch ins Tal zurückzukehren, die Tschechen Richtung Modrava und die Bayern Richtung Frauenau. Auf den schmalen, finsteren Steigen, die sie benutzen würden, würde sie niemand sehen, die nach oben führenden Forststraßen würden dann wohl schon voller Feuerwehr- und Polizeiautos sein, die versuchten, möglichst schnell an die Brandherde zu gelangen.

In Frauenau würde sie ihr Weg sofort ins „Gistl" führen, eine alternative Kneipe in einem alten Glasindustriekomplex. Falls es zu Problemen mit der Polizei kommen sollte, würde die Bedienung, die Freundin vom Xaver, dort bestätigen, dass sie schon seit dem späten Nachmittag im Gistl waren und Karten gespielt hatten.

Die Freunde hatten wirklich an alles gedacht.

Kap. 1: Xangverein

„Am Rachelhang…“ hörte Max Esterl schon, als er sich dem Hotel Hubertus näherte. Die Fenster des Probenraumes waren weit geöffnet und aus ihnen tönte dem Ex-Kriminalkommissar ein Gesang aus einer Reihe von Männerkehlen entgegen.

„Kimmst am Dienstag zur Prob!“, hatten ihm seine neuen Freunde aus seinem jetzigen Wohnort aufgetragen.

Warum nicht? Max Esterl sang gerne, und seit seinem Umzug nach Frauenau und seit er seiner Frau Eva mehr oder weniger versprochen hatte, keine Kriminalfälle mehr zu lösen, suchte er nach Beschäftigung und Ablenkung. So war Max zuerst zu den „Frauenauer Radlrentnern“ gestoßen, einer Gruppe von älteren Herren, die einmal pro Woche mit ihren E-Bikes ausritten. Max Esterl waren die Radlrentner, die zumeist einige Jahre mehr auf dem Buckel hatten als er, von Anfang an sympathisch gewesen. Besonders sympathisch war dem Ex-Kommissar natürlich, dass die Gruppe fast immer auf ein Wirtshaus oder einen Biergarten zusteuerte. Dort wurden dann alte Geschichten, die „Dorfhuderl“ aufgetischt oder neue Nachrichten verbreitet und diskutiert.

Bei den Radlrentnern, so hatte Max beschlossen, konnte er seine neue Heimat am schnellsten und besten kennenlernen.

Schon bei der zweiten Radtour hatten ihn seine Frauenauer Radlkameraden gefragt: „Kannst singa?“

„Geht scho“, hatte Max geantwortet. „Sechs Jahre im Schulchor, des is aber scho a Zeitl her, und dann eine lose Mitgliedschaft im Polizeichor. Aber da hab ich meistens keine Zeit gehabt.“

Die nächste Frage lautete: „Bist gimpft?“

Das war die Frage, die Max Esterl in den letzten Wochen am öftesten gehört hatte. Die Regierung hatte sich seit dem Frühjahr, als genügend Corona-Impfstoff für alle vorhanden war, bemüht, die Zahl der Geimpften zu erhöhen.

Max erinnerte das an seine Kindheit, als man versucht hatte, mit dem Slogan „Kinderlähmung ist grausam, Schluckimpfung ist süß" die Polio-Impfung durchzuziehen. Max erinnerte sich sogar ganz genau an das Gefühl der Unbesiegbarkeit, das ihn als Buben durchströmte, kaum dass er das erlösende Impfzuckerstückchen geschluckt hatte.

Der Erfolg der Corona-Aktion war gering. Alle Appelle verpufften irgendwie, nur etwas mehr als ein Drittel der Bevölkerung nutzte die Chance zur Impfung. So war man auf die Idee gekommen, Impfvorteile zu schaffen.

Die Impfbescheinigungen waren die Freikarten zum Wiedereintritt in das öffentliche Leben geworden. Max Esterl trug sein Impfkärtchen ständig bei sich.

Geimpfte durften wieder zusammenkommen, ohne die lästigen Gesichtsmasken zu tragen, Geimpfte durften Konzerte ohne Masken besuchen, Geimpfte durften ins Wirtshaus gehen ohne Gesichtsmasken, Geimpfte durften sogar Schafkopf spielen ohne Gesichtsmasken. Watten, das Kartenspiel, bei dem man seinem Mitspieler durch raffinierte Mimik und Gestik aufzeigte, welche Trümpfe man in der Hand hatte, war mit Maske sowieso nicht vernünftig zu spielen.

Geimpfte durften schließlich sogar in einem Chor zusammen singen!

Max kramte sein Impfkärtchen aus seinem Geldbeutel und wachelte damit in der Luft.

„Mögt´s es sehgn?"

„Passt scha, Max, am Dienstag is Prob. Bist um halbe achte da!"

Max Esterl hatte sich ein wenig verspätet, und so wartete er vor der Tür des Proberaums, bis die letzten Töne des Liedes verklungen waren, das sich jetzt, aus der Nähe, ganz schön wuchtig anhörte.

Vorsichtig öffnete Max die Tür und lugte in den Raum.

„Ja, der Max", begrüßte ihn einer seiner neuen Freunde lautstark, „geh nur eina!"

Wie selbstverständlich wurden Stühle gerückt und ehe Max sich noch versah, saß er.

„Tenor II", bekam Max als Antwort auf seine Frage, welcher Stimmlage er zugeteilt sei. Auf seine leisen Proteste hin, dass er eigentlich Bass sei, lächelte der Dirigent nur milde.

„Bässe hamma gnua. Des schaffst scha. Sei froh, dassd net zum Tenor I muasst."

Max schaute sich um. Im Tenor II saßen fast alle seine Radlerkameraden. „Mir reiß ma di scha mit, keine Angst!"

Bevor der neue Sänger überhaupt irgend ein Notenblatt zu sehen bekam, begann eine Diskussion darüber, was heute denn geprobt werden sollte. Nach kurzer Zeit brummte Max Esterl der Kopf vor lauter unbekannten Liedertiteln, die von den einen genannt und von den anderen sofort wieder verworfen wurden.

„Wie wär´s mit La Montanara?" Endlich stimmten alle zu, auch Max Esterl.

La Montanara war der erste der vorgeschlagenen Titel, den Max kannte. Aus seiner Jugendzeit kannte. Eine Hymne an die Dolomiten, ein ladinisches Bergsteigerlied und ein Schlager, den der Onkel Alois immer gesungen hatte. Vor fünfzig Jahren!

Der Dirigent war froh über die offenbar schnelle Entscheidung und der Notenwart teilte die Noten aus.

„Gute Musik ist zeitlos“, dachte der Neusänger und tatsächlich: Schon nach dem zweiten Durchlauf hatte er seine Stimme kapiert und konnte, dank Onkel Alois, und dank seiner Sangesbrüder, die ihn von links wie von rechts nach Kräften beschallten, einigermaßen mithalten. Das Lied klang melodisch und voll. Der Frühstücksraum bebte zwar nicht, aber diese Senioren hatten noch Einiges drauf.

Nach den drei Bergsteigerstrophen erwartete Max, dass die Diskussion um den nächsten Titel erneut aufflammen würde.

Doch er hatte sich getäuscht. Keiner redete vom Singen.

Erst kam die Bedienung, die meisten bestellten sich ein Bier, zwei oder drei waren schon beim Rotwein.

Dann begann einer der Bässe: „Habt ihr schon gehört…?“

Und danach wurden die Neuigkeiten ausgetauscht. Die Hitze, die nun schon seit Wochen andauerte, war ein Thema, der Borkenkäfer, der den Waldbesitzern unter den Sängern besonders zusetzte, und schließlich die Demonstrationen der jugendlichen Klimaaktivisten, meist waren es ja Aktivistinnen.

Es ging um die Greta Thunberg und ihre Initiative in den Schulen „Fridays for future“.

Einige von den Sangesbrüdern sagten das Übliche, die Lausdirndl sollten doch froh sein, wenn sie in die Schule gehen durften und sich nicht so frech aufspielen, andere sagen, die Greta sei gesteuert von überehrgeizigen Eltern oder sonstigen finsteren Mächten, nur einer, Luis, der Älteste unter den Sängern, hatte eine ganz andere Meinung. Er rutschte seinen Stuhl um einige Zentimeter zurück, griff mit der Linken zum Bierglas, zog sich mit seiner Rechten den Trachtenjanker gerade und hob seine Hand danach zum Zeichen dafür, dass er jetzt etwas zu sagen hatte. Etwas Wichtiges.

„Wer soll etwas tun, wenn nicht die jungen Leute? Es ist ihre Zukunft, die auf dem Spiel steht! Mir, mit meinen bald 85 Jahren kann es wurscht sein, wenn es immer heißer wird auf unserem Planeten, ich mag es sowieso schön wacherlwarm. Aber unsere Enkelkinder und Urenkel, die erleben noch, was die Menschheit alles anrichtet.

Ich hab die Greta neulich in einem Interview gehört, da hat sie etwas gesagt, was mir ganz aus dem Herzen spricht. Ich weiß nicht, ob ich´s noch zusammenbringe“, der Alte kratzte sich mit seiner knochigen rechten Hand seine faltige Stirn.

„Sie hat gesagt, dass die meisten von uns den Klimawandel totschweigen. Wir tun dies aus Bequemlichkeit. Dann nämlich, wenn wir wirklich etwas tun für das Klima, dann wird alles teurer und unbequemer, weil wir uns nicht mehr einfach ins Auto setzen und irgendwohin fahren können, Fliegen ist schon gar nicht mehr drin. Wir werden nicht mehr in Saus und Braus leben können so wie jetzt. Viele, hat die Greta gesagt, tun deshalb ganz verzweifelt alles dafür, dass der Klimawandel geleugnet wird. Stellt euch vor: Die Leute von der Wirtschaft und die Mächtigen, die heute noch das Sagen haben, die haben was zu verlieren! BMW in Dingolfing und München, Audi in Ingolstadt! Bayern ist Autoland. Und Industrieland! Sogar unsere Landwirtschaft ist schon so etwas wie eine Industrie!

Die erwischt es alle! Und uns auch! Und drum wird versucht, die Greta und ihre Freunde schlecht zu machen. Aber wenn wir nix tun, dann erwischt es unsere Enkel! Und zwar tödlich!

Ich versteh sie, die Jungen. Sie haben recht! Und sie probieren es auch. Sie tun etwas, auch wenn es nicht immer ganz legal ist, auch wenn dies vielen Leuten nicht passt.

Aber sie werden nichts ausrichten. Ihnen geht es wie allen Propheten. Hat der Noah was ausrichten können? Sind Sodom und Gomorrha verschont geblieben? Nur mit Reden ist es nicht mehr getan. Da muss schon mehr Druck her, damit die Menschheit endlich aufwacht! Neulich hab ich in der Zeitung gelesen, dass wir alle eigentlich wissen, dass wir mehr unternehmen müssten, um die Lage zu verbessern. Aber irgendwie ist es, als könnten wir uns nicht bewegen. Wia wenn´s uns d´Fiass aagfrert hätt und mia kimma koan Schritt mehr gää."

Bis hierher hatten die Männer dem Alten still zugehört. Einige hatten zustimmend genickt, andere hatten ihre Köpfe geschüttelt. Max bewunderte den Alten. Er hatte in aller Deutlichkeit das ausgesprochen, was er auch dachte, was er selber aber nie hätte so formulieren können.

Der Alte war fertig. Er tat einen tiefen Schluck aus seinem Bierglas.

„Des is mei Meinung!", rechtfertigte er sich. „Und ejtz sing ma wieder, weil´s eh nix hejft. Aber nix Trauriges! Des mit der Umwelt is eh scha traurig gnua."

Noch bevor die Diskussion losbrechen konnte, hatte der Notenwart, die entstandene Pause nutzend, neue Noten ausgeteilt und der Dirigent hatte angekündigt: „Frisch auf die Jagd hinaus, des passt ejtz genau!

Nicht zu schnell!"

Noch bevor die Männer auseinandergingen hatte ihnen der Willi, ihr Vorstand, eingeschärft: „Am Samstag dann is Grillfeier. Net vergessen! Enkane Frauen bringt´s aa mit."

Kap. 2: Fini

Max Esterl steckte der Fini den Ditzl in den Mund.

Fini spuckte ihn aus und schrie. Ihr zahnloser Mund verformte sich zu einer Grimasse, aus der ihre kleine Zunge spitz herausschaute, ihre Augen wurden zu Schlitzen, aus denen Tränchen herauskullerten, ihre Händchen ballten sich zu Fäustchen, Fäustchen, die wie wild hin- und herschlugen.

So ging das jetzt schon fünf Minuten und Opa Max Esterl wusste sich keinen Rat mehr.

Fini schrie wie am Spieß, er schaukelte mit dem Kinderwagen und redete beruhigend auf sie ein, Fini hörte auf zu schreien, ihre Augen suchten nach ihrem Opa, der atmete erleichtert auf, und im nächsten Augenblick verzog sich ihr Gesichtchen wieder, und ein weiterer Schreikrampf setzte ein.

Max erinnerte sich an die Ratschläge, die seine Ziehtochter Anna, Finis Mama, ihm auf seinen ersten Spaziergang mit dem Kinderwagen und der kleinen Fini mitgegeben hatte. Noch als er mit der Fini durch den Garten ihres gemeinsamen Hauses zur Straße hin gewagelt war, hatte Anna ihm nachgerufen:

„Wenn sie schreit, hat sie Durst."

Das war eine Logik, die Max Esterl verstand. Auch für ihn war der Durst manchmal unerträglich. Zwei, drei Halbe Bier halfen dem Max aber ganz gut über das schlimmste Durstgefühl hinweg. Das würde bei der Fini nicht wirken.

Fieberhaft kramte Max Esterl nach dem Flascherl mit dem warmen Wasser, das seine Ziehtochter Anna ihm eingepackt hatte. Wo hatte die Anna das weiße Pulver hingetan, das er in das Wasser mischen sollte?

Ah, hier! Hatte Anna etwas von einem Mischungsverhältnis gesagt? Oder davon, ob man das Pulver einzuschütten oder einzurühren hatte?

Fini schrie gnadenlos.

Jetzt musste es flott gehen.

Max hatte bemerkt, dass eine ältere Frau, die ihm auf dem Weg entgegenkam, schon neugierig ihre Schritte beschleunigte und ihm bestimmt Ratschläge geben wollte, die er, der jetzt immerhin schon seit drei Monaten Opa war, auf keinen Fall hören mochte.

„Gell, die Männer! Kennen sich überhaupt nicht aus mit so kleinen Butzerln. Aber Sie, Herr Esterl, Sie machen das ja eh gut."

Anscheinend kannte einen hier in Frauenau jeder. Max war immer noch erstaunt, wie viele Menschen ihn hier grüßten und beim Namen nannten.

„So ein guter Opa! Wie heißt denn das Kind? Ist es ein Bub oder ein Mäderl?"

Die Frau beugte sich über die Fini. Und die Fini lächelte sie an. Kein Schreien mehr, kein Tränchen. Fini lächelte.

Max hätte der Frau am liebsten eine blöde Antwort gegeben.

Das Deckchen, das die Fini zwar zur Seite gestrampelt hatte, das aber noch deutlich sichtbar da lag, war rot gestreift. Das Hemdchen der Fini war rosa, ihr Häubchen, das Finis Oma Eva Esterl persönlich gehäkelt hatte, war weiß und mit rosa Knöllchen verziert. Und dann fragte die Frau nach dem Geschlecht des Kindes! Kruminale!

„Ein Mäderl ist´s. Die Fini. Josefine."

Max war inzwischen mit dem Schütteln des Milchmixgetränks fertig, er schraubte den Schnuller auf das Flascherl und setzte es der Kleinen an den Mund.

Wollte es der Kleinen an den Mund setzen. Sobald Fini das Gesicht von Max über sich auftauchen sah, begann sie wieder zu schreien.

Das milchig-weiße Pulvergetränk lief Fini über das Kinn hinab auf ihr rosa Hemdchen, fast nichts davon hatte seinen Weg in ihr Mündchen gefunden, das jetzt wieder plärrte, was die kleinen Stimmbänderchen hergaben.

Die fremde Frau schüttelte ihren Kopf und sagte etwas von einem zu heißen Flascherl.

„Das muss der Opa noch lernen, gell Fini. Da muss der Opa aber noch vieeel lernen."

Max hätte die Frau dergatzen können, und er war froh, als diese sich mit einem „schönen Gruß an die Frau Esterl" entfernte.

Fini schrie und schrie. Max Esterl schaukelte den Kinderwagen.

Fini schrie.

Er fuhr mit dem Kinderwagen, so schnell er konnte, während er im Fahren weiter schaukelte.

Fini schrie.

Max schlingerte mit dem Kinderwagen, machte Kurven, halsbrecherische Hopser.

Fini schrie und schrie und schrie.

Hatte nicht Anna gesagt, dass Fini nach ein paar Minuten Schreierei einschlafen würde?

Fini schrie und strampelte und schrie.

Max, der eigentlich angekündigt hatte, einen ausgiebigen Spaziergang mit dem Butzerl zu machen, wendete den Wagen.

Hier half nur noch der Rückzug. Ein schneller Rückzug.

Max eilte, das Wagerl immer schneller vor sich herschiebend, heimwärts.

Einer seiner Sängerfreunde kam Max entgegen. Ausgerechnet!

Max musste stehen bleiben, er wollte ja nicht als unhöflich gelten.

Fini schrie.

„Wie heißt denn das Mäderl?"

„Fini."

Der Sänger beugte sich über den Kinderwagen.

Fini lächelte.

„Dutzi dutzi duuu, ja so a schäns Mäderl wia du. Zum Glück schaust du dem Opa nicht gleich, gell, Fini, schaust dem Opa nicht gleich. A Mäderl soll ja hübsch sein, gell Fini! Da is es besser, wennst am Opa net gleich schaust." Der Sänger lachte.

Fini lachte auch.

„A so a freindlichs Kind, dutzi dutzi duuu. Des hat´s aber auch nicht von dir. Hahaha, Max, nix für ungut!"

Fini lachte, dass ihr die Tränen übers Gsichterl rannen. Oder waren das noch die Zornestränen von kurz vorher?

Der Sänger musste weiter und verabschiedete sich.

„A so a freindlichs Kind!"

Als Max in den Wagen schaute, war alles wie vorher.

Aus den Freudenbetterln waren wieder Zorneszähren geworden. Fini schrie und schrie und schrie.

Bis zum Heim der Esterln schrie die Kleine.

Max Esterl war mit den Nerven am Ende, als er vor Anna und Toni Ašnbrenrs Wohnungstür stand. Die beiden hatten vor fast einem Jahr gemeinsam mit den Esterln in Frauenau, dem Glasmacherdorf unweit von Zwiesel, ein Haus gebaut. Dort wohnten sie seitdem zusammen mit Eva und Max, hatten aber einen separaten Eingang.

Genau das, was Max befürchtet hatte, traf ein.

Als Anna ihre Fini aus dem Wagerl hob, gluckste diese vor Freude.

„Jetzt wirst du gewickelt, mein Kleines, jaa, und dann gibt's was zu Trinken. Hat dir der Opa nix gegeben? Jaa, braves Kind."

Max war nicht Annas Meinung. Aber er sagte nichts.

„Magst reinkommen, Max? Kannst mir beim Wickeln zuschauen, dass du´s lernst. Das muss ein Opa schon können."

Max hatte das Wickeln eines Kindes niemals gelernt. Seine Ehe mit Eva war kinderlos geblieben und als sie ihre Nichte Anna nach dem Tod ihrer Eltern adoptiert hatten, war diese schon sechs Jahre alt gewesen.

Brav schaute er zu, wie die junge Mutter routiniert die Windeln wechselte. Auch Finis Gemütszustand war wie ausgewechselt.

Als Anna die Kleine anschließend an ihre Brust nahm, war diese selig.

Kap. 3: Wou? Wou?

„Magst noch ein Bier, Max?“

Der Angesprochene, Kriminalkommissar im Ruhestand Max Esterl, blickte fragend zu seiner Frau Eva hinüber.

„Wenn meine Frau fährt, dann geht no oane.“

Auf Evas stummes Nicken hin nahm Max das Bierkrügl entgegen, das ihm einer seiner neuen Freunde vom Frauenauer Männergesangverein gereicht hatte.

„So ein schöner Abend, den muss man genießen. Ab Mitte der Woche regnet es kräftig und dann ist es eh aus mit dem Biergartenwetter bis nächstes Jahr. Für uns Frauenauer gilt seit jeher: Wenn die Auerer Kirwa vorbei ist, dann ist der Sommer vorbei.“

Max Esterl musste sich daran gewöhnen, dass er seit einigen Wochen auch ein Frauenauer, ein „Auerer“ war. Im April waren die Esterln in das schöne neue Haus eingezogen, das sie mit den „Jungen“, ihrer Stieftochter Anna und ihrem aus dem tschechischen Kašperské Hory stammenden Ehemann Toni Ašnbrenr zusammen gebaut hatten.

Niemals im Leben hätte Max Esterl gedacht, dass er noch einmal umziehen würde. Nach über dreißig Dienstjahren bei der Kripo in München war er wieder heim in das Bayerwaldstädtchen Zwiesel zurückgekehrt. Das war nun auch schon einige Jahre her. Seine Frau Eva hatte eine Stelle als Lehrerin am Gymnasium in Zwiesel gefunden, sie hatten ein Häuschen gekauft und hergerichtet, Max hatte hin und wieder bei der Aufklärung von Verbrechen geholfen und der letzte Umzug, der für ihn noch bevorstand, sollte der auf den schön gelegenen Zwieseler Friedhof sein. Den besuchte er regelmäßig, um mit seinen längst verstorbenen Eltern Zwiesprache zu halten.

Und jetzt saßen Eva und er hier, hoch herobenauf der Flanitzalm, einem Frauenauer Ortsteil, von dem aus man eine grandiose Sicht auf das Bayerisch-Böhmische Grenzgebirge vom Rachel, über den Lakaberg zum gewaltigen Rundkegel des Falkenstein und noch hinauf nach Norden zum Zwercheck und zum Arber hatte. Immer wieder ließ Max seinen Blick hinüber schweifen auf die Berge. Sie waren, als die kleine Feier begonnen hatte, noch im strahlenden Sonnenschein gelegen. Fast unmerklich hatten sich die Schatten zuerst über die Täler gelegt, die grüngraue Färbung des Fichten- und Buchenwaldes dort war in ein sattes Schwarzgrün übergegangen, das nach und nach die Hänge emporgewandert war.

Nur noch die Gipfel der höheren Berge wurden vom Sonnenlicht bestrahlt, der Falkenstein begann als erster magisch violett zu leuchten, dann schlossen sich ihm der Reihe nach der seit einigen Jahren kahlköpfige Kiesruck, der Hahnenbogen und der Rachel an, dessen Doppelgipfel durch die Schattenwürfe so plastisch gezeichnet wurde, wie Max es noch nie gesehen hatte.

„Ein Glücksmoment!", stellte Max zufrieden fest, prostete Eva und seinen neuen Freunden vom Gesangverein zu, nahm einen tiefen Schluck und seufzte.

Die Ergriffenheit dauerte nicht lange, denn die Männer vom Gesangverein stimmten ein Lied an, im Freien war das Singen noch schöner als im Wirtshaussaal:

„Am Rachelhang…"

Sie alle schauten hinüber zum Hausberg des Glasmacherdorfes Frauenau, dem Rachel, dessen zwei Gipfel im letzten Widerschein der untergehenden Sonne zitterten.

Als das Lied verklungen war und alle noch irgendwie berauscht den eigenen Tönen nachhorchten, sagte einer aus der Runde, der Dirigent Kurt, ganz lakonisch: „Da brennts!"

„Wou, wou?“, fragten die anderen, nicht so scharfsichtigen, nach Waidlerart.

Der Dirigentenfinger deutete in die Richtung zwischen Kiesruck und Hahnenbogen, zwei nicht so bedeutenden Bayerwaldbergen oberhalb der Ortschaft Buchenau: „Da!!“

Tatsächlich, jetzt sahen es auch Max und die anderen: Knapp unterhalb der Horizontlinie, die hier fast gleich mit der Grenze nach Tschechien verlief, war ein glutroter Fleck zu erkennen, ein Fleck, der sich ziemlich schnell ausbreitete. Bald konnte man auch schon Rauchsäulen sehen, die sich schemenhaft in den noch einigermaßen hellen Dämmerungshimmel bohrten und kräuselten.

Die ersten Sänger hatten bereits ihre Handys gezückt, um die Feuerwehr zu alarmieren, da ertönten auch schon die Feuersirenen aus dem Tal, deren auf- und abschwellendes Heulen in tausendfachen Echos gespenstisch zur Flanitzalm hin verstärkt wurde.

Nun behielten die Gesangvereinler, von denen keiner mehr so jung war, dass er aktiv in der Feuerwehr gedient hätte, ihre Smartphones gleich in den Händen, um die Kulisse, die sich ihnen jetzt bot, zu filmen:

Keine drei Minuten hatte es gedauert, da hatte sich schon das erste Feuerwehrauto aus Frauenau auf den Weg gemacht und eine blinkende Blaulichtspur Richtung Oberfrauenau gezogen, während die Sirenenklänge der Einsatzwägen, ein zweiter folgte im Abstand von einigen hundert Metern, nur undeutlich und mit Zeitverzögerung oben auf der Alm ankamen.

Niemanden hielt es mehr auf den Bierbänken. Alle waren aufgesprungen und schauten angestrengt und irgendwie auch fasziniert auf das dramatische Geschehen, das sich in den nächsten Minuten wie in Cinemascope vor ihnen abspielte. Nachdem es jetzt ganz dunkel geworden war, konnte man den Feuerschein überdeutlich erkennen, dessen Zentrum inzwischen wegen der sich mittlerweile dort entwickelnden Hitze hellrot und fast bläulich leuchtete.

Als sich die Blaulichter auf Höhe der Trinkwassertalsperre hinter einen Höhenrücken verzogen und die Sirenen nicht zu hören waren, glaubten die wenigen von der Gesangstruppe, die noch ein einigermaßen intaktes Gehör hatten, sogar, das Prasseln der lohenden Flammen und das krachende Bersten der dürren Bäume zu vernehmen.

Eva hatte den Arm von Max mit beiden Händen umklammert und rief ihm zu:

„Hast dein Handy dabei, Max?"

„Warum? Soll ich auch filmen?"

„Nein, Max, aber anrufen sollten wir, Anna und Toni sind doch auch da oben."

Erst schaute Max Esterl ungläubig, aber dann erinnerte er sich wieder daran, dass die beiden Jungen etwas von einem Wochenende auf dem Verlorenen Schachten gesagt hatten. Die Hütte dort war, seit die Corona-Regeln etwas gelockert worden waren, für „Auerer", wie die Frauenauer genannt wurden, zu mieten und die beiden hatten sich, nach den turbulenten letzten Wochen des Hausbaus, eine Auszeit in der Wildnis gegönnt. Die Josefine hatten sie im Tragetuch mitgenommen. Danach würden sich ihre Wege für zwei Wochen trennen: Anna blieb mit der kleinen Fini in ihrer neuen Heimat Frauenau, und Toni würde die Zeit nutzen, um in seiner Heimatstadt Kašperské Hory seine Zelte abzubrechen.

Der Verlorene Schachten war zwar einige Kilometer von der Brandstelle entfernt, aber es war schon richtig, die beiden zu warnen. Wenn das Feuer nicht einzudämmen war und sich in ihre Richtung hin entwickelte, würden sie flüchten müssen, notfalls sogar hinüber in Richtung Böhmen. Während er sein Handy aus der Jackentasche nestelte und wählte, beruhigte Max Esterl seine Frau:

„Die Anna kennt sich aus dort oben und der Toni weiß die Wege nach drüben. Außerdem haben die Feuerwehren das bald unter Kontrolle, wirst sehen."

Max deutete Richtung Buchenau, wo man an den zuckenden Blaulichtreflexen sehen konnte, dass auch andere Feuerwehren aus Regen, Rinchnach, Bodenmais, Langdorf, Lindberg, Zwiesel und Eisenstein schon unterwegs nach oben waren und versuchen würden, den Brandherd von der anderen, der nordwestlichen Seite her anzugehen.

Wie ernst die Einsatzleitung der Feuerwehr diesen Brand offensichtlich nahm, konnte man erkennen, als die ersten Feuerwehrfahrzeuge aus dem Nachbarlandkreis Freyung-Grafenau von Südosten her kommend das Dorf Richtung Oberfrauenau querten.

Eva hatte Max das Handy aus der Hand genommen, und es hatte offenbar mit der Verbindung geklappt:

„Anna, habt ihr nicht gemerkt, was bei euch da oben los ist? …

Der Wald brennt. …

Ja, schon noch einige Kilometer von euch entfernt, sagt der Max, da, Richtung Hahnenbogen. Vorläufig seid ihr noch in Sicherheit. Aber bitte, passt auf, dass euch nichts passiert, da oben, so ein Feuer kann sich schnell ausbreiten, auch wenn die Feuerwehr dort ist. Am besten wäre es, wenn ihr… Scheiße, jetzt ist die Verbindung unterbrochen, Max, was sollen wir tun?"

„Die sind alt genug, Eva, um zu wissen, was zu tun ist. Beide kennen sich gut aus, da oben, und beide sind keine Dummköpfe. Wir haben sie gewarnt, mehr können wir nicht tun. So schlimm wird´s schon nicht werden. Wirst sehen, die Feuerwehren haben bald alles im Griff."

So, wie es aussah, hatten die Feuerwehren allerdings nicht alles im Griff. Die Männer vom Gesangverein, denen das Singen längst vergangen war, und ihre Ehefrauen sahen stumm zu, wie das Feuer sich sichtbar weiter ausbreitete. Die Feuerwehren waren zwar an Ort und Stelle, sie mussten aber offensichtlich erst Schlauchleitungen legen, um die Flammen wirkungsvoll bekämpfen zu können, die Tanks der wenigen Tanklöscher hatten wohl kaum gereicht. Die Trockenheit der letzten Wochen hatte das ihre getan, und die Borkenkäferbaumleichen mit ihren dürren Ästen, die gerade in dieser Waldregion massenhaft kreuz und quer lagen, hatten sicher wie Brandbeschleuniger gewirkt.

Die Sangesbrüder packten die Bierzelttische und -bänke zusammen und räumten auf, aber niemand ging. Stumm standen sie zusammen und starrten hinüber auf das gruselige Schauspiel, das sich da, kaum fünf oder sechs Kilometer entfernt, vor ihren Augen abspielte. Erst nach Mitternacht, als das Bier zu Ende ging und es empfindlich kühl zu werden begann, löste sich die Gruppe auf und begab sich auf den Heimweg runter ins Frauenauer Flanitztal. Keiner von ihnen, so vermutete Max, würde heute schlafen können.

Auch Eva und Max schliefen erst ein, als Anna in den frühen Morgenstunden mit ihrem Handy anrief und meldete, dass sie beide mit der Kleinen auf dem Heimweg waren und unbehelligt die Frauenauer Trinkwassertalsperre erreicht hatten.

Kap. 4: Das „Scheißhauspamphlet“

Am nächsten Tag, einem Sonntag, wollten die Esterln eigentlich lang schlafen. Die Nacht war aufregend genug gewesen. Aber Max trieb der Gedanke an den Waldbrand in aller Früh schon wieder aus dem Bett. Die 8-Uhr-Nachrichten brachten nur eine kurze Meldung:

„Die extreme Trockenheit der letzten Wochen hat heute Nacht im Nationalpark Bayerischer Wald zu einem Waldbrand geführt. Im Moment stehen im Gebiet zwischen Rachel und Falkenstein nach Angaben der Feuerwehr etwa sieben Hektar Wald in Flammen. Rettungskräfte aus allen Bayerwaldlandkreisen sind seit Stunden im Großeinsatz, jedoch ist es ihnen bis jetzt nicht gelungen, die Flammen einzudämmen. Besonders begünstigt wird das Feuer durch die riesige Menge an verdorrten Bäumen, die in Folge des Borkenkäferbefalls im vorigen Sommer großflächig liegengeblieben sind. Die Einsatzleitungen von Feuerwehr und Polizei ersuchen die Bevölkerung: „Meiden Sie das Gebiet zwischen Rachel und Falkenstein vorläufig und unternehmen Sie keine Ausflüge dorthin! Sie behindern die Löscharbeiten.“

Max Esterl ging aus dem Haus, er wollte mehr über den Brand erfahren. Vor einigen Tagen war er bei einer Schachtentour mit den Frauenauer Radlrentnern, die fast identisch waren mit dem Männergesangverein, genau an der Stelle vorbeigekommen, die seit gestern brannte. Sie hatten angehalten und kopfschüttelnd die kreuz und quer liegenden dürrbraunen Käferbäume angeschaut, die auf einer Strecke von mehreren hundert Metern die Hochschachtenstraße säumten. Zwei der Radlrentner, die selber Besitzer von einigen Hektar Wald waren, hatten schwer gegen die „Nationalparkideologie“ vom „Natur Natur sein Lassen“ gewettert, während ein anderer, der beim Park als Waldführer half, dessen Idee verteidigte.

„In fünfzig Jahren werden wir´s sehen", hatte einer der Radlrentner, der sich dem Ende seines achten Lebensjahrzehnts näherte, die Diskussion beschlossen. Alle hatten gelacht und waren weitergefahren.

Und jetzt waren diese Käferwüsten in Brand geraten.

Max wunderte sich, dass er in den Nachrichten noch nichts über die Brandursache gehört hatte. Blitzschlag kam nicht in Frage, es hatte ja seit Wochen kein Gewitter mehr gegeben, nicht einmal geregnet hatte es. Allerdings war alles in der Natur durch die wochenlange Hitzeperiode so ausgetrocknet, dass Max Esterl sich sogar eine Selbstentzündung vorstellen konnte.

Die Kollegen von der Kripo würden bestimmt schon vor Ort sein, da war Max sicher. Wieder einmal stellte der Ex-Kommissar fest, dass er immer noch wie ein Polizist dachte, und dass er immer noch neugierig war.

So beschloss Max Esterl, trotz des Schlafmangels und der sehr kurzen Nacht in die Sonntagsmesse zu gehen. Dort würde er bestimmt mehr erfahren.

Schon als Max Esterl durch das Friedhofstor ging, sah er eine überhaupt nicht coronagerechte Menschentraube vor der Tür der schönen Auerer Rokokokirche stehen. Alle hatten sie zwar die immer noch vorgeschriebenen Schutzmasken vor Mund und Nase, aber sie drängten sich viel zu dicht vor dem linken, geschlossenen Flügel der Tür. Die Pfarrgemeinderatsvorsitzende und ihr Mann versuchten, an die Vernunft appellierend, vergeblich, die Menschen auseinanderzubringen. Die Neugierde der Kirchenbesucher siegte. Einige hatten ihre Handys gezückt, um das Objekt der Aufregung zu fotografieren, das an der Kirchentür hing, andere lasen laut oder halblaut, es war ein Riesendurcheinander, das die sonst so braven Kirchenbesucher hier veranstalteten. Max erkannte mitten in der Menschenmenge einen seiner Sängerfreunde. Der hatte gerade sein Foto mit dem Handy geschossen und war dabei, sich aus der mittlerweile mit den Ellbogen auskeilenden Schar der Schäflein herauszuboxen.

Als er Max Esterl entdeckte, kam er auf ihn zu, zückte sein Handy und zeigte ihm kopfschüttelnd das Foto, das er eben geschossen hatte.

An der altehrwürdigen hölzernen Kirchentür hing ein Plakat. Der Sangesbruder vergrößerte den Ausschnitt, sodass Max den Text lesen konnte, der in roten Großbuchstaben verkündete:

„Freitagsdemos bringen nichts!!! Ab jetzt wird gehandelt!!!

Macht euch nichts vor!!! Die Mächtigen wollen euch nur einseifen. Ihnen geht es nur um den Mammon. Sie betäuben euch mit Fernsehen und Internet, weil sie Ruhe brauchen, um die Zerstörung der Umwelt fortsetzen zu können.

Damit ist es ab jetzt vorbei!!! Wir machen ihnen Feuer unter dem Hintern!!!“

Unterschrieben war der Text mit „Junge Aktion Rettet die Welt!“

„Was sagst du dazu, Max? Ich wollt´s abreißen, das Scheißhauspamphlet, aber das ist ein Beweisstück, hat die Pfarrgemeinderatsvorsitzende gesagt, das muss bleiben, wo es ist.“

Immer noch kopfschüttelnd, sah der Sangesbruder sein Gegenüber an.

„Solche Lumpen. Zünden den Wald an, verursachen einen Riesenschaden, gefährden Menschenleben und haben dann noch die Stirn, ihr, ihr Plakat, ihr hirnrissiges an die Kirchentür zu tackern. Da kann ich nichts mehr sagen, da setzt es bei mir aus. Ich mag gar nicht mehr in die Kirche gehen, weil ich so voller Zorn bin, ich glaube, ich gehe gleich ins Wirtshaus, ich brauch jetzt eine Beruhigungshalbe."

„Nach der Kirche komme ich auch auf eine Halbe vorbei."

Max ließ den Freund, der sich grummelnd entfernte, davonziehen. Die Menschentraube löste sich langsam auf, als die ersten Gottesdienstbesucher wieder daran dachten, was eigentlich der Grund für ihr Kommen war und rasch in die Kirche strebten. Einige der Kirchgänger waren noch so durcheinander, dass sie sich, wie früher mit Weihwasser, mit dem von einem weiteren Pfarrgemeinderat gereichten Desinfektionsmittel bekreuzigten.

Der Pfarrer sagte weder zu dem Vorfall mit dem Plakat noch zum Waldbrand ein Wort. Während der Predigt schweiften die Gedanken des Ex-Kommissars hinauf in die Berge, wo einige hundert Feuerwehrleute seit Stunden bis zur Erschöpfung mit den Flammen kämpften.

Der Text auf dem Plakat beschäftigte Max die ganze Predigt lang. So hirnrissig, wie der Sangesfreund in seinem Zorn gemeint hatte, waren die Worte nicht. Seit fast zwei Jahren wurde jetzt an den Freitagen demonstriert. Zu Recht demonstriert, wie Max Esterl fand. Das Ergebnis dieser Demos war, dass einige für kurze Zeit aufgerüttelt waren, dass aber viele die Demonstranten wegen ihrer Jugend nicht für voll nahmen und vor allem ihre Anführerin wo es nur ging schlecht machten, dass andauernd versucht wurde, diesen Idealisten etwas anzuhängen, damit man sie nicht ernst nehmen musste.

Das Volk wollte seine Ruhe haben und möglichst so weitermachen wie bisher. Die Politiker wollten gewählt werden und die Aktionäre wollten Geld sehen. Die Gedanken von Max schweiften weiter: Er bewunderte Anna und Toni dafür, dass sie ein Kind in die Welt gesetzt hatten. In eine Welt, die in wenigen Jahrzehnten vielleicht schon unbewohnbar war, in der Kriege ums Wasser geführt werden würden. Der Blick von Max hob sich auf die wunderschönen Deckengemälde des Rokokokirchleins zur lieben Frau: Im Alten Testament hatte es noch Propheten gegeben, die solche Missstände gegeißelt hätten, die alle möglichen Risiken auf sich nahmen, um die Wahrheit zu verkündigen. Waren die Leute, die das Plakat an die Tür getackert hatten, moderne Propheten oder waren sie Verbrecher, die mit der Brandstiftung sogar Menschenleben bedrohten? Wie viele unschuldige Tiere in dem Brand wohl elend verendet waren? Daran wollte Max gar nicht denken.

Das Amen des Predigers überraschte Max. „Schade", dachte er, denn er schätzte die Worte, die der Pfarrer von Frauenau, der ein ganz eigener Geist war, seinen Schäflein allwöchentlich vorsetzte.

Eine gute Viertelstunde später sprach der Pfarrer seine Schlussworte:

„Gehet hin in Frieden!"

„Dank sei Gott dem Herrn."

Die meisten der Kirchenbesucher wollten, wie es ihre Gewohnheit war, durch den Haupteingang der Kirche nach draußen gehen. Die, die als erste bei der Kirchentür waren, wollten diese mit Schwung öffnen und durchmarschieren, sie fanden die Tür aber verschlossen und stießen sich fast die Köpfe an dem schweren, eichenen Holz. Sie rüttelten an der eisernen Barocktürklinke, rüttelten am Tor, bis eine Geisterstimme von draußen erscholl:

„Hier ist die Polizei. Diese Tür ist amtlicherseits geschlossen. Benutzen sie bitte den gegenüberliegenden Ausgang."

Als einige der Kirchgänger das Gehörte nicht glauben wollten oder nicht richtig verstanden hatten und wiederum heftig am Tor zogen und rüttelten, wurde die Stimme ungeduldig:

„Seids ihr schwerhörig? Hier ist die Po-li-zei! Wir ermitteln gerade und ihr, ihr geht zur anderen Tür hinaus! Verstanden?!"

Die schwerhörigen Kirchgänger grummelten und murrten, benutzten schließlich doch die andere Tür, eilten aber schnellstens um die Kirche herum, um ja alles mitzubekommen, was die Polizei am Haupteingang ermittelte. Dort waren zunächst nur die Fotografen am Werk, die das Plakat aus allen Winkeln ablichteten."

„Des Foto hätt eah i aufs Handy schicka kinna", rief ein vorlauter älterer Herr, „dann hättns net extra herfahrn miassn, ejtz am Sunnta Vormittag."

Die Spurensicherer ließen sich nicht bei ihrer Arbeit beirren, wiesen aber die sie begleitenden uniformierten Polizisten an, Absperrbänder zu errichten und konzentrierten sich in ihrer Tätigkeit auf das Tor und das Plakat.

Spuren auf dem Kies, so konstatierte Max Esterl, ließen sich sowieso nicht mehr finden, nachdem schon Dutzende von Kirchgängern den Weg benutzt hatten.

Max rief einem älteren Polizisten, den er von früher her kannte, ein „Servus" zu und machte sich auf zum Wirtshaus.

Im Hubertus, der Probe- und Vereinsgaststätte der Sänger, ging es schon hoch her. Ein langer und zwei kleinere Tische im Wintergarten waren besetzt mit vorwiegend älteren Männern, die fast alle ein Weißbierglas vor sich hatten und laut diskutierten. Im überakustischen, rundum verglasten Wintergarten herrschte eine derartige Geräuschverschmutzung, dass Max Esterl sofort wieder umdrehen und gehen wollte. Seit er bei einer Schießerei ein Schusstrauma erlitten hatte, hörte Max auf einem Ohr sehr schlecht. In

Situationen wie dieser, wo alles durcheinander redete, rief und schimpfte, verstand der Ex-Kriminaler kaum mehr ein Wort, er wusste nicht, woher die jeweilige Stimme kam und konnte nichts mehr zuordnen.

Wenn jemand mit ihm sprach, verstand er wegen der Nebengeräusche kaum etwas. Nach wenigen Sätzen wurde ihm das dauernde Nachfragen peinlich, und so beschränkte sich Max schließlich meistens damit, zwei-, dreimal „Ja" zu sagen und bestätigend zu nicken, dann aber wieder den Kopf zu schütteln und ein zweifelndes Gesicht aufzusetzen. Seine Gesprächspartner zeigten sich damit durchwegs zufrieden. Wenn ihn aber Eva daheim fragen würde, über welches Thema man gesprochen hatte, würde er passen müssen.

Heute allerdings nicht, stellte Max fest, denn es gab natürlich nur ein Thema, und er ging auch nicht heim, sondern blieb, als ihm wie selbstverständlich Platz gemacht wurde und einer seiner Sängerfreunde ihm sogar einen Stuhl herschob.

Max setzte und wunderte sich, als plötzlich Stille eintrat und alle Augen auf ihn gerichtet waren.

Max bekam sein Weißbier, dankte der Bedienung und trank. Noch immer hatte er nicht kapiert, warum alle am Tisch ihn anschauten.

Max verstand erst, was die Männer von ihm erhofften, als einer der Sänger ihn laut aufforderte:

„Na, was sagt denn ejtz da Kriminalkommissar zo dem Fall?"

„I woaß aa net mehra wia r ös."

Die Kameraden lächelten verstehend. Klar wusste der Ex-Kommissar mehr. Er hatte doch auch mit dem einen, dem älteren Polizisten gesprochen, das hatte man doch an der Kirchentür gesehen.

„Wos sagst ejtz?“, folgte die erneute Aufforderung.

„Nix, weil i nix woaß.“

Ein anderer seiner Sängerkameraden, der Apotheker, sprang Max bei.

„Lasstsn hoit in Ruah, wenn er nix sagn derf. Der hat owei na sei Dienstgeheimnis. I derf aa nix über meine Patientn sagn, nedamoi wenns scha zwanzg Johr toud hand.“

Die Männer lachten, denn der Apotheker war bekannt dafür, dass er über alle im Ort etwas wusste, und danach wurden die Gespräche fortgesetzt und jeder gab seine Meinung kund.

Die große Mehrzahl der Anwesenden zeigte Unverständnis für das auf dem Plakat geäußerte Anliegen. Einige redeten sich sogar so in Rage, dass ihre vom Alkohol sowieso schon geröteten Köpfe eine ganz ungesunde dunkelrote Farbe annahmen. Wenn jetzt einen der Schlag traf! Alle Einsatzwägen waren beim Waldbrand!

„Den Wald anzünden! Das schlimmste aller Verbrechen!

Da war ihnen ja sogar die Greta Thunberg noch lieber als solche Terroristen.“

„Klar“, dachte Max Esterl bei sich, „die Greta, die geht euch ja nur auf die Nerven, die fordert zwar Konsequenzen und die Politiker tun so, als ob sie darauf eingehen würden, aber das ist alles nur Augenwischerei. Nichts wird sich ändern.“

***

Ein Einziger, Luis der Alte, der schon im Gesangverein so deutlich seine Meinung gesagt hatte, äußerte Verständnis für die „Umwelt-Terroristen“. Max wusste, dass der Alte als Glasmacher sein Geld verdient hatte. Das war in Frauenau der Hauptbroterwerb gewesen: Bis vor zwei, drei Jahrzehnten hatten die meisten Menschen hier vom Glas gelebt.

Die Zugehörigkeit zu einer der drei großen Glashütten war in Frauenau fast so etwas wie eine Konfessionszugehörigkeit gewesen: Die einen hatten zum Poschinger, die anderen zum Gistl und die dritten zum Eisch gehört. In diesen geschlossenen Familien gab es allerdings jeweils auch Originale oder Außenseiter, die in der Au einen besonderen Status genossen, und deren Geschichten und Huderln bis auf den heutigen Tag weitererzählt und überliefert wurden. Leute, die diese Geschichten gut erzählen konnten, galten in Frauenau ähnlich viel, wie die Story-Tellers in Irland und Schottland oder die Märchenerzähler im Orient.

Sonderlinge genossen hier häufig größten Respekt, und diesen Respekt forderte der alte Glasmacher auch für die Umwelt-Terroristen ein. Er war, mit seinem halbvollen Weißbierglas in der Hand, aufgestanden:

„De Umweltterroristen, des hand bestimmt lauter junge Leit. De hamd de Zukunft na vor eahna. De hand vielleicht ums Johr 2000 umma aaf d´Wejt kemma. Wisst´s ös, wos de Temperaturprognosn für 2050 hand, wenn ma a so weidadoand?

Ned? Dann geht´s amoi hoam und lest´s nach in enkan Internet, enkan gscheidn.

Vier oder fünf Grod wiama sojs sa bis in 30 Jahr. Dann hamma Temparaturn wia in Sizilien! Ums Trinkwossa gibt's Kämpfe. Des Wossa is net grad eigschränkt, wia mas heia scha gseng hamd, dass man net Rasnsprenga derf und wo d´Leit scha Leserbriaf gschriebn hamd, dass des sej an Einschränkung vo da Freiheit is, und an etla dann bo da Nacht gwassat hamd. Da geht's ums Ü-ber-le-ben. Und da, im Jahr 2050, da hand de junga Leit vo heit na net amoi so oit wia r i!

A jeda sagt, es muass weida gäh, mehr muass produziert werden, die Wirtschaft muss wachsen." Der Alte war ins Hochdeutsche verfallen, um seiner Predigt noch mehr Nachdruck zu verleihen.

„Wir haben das alles geglaubt. Wir haben es gern geglaubt, weil wir bestochen worden sind. Bestochen mit Wohlstand. Bestochen mit dicken Autos, mit Fernsehern, mit Häusern, wo im Garten fetter, grüner Rasen ist.

Und jetzt ist Corona gekommen. Und plötzlich war es möglich, die Wirtschaft zurückzufahren, sogar radikal zurückzufahren." Der Alte holte tief Luft, nahm einen Schluck aus seinem Bierglas und verfiel wieder in den Auerer Dialekt:

„Und ejtz hammand de junga Leit, de koa Zukunft hammand, gsehng, dass aagschwanzt woan hand. Weng Corona hat ma ebbs daa, do iss auf amoi ganga, do is d´Produktion glei zruckgfahrn woan. Des is scha richtig gwen, wega de oitn Leit, de da Virus zerscht dawischt hat. Do hat ma sofort ebbs daa, aba wegn de Junga, wegn eanana Zukunft, do duad ma nix.

I sag´s namoi: I kanns vosteh, de junga Leit. Und i waad aa dabei, und daat ebbs untanehma, wenn i na kannt!"

Der Alte tat einen letzten tiefen Schluck, wischte sich mit dem Handrücken den Mund ab und setzte sich.

Max war heute noch mehr beeindruckt von dem, was der Alte zu sagen hatte, als vor Kurzem beim Gesangverein. Heute waren nicht nur Freunde und gute Bekannte anwesend. Heute war die Stimmung auch irgendwie aggressiv. Der Alte traute sich was!

Die Zuhörer schwiegen betroffen. Nur einer unterbrach die Stille:

„Und trotzdem deafands ned aakendn. Des geht ned. Nia ned."

Der Wald war den Waidlern heilig, wusste der Max. Und wer das Heiligtum schändete, beging das schlimmste Verbrechen. Vor 50 Jahren hatte man den Nationalpark dieses Verbrechens der Waldschändung beschuldigt, jetzt waren es die Umwelt-Terroristen. Dass der Wald dort oben sowieso dem Tode geweiht war oder eh schon abgestorben, und dass jeder Einzelne von ihnen an der Erderwärmung und somit am Sterben des Waldes schuld war, das wollte sich keiner der Frühschoppler eingestehen.

„Da hätt schließlich aa ebba ums Leben kemma kinnt", erscholl es aus einer anderen Ecke.

„Richtig!", gab der Alte standfest zurück. „Oana r oda zwää hädnd ums Lem kemma kinnt. Und wiavej moanst wernd durch de Erderwärmung, durch de Hitz und de Wossanout aaf da oan Seitn und de riesigen Überflutungen aaf da andan Seitn ums Lem kemma? Oa Million? Hundert Millionen? Oa Milliarde?"

„Trotzdem geht's net! Des hand Vabrecha!"

So ging es noch einige Zeit hin und her, und der Brand nahm in den Schilderungen der Männer immer größere und schrecklichere Ausmaße an, während die Umweltproblematik völlig in den Hintergrund getreten war.

„Pathologischer Realitätsverlust", resümierte Max. Das hatte er schon oft erlebt in seiner kriminalistischen Vergangenheit. Immerhin war es strafmindernd.

Gegen Mittag zu löste sich der Frühschoppenstammtisch langsam auf. Einer nach dem anderen wurde abkassiert. Auch Max zahlte und schickte sich an, zu gehen, als der Luis auf ihn zukam.

„Halt, Max, bevor du gehst, muss ich dich noch etwas fragen."

„Um was geht´s, Luis?"

„Um was ganz anderes geht´s, Max. Ich hab die Schnauze voll von den Bränden und den Verdächtigungen und den Streitereien darum. Ich muss auf andere Gedanken kommen."

„Und wie kann ich dir dabei helfen, Luis?"

„Kannst Schafkopf spielen, Max?"

„Kruminale, Luis, klar kann ich Schafkopfen. Gut und gern!"

„Daatst mit uns mitspielen? Uns ist kurzfristig einer ausgefallen."

„Freilich spiel ich mit. Jederzeit!"

„Jederzeit?"

„Eh klar, Luis."

Der Luis wand sich ein wenig, bevor er weiterfragte:

„Auch heut auf d´Nacht?"

„Pfaah, Luis, das ist ein bisserl sehr knapp. Da muss ich auch erst mit meiner Frau reden. Aber ich glaube nicht, dass wir für heute Abend irgendetwas vorhaben. Eigentlich müsst´s schon gehen.

Aber nicht zu lang, ich trag die gestrige Nacht noch in meiner Wäsche rum. Weißt was, Luis. Ich ruf dich an, wenn ich nicht kann. Wenn du bis in einer Stunde nichts von mir hörst, dann bin ich dabei. Ausgmacht!"

„Ausgmacht, Max. Wir spielen beim Weber in Buchenau. Mit dir sind wir drei Auerer und der andere kommt von der Spiegelhütte. Da treffen wir uns immer in der Mitte in Buchenau. Außerdem kann man beim Weber nebenbei gut essen und sogar heraußen sitzen. Bei der Hitze ist das wahrscheinlich am besten. Ich bin der Fahrer und hol dich ab. Passt sieben Uhr?“

Kap. 5: Angebrannt

Als Max um viertel nach zwölf vom Frühschoppen heimkam und Eva von den Diskussionen erzählen wollte, kam sie ihm zuvor:

„Max, die Anke hat angerufen. Sie möchte dich etwas fragen, du sollst bitte zurückrufen. Sie ist in der Dienststelle."

Anke Brandt war die Leiterin der Zwieseler Polizeistation, zu deren Einzugsbereich auch Frauenau und die Grenzberge gehörten. Mit der jungen Polizistin, die aus Unterfranken hierher in den Wald gezogen war, hatte Max Esterl schon einige Kriminalfälle gelöst. Max freute sich, ihre Stimme mit dem unverkennbaren fränkischen Akzent zu hören.

„Grüß dich, Max, schön, dassd gleich anrufsd. Hasd Zeid noch vorm Middachess?"

„Für dich doch immer, Anke."

„Du hast es ja sicher scho ghörd, was heud Nachd bassierd is!"

„Klar, Anke. Gesprächsstoff Nummer eins, hier in der Au. Und ich hab den Ausbruch des Feuers mit eigenen Augen gesehen, Anke."

„Wie jedzd, Max? Du warsd dabei? Hasd womöglich des Feuer selbsd gelecht? Dann brauch i nach den Dädern net lang such. Kommst nach dem Mittagessen zu uns auf die Wache und lieferst glei dei Gesdändnis ab." Max mochte den Humor von der Anke.

„Ich habs gesehen, Anke, aber dabei war ich nicht. Aus ungefähr vier, fünf Kilometern Entfernung hab ich es gesehen."

Max schilderte der Polizeichefin seine Beobachtungen. Und Anke berichtete ihm wiederum, warum sie ihn hatte sprechen wollen:

„Du wohnst doch jetzt in Frauenau, Max."

„Ja, schon seit über einem Jahr."

„Dann kennst du dich ja schon ein wenig aus in eurem Glasmacherdorf."

„Schon." Max ahnte, worauf Anke hinaus wollte.

„Aber, Anke: An Polizeispitzl mach i net!"

„Sollst auch net, Max, sollst nur Augen und Ohren offen halten, und deiner alten Kollegin von der Polizei unter die Arme greifen, da sagst du doch nicht nein, oder?"

Max Esterl wusste gar nicht, warum er so ausweichend reagierte. „Wenn´s ein Verbrechen ist, dann helfe ich natürlich."

„Was solls denn sonst sein, Max, wenn eine Bande von Terroristen zehn Hektar Wald anzündet?"

Anke erzählte Max, dass die Kripo eindeutig von Brandstiftung ausging. Das Feuer war offenbar an zwei oder drei Stellen gleichzeitig angezündet worden. Von den Tätern fehlte bisher jede Spur, abgesehen von dem Bekennerschreiben an der Frauenauer Kirchentür, das im Moment natürlich akribisch untersucht wurde.

Dass das Schreiben an die Frauenauer Kirchentür geheftet worden war, so folgerte Anke, war der Hinweis darauf, dass man zuerst in Frauenau nach den „Dädern" suchen müsse, Max dagegen meinte, das beweise noch gar nichts. Frauenau sei lediglich am nächsten zur Brandstelle gelegen.

„Aber darüber werden wir jetzt nicht zu streiten beginnen", beendete Max ihre kurze Diskussion. „Erzähl mir lieber, wie es da oben, an der Brandstelle aussieht. Beim Frühschoppen hab ich schon die wildesten Gerüchte gehört."

Der Brand, so die Polizeichefin, war zwar vorläufig eingedämmt worden, sodass er sich nicht weiter ausbreitete, aber er wütete noch immer heftig und konnte jederzeit auf andere Waldflächen übergreifen. Die Brandbekämpfer hatten alle Hände voll zu tun, die Feuerwehren, die seit gestern Nacht da oben gegen den Brand kämpften, waren erschöpft und mussten ausgetauscht werden, Katastrophenalarm war ausgelöst worden, auch die tschechischen Nachbarn hatten Löschtrupps geschickt und ihre „Hasiči-Einheiten“ in Alarmbereitschaft versetzt.

Die drei Hauptprobleme für die Feuerwehr waren die Abgeschiedenheit des Brandgebietes mitten im fast unzugänglichen Kerngebiet des Nationalparks, die schon Wochen andauernde Trockenheit und die großen Flächen abgestorbener, dürrer Fichtenskelette, die den Feuerwalzen ausreichend Nahrung boten.

Im Moment, so Anke, waren die Experten dabei, eine Leitung vom Trinkwasserspeicher Frauenau hinauf ins Brandgebiet zu legen. Wenn das geschafft sei, habe man gute Chancen, den Brand unter Kontrolle zu halten, bis endlich der für die Wochenmitte prognostizierte, langersehnte Herbstregen eintreffen würde.

Ankes Lagebericht wurde von Eva Esterl unterbrochen, die ihren Gatten zum wiederholten Male, aber diesmal mit auch für Anke an der anderen Seite der Leitung hörbarer Lautstärke aufforderte, zum Mittagessen an den Esstisch zu kommen.

„Wennst nicht gleich kommst, lass ich alles verbrennen!“

Angebrannt schmeckte das Essen dem Max oft sogar noch besser, aber das würde Eva jetzt nicht von ihm hören wollen.

„Komme sofort, Eva!“

„Ange Brand“, so erinnerte Max sich, so hatte Anke Brandt sich ihm bei ihrem ersten Zusammentreffen auf Fränkisch vorgestellt. „Angebrannt“, das passte zum Thema, fand Max.

An den Geruch nach Angebranntem, so wie er jetzt aus der Küche herüber zog, an den würden die Frauenauer sich in den nächsten Tagen gewöhnen müssen. Der Wind kam aus Böhmen.

„Max, ich hör´ schon: Das Essen ruft. Lass die Eva nicht warten! Und denk a bissl an mich. Halt die Ohren offen und die Augen."

„Und die Nase", ergänzte Max. „Sogar hier im Tal wird man es schon bald riechen können, dass der Wald brennt! Vorläufig aber ist es nur der Duft des Mittagessens, der in meiner Nase kitzelt."

„An gudn, Max, lass dir´s schmeggn! Wir bleiben in Verbindung."

Kap. 6: Weißglut

An diesem Sonntagnachmittag hatten die Esterln eigentlich einen Ausflug mit ihren E-Bikes Richtung Frauenauer Trinkwassertalsperre und Buchenau geplant, sie wurden jedoch schon auf dem Weg zwischen Oberfrauenau und der Talsperre gestoppt. Zwei freundliche junge Feuerwehrleute erklärten ihnen, dass alle Wege zum Brandgebiet weiträumig abgeriegelt seien.

Max war gar nicht traurig darüber, ihm war es sowieso zu heiß für eine Radltour, und der Schweiß rann ihm schon nach dem kurzen Aufstieg bis nach Oberfrauenau unterm Fahrradhelm hervor. Das Frauenauer Freibad, an dem sie eben vorbei gefahren waren, schien ihm die bessere Alternative.

Aber Eva brauchte unbedingt noch sportliche Betätigung. Wegen des beginnenden Schuljahres hatte sie in der vorigen Woche eine Menge Sitzungen zu absolvieren gehabt und sich deshalb umso mehr auf das Wochenende gefreut. Sie musste ihren Bewegungsdrang ausleben.

„Schaden tut´s dir nicht, Max", lachte Eva mit Blick auf das Wamperl, das sich unter Esterls T-Shirt wölbte. „Wir fahren wieder runter nach Frauenau und dann in die andere Richtung, über die Häng zur Josefi-Kapelle."

Der Ex-Kommissar zog zunächst ein Gesicht.

Die Häng, ein Frauenauer Ortsteil, der seinen Namen nicht von ungefähr hatte, war für ihn, trotz seines E-Bikes, eine Herausforderung. Seine Radfahrerehre verbot ihm, auf eine größere Unterstützungsstufe als die zweite zu schalten. Aber heute, bei den Temperaturen! Max ahnte, dass er heute seiner selbst auferlegten Genügsamkeit untreu werden würde.

Die ersten Meter, am Hotel St. Florian und der Glashütte Eisch vorbei, gingen einigermaßen. Dennoch schaute Max Esterl sehnsuchtsvoll auf den Hotelpool rüber, in dem jetzt bestimmt Dutzende von Gästen eine kühlende Erfrischung fanden. Bis zur Talstation des Auerer Skilifts schaffte Esterl es mit Unterstützungsstufe eins.

Dann hatte Max genug von der Schinderei. Stufe zwei!

Max spürte einen deutlichen Schub. Die nächsten zwei-, dreihundert Meter waren wieder ein Vergnügen, Meter für Meter holte er auf gegenüber Eva, die schon weit voraus war und die bestimmt, wie immer, nur mit Stufe eins unterwegs war.

Das Vergnügen des Max dauerte nicht sehr lange. Trotz der zweiten Stufe wurden seine Beine langsam schwer und schwerer, Evas Vorsprung vergrößerte sich wieder deutlich. War der Akku schwächer geworden? Sein Display zeigte an, dass der Akku noch immer voll geladen war.

Bei der Durchfahrt durch den Ortsteil Althütte, als es für einige Meter fast eben dahin ging, schöpfte der E-Biker wieder Kraft und Mut. Er wischte sich den Schweiß vom Gesicht und aus den Augen.

Aber der nun ungetrübte Blick nach oben zeigte ihm, dass er noch fast die Hälfte der Bergstrecke vor sich hatte. Eva inzwischen nur noch ein Drittel!

Um seiner beginnenden Depression vorzubeugen, griff Max Esterl zu einem Mittel, das er sich eigentlich verboten hatte:

Er schaltete auf Stufe drei!

Wie eine Rakete, so kam es Max Esterl vor, beschleunigte sein Rad, die Straßenbegrenzungspfosten flogen nur so vorüber, Eva kam schon wieder in Reichweite, Radfahren war schön, nur noch ein paar hundert Meter, dann war er oben.

Als allerdings, nach einigen Höhenmetern, die Leistung auch der dritten Stufe schon wieder nachzulassen schien und seine Wadl zu brennen begannen, war die Versuchung groß.

Die vierte, die Turbo-Stufe war noch in Reserve.

Warum nicht? Dafür, genau dafür war doch diese Stufe da: Einem Mann, der sich fast zu Tode strampelte, dem der Schweiß aus allen Poren lief, dem die Zunge langsam bis zum Vorderreifen hing und dessen kaputtes Knie unbedingt geschont werden musste, noch einen Schubs zu geben. Einen kleinen Schubs bis hoch zum Parkplatz des Langlaufzentrums Oberlüftenegg.

Etwa hundertfünfzig Meter noch widerstand Max Esterl der Versuchung. Sein linker Zeigefinger war schon einige Male in Richtung Temposchalter gewandert, um auf die höchste Unterstützungsstufe zu klicken. Er hatte diesen Reflexen getrotzt, die nicht von seinem Kopf, sondern von seinen brennenden Beinen ausgingen. Mit äußerster Willenskraft hatte er seinen Finger zurückgehalten.

Als der Bergetappenspezialist Max Esterl das Verkehrstaferl mit der Aufschrift „Oberlüftenegg 0,5 km" sah, seufzte er tief und drückte den verbotenen, den Turbo-Knopf, der einen weiteren gewaltigen Schwung auslöste. Lächelnd überholte er Eva, schwebte die letzten Meter nach oben und wartete auf seine Frau.

„Feigling", presste diese zwischen ihren Lippen hervor. „Hast auf Stufe vier geschaltet?"

„Stufe drei", log Max.

„Lass sehen!"

Aber Max hatte sich da schon längst wieder auf die Drei zurückgestuft gehabt, so, als ob er nicht einmal vor sich selbst die „Turboschande" eingestehen wollte.

Vom Parkplatz weg radelten die beiden dann gemütlich einen fast ebenen Feldweg entlang, der zu einer Kapelle führte. Von dort aus hatte man einen schönen Blick auf das Frauenauer Tal, den Rachel und die Grenzberge bis hinüber zum Falkenstein.

Eva und Max glaubten ihren Augen nicht zu trauen: Halb Frauenau hatte sich hier heroben am Reifberg versammelt, um, wie von einem Balkon, den weiteren Verlauf des Brandes zu verfolgen. Einige hatten Klappstühle aufgestellt und tranken Kaffee, andere wiederum hatten Ferngläser mitgebracht oder Fotoapparate mit ganz großen Zoom-Objektiven.

Ihnen allen war etwas gemeinsam: Sie gafften hinüber auf die Brandstellen.

Eva wollte sofort weiterfahren. Ihr war es zuwider, sich in die Schar der Schaulustigen einzureihen, aber Max blieb stehen, nachdem ihn einige der Leute begrüßt hatten und stellte sein Fahrrad ab.

Er hatte sich zwar der Anke Brandt gegenüber eher zurückhaltend gegeben, aber es konnte ja trotzdem nicht schaden, sich gleich hier schon kurz umzuhören.

Erst einmal aber schauten Eva und Max Esterl hinüber Richtung Böhmen. Das Feuer war faszinierend, es hatte inzwischen, so hatte Max das Gefühl, richtig Fahrt aufgenommen und bedeckte mittlerweile schon eine Fläche von einigen Fußballfeldern. Im Zentrum des Brandes, offenbar dort, wo die großen, verdorrten Käfernester gewesen waren, loderten kaum noch Flammen, hier war alles nur noch rote Glut, wabernde Glut, aus der allerdings immer wieder Flammeneruptionen in die Höhe schossen.

Von diesem Zentrum aus hatten sich fast ringförmig in einem Halbkreis unterhalb des Hahnenbogens die gierigen Feuerzungen weitergeleckt. Dort, wo die Flammen günstigere Bedingungen, wo sie trockenes Unterholz und weitere Käferbäume gefunden hatten, waren sie schneller vorgedrungen und hatten Ausbuchtungen gebildet, die Buchenbestände dagegen waren vom Feuer noch irgendwie verschont geblieben. Wie Inseln ragten sie aus dem Flammenmeer. Aber lange, so dachte Max Esterl, würden diese Inseln wohl auch nicht mehr standhalten.

Max war überrascht, dass sich direkt über dem eigentlichen Brandherd kaum Rauchwolken zeigten. Die Luft allerdings flimmerte, und immer wieder flogen, gepackt durch den unheimlichen Auftrieb des Feuers, Kaskaden aus Ästen, Rindenteilen und Fichtennadeln wie Raketen in die Luft.

An den Stellen, wo das Feuer auf feuchtere Gebiete getroffen war, bildeten sich dichte, grauschwarze Rauchwolken, die gen Himmel zogen, die sich ausbreiteten und so hoch stiegen, dass sie bestimmt auch von der tschechischen Seite und sogar von der Donauebene her zu sehen waren.

„Ein Inferno!“, kam es von Eva Esterl, die sich bis jetzt schweigend an den Arm ihres Mannes geklammert hatte.

„Aber auch irgendwie faszinierend.“ Nach einer Pause fuhr Eva fort; „Darf man das überhaupt sagen, bei so einer schlimmen Sache?“

„Die schrecklichsten Ereignisse können faszinierend sein. Denk daran, wie der Tacitus den Ausbruch des Vesuvs geschildert hat.“

„Es war zwar der Plinius, mein lieber Max, jedoch vom Prinzip her hast du recht. Das Feuer ist schön. Schrecklich schön. Aber trotzdem: Hoffentlich bekommen sie es bald unter Kontrolle und hoffentlich kommt kein Mensch zu Schaden!“

„Hoffentlich hat der Wetterbericht diesmal recht“, seufzte Max, „und der Regen kommt in den nächsten Tagen.“

„Hoffentlich", mischte sich eine Männerstimme ein, die Max bekannt vorkam. Der Horst war´s, sein Mitstreiter im Tenor II.

„Hab dich gar nicht gesehen", entschuldigte sich Max.

„Ich dich auch nicht, weil ich die ganze Zeit durch den Ferngucker gelurt habe. Magst einmal durchschauen, Max?"

Gern nahm der Ex-Kommissar das Angebot an, reichte aber das Glas zuerst seiner Frau, die stumm die Szene auf den Bergen gegenüber betrachtete. Nur hin und da kam ein Seufzer oder ein Laut der Überraschung aus ihrem Mund.

Während Eva gespannt durch das Fernglas schaute, stellte der Horst dieselbe Frage an Max, die er schon vorher gehört hatte und die ihn wohl hier überall verfolgen würde:

„Wisst`s scha ebbs? Habt´s scha an Verdacht?"

„Horst, ich bin raus aus der Sach. Seit sieben Jahren bin ich pensioniert. In meiner Freizeit hab ich meinen ehemaligen Kollegen ein wenig geholfen, aber ich bin nicht mehr dabei. Und Informationen hab ich auch nicht mehr als jeder Radiohörer oder Zeitungsleser. Und seit ich in Frauenau wohne, bin ich ganz weg vom Fenster. Was kann schon in einem 2500-Seelen-Dorf passieren?"

„Erstens hat die Au 2700 Einwohner und zweitens: Schau nach drüben, da, auf das Feuer, dann siehst du, was in der Au passieren kann. In der Au, da passieren sogar Sachen, die können sonst nirgendwo passieren."

„Da hast du allerdings recht."

Max dachte an all die vielen schier unglaublichen Geschichten und Hudala, die er in seiner kurzen Zeit bei seinen Auerer Freunden schon gehört hatte.

Nach etwa fünf Minuten gab Eva das Glas an ihren Mann weiter.

Der suchte erst die Horizontlinie auf der linken, der nördlichen Seite und tastete sich dann herüber bis zum Waldbrand.

Der Fahnenriegel war noch nicht betroffen. Noch ein wenig weiter links, Richtung Norden, musste die große Wegkreuzung sein, die „Spinne", wie sie genannt wurde. Dorthin führte der Weg von unten her, von Spiegelhütte oder Buchenau, und von dort aus teilten sich die Forststraßen und -wege. Dort würde es seit fast zwanzig Stunden zugehen, wie auf dem Münchner Stachus. Feuerwehren, Technisches Hilfswerk, Polizei, Rotes Kreuz…

Und Gaffer würden da sein. Nicht solche wie sie, die aus der Distanz beobachteten und niemanden störten, sondern welche, die trotz der gesperrten Straßen noch irgendein Wegerl fanden, um darauf nach oben zu gelangen.

Radfahrer und Fußgänger würden die Feuerwehr behindern, würden filmen, was das Handy hergab und würden mit ihren dummen Kommentaren die Ex-Kollegen von der Polizei zur Weißglut bringen.

„Weißglut" war das richtige Stichwort. Max schwenkte sein Fernglas ganz langsam weiter nach rechts, er sah erst Rauch und einzelne Feuernester, er sah auch Feuerwehrleute, die einen Wasserstrahl auf diese Feuernester gerichtet hatten, dann schwenkte er noch um einige Grad nach rechts Richtung Hahnenbogen…und dann war er mitten in der Hölle gelandet „Flammendes Inferno", fiel Max Esterl dazu ein, mehr nicht.

Das Feuer tobte wie entfesselt, das sah man sogar von hier aus einigen Kilometern Distanz, die Flammen, die aus den Gfix der Dickichte emporschlugen, emporbrausten, und die Bäume hinauffetzten, waren nicht rot, nicht gelb, sie waren weiß, weißglutig, und an ihren Enden leuchteten sie und setzten den hohen, alles überragenden Fichten und Tannen, den früheren Königen des Böhmerwaldes, bläulich-helle, zuckende Kronen auf, als letzte Zeichen einer schon lange verlorenen Würde. Nach elendem Siechtum am Borkenkäfer endeten diese Baumleichen nun im Krematorium.

Max Esterl zwang sich, den Ferngucker abzusetzen und zurückzugeben. Das Schreckliche hatte gleichzeitig fast immer auch etwas Faszinierendes.

Aus der sicheren Distanz betrachtet.

Nein, er wollte nicht dort oben sein! Kruminale!

Max gab dem Horst sein Glas zurück und bedankte sich, als er eine schrille Frauenstimme hörte.

„Im Gistl!...Im Gistl miassn´s suacha!"

Auf den fragenden Blick von Max hin klärte Horst ihn auf:

„Das mit dem Gistl sind nur Gerüchte. Es sollen auch junge Leute aus der Au unter den Terroristen sein. Und die sitzen halt häufig im Gistl."

Die weibliche Stimme, von der Max Esterl nicht genau sagen konnte, aus welcher Richtung sie kam, rief weiter:

„Im Gistl hammands eahna Nest. Im Giiistl! In der grünen Hölle! Da wett i drauf!"

Max hatte schon vom Gistl gehört. Es war eine Kneipe inmitten eines aufgelassenen Glashüttenkomplexes, ein Szenetreff, in dem viele junge Leute verkehrten, aber auch Lebenskünstler und Freigeister, von denen es in Frauenau nicht wenige gab. Das Gistl als alternative Kneipe war bei manchen Frauenauern immer und für alles verdächtig. Den Namen „Grüne Hölle" hatte der Volksmund dem konspirativen Treff der Grünen schon vor Jahren angehängt, als die ökologische Bewegung auch in der Au noch schief angesehen wurden.

Erneut schrillte die Stimme: „Im Giistl miassns suacha! Da hands!“

„Bei uns Brieftauberern hands auf alle Fälle net!“, beteuerte ein Mann mittleren Alters mit absichtlich naiv klingender Stimme. „Unsere Tauben hand Friedenstauben!“

Während einige der Gaffer lachten, ließ sich wieder die schrille Frauenstimme vernehmen: „Im Gistl miassns suacha, de Kriminaler! Da kinnands glei oizammt verhaftn, oan wia r an andan!“

Jetzt hatte der Ex-Kommissar genauer aufgepasst. Die Stimme gehörte zu einer jüngeren Frau, deren Haare so gewaltig auftoupiert waren, dass sie einem Römerhelm glichen. Einem roten Römerhelm.

Warum die wohl so schlecht auf das Gistl zu sprechen war? Oder wusste sie tatsächlich etwas?

„Kruminale!“ schalt Max Esterl sich selber. Jetzt war er doch tatsächlich schon wieder in seiner Polizistenrolle!

Aber ins Gistl würde er dennoch gerne einmal reinschauen. Aus reinem Privatinteresse natürlich. Mit Polizeiarbeit hatte das nichts zu tun. Schon als er noch in Zwiesel gewohnt hatte, war Max auf dieses Szene-Lokal und auf die darin stattfindenden Kulturveranstaltungen aufmerksam geworden. Die Eva, so erinnerte er sich dunkel, war einmal mit ihrem Deutschkurs zu einer Autorenlesung im Gistl gewesen, und die ungezwungene Atmosphäre dort hatte ihr gefallen.

Also auf ins Gistl!

Alleine dorthin gehen? In eine Szene- und Alternativenkneipe? Da würde er, der platterte und altersgraue Pensionist ziemlich auffallen, die eher jugendlichen Gäste würden sich wohl fragen, was der alte Esel da wollte oder würden sich von dem Ex-Polizisten beobachtet fühlen. Nein, den

Gedanken an einen zwanglosen Besuch im Gistl beerdigte Max gleich wieder. Seine Methode war es immer gewesen, still zu beobachten und nicht selber im Mittelpunkt zu stehen.

Und überhaupt: Auf keinen Fall wollte Max Esterl hier an seinem neuen Wohnsitz schon wieder etwas mit dem Verbrechen zu tun haben.

Das Sprichwort „Einmal Polizist-immer Polizist!“ galt es zu widerlegen.

Max Esterl stellte also den Gedanken an einen Besuch bei den Alternativen vorerst zurück. Vielleicht ergab sich irgendwann eine Möglichkeit. Die Corona-Regeln waren, seit es einen Impfstoff gab, diesen Sommer schon gelockert worden und im Herbst würde bestimmt wieder Einiges an Kulturveranstaltungen geboten werden. Die Menschen jedenfalls dürsteten danach. Auch Eva.

Und sogar er, der Max.

Während dem Max diese Gedanken durch den Kopf gingen, hatte er die ganze Zeit hinüber geschaut, zur Brandstelle, die eher eine sich immer noch ausbreitende Brandfläche war.

Von überall her, so berichtete der Sängerkollege Horst, waren inzwischen Feuerwehren unterwegs, um die einheimischen Wehren zu unterstützen oder abzulösen. Mehr als eine Stunde an der Feuerfront hielt es kein Mensch aus, es wurde in Schichten gelöscht. Horst erzählte weiter, dass sogar versucht wurde, eine Leitung vom Trinkwasserspeicher zur Brandstelle zu legen, um Löschwasser dorthin zu pumpen. Er hatte auch gehört, dass schon Löschflugzeuge angefordert waren, die bald eintreffen würden. Die Flugzeuge sollten das erforderliche Wasser aus der Donau schöpfen und ihre tonnenschwere Löschlast dann dort oben abladen. Das wäre, so sagte der Sängerkamerad, dann ein

Spektakel für die Zuschauer hier herobeh und auf der Flanitzalm, wo sie ja gestern gewesen waren und den Brandausbruch beobachtet hatten.

Wie um die Worte des Sängerkameraden zu bestätigen, traf ein Fernsehteam des Bayerischen Rundfunks ein. Ihr blauer BR-Bus fuhr den Feldweg entlang bis zu der Stelle, an der die Zuschauermenge, es mochten inzwischen so um die zweihundert sein, sich am Hang niedergelassen hatte, der als Naturtribüne diente.

Eva fasste ihren Mann am Arm.

„Lass uns weiterfahren, bevor noch die ersten Händler kommen und Würstl und Bier verkaufen."

Max nickte stumm, verabschiedete sich von seinem Freund und radelte im Schlepptau seiner Frau den Weg weiter in den Wald hinein Richtung Josefi-Kapelle.

An dem kleinen Holzkirchlein machten die beiden eine kurze Rast. Es war zwar eher der Florian der für Feuersbrünste zuständige Heilige, so bemerkte Max, aber zur Not musste halt mal der Josef herhalten. Als Zimmermann hatte er ja auch mit leicht entflammbaren Materialien zu tun gehabt. Eva freute sich über den kindlichen Glauben, den sich ihr Max trotz seiner vielen Dienstjahre im oft brutalen Kampf gegen das Verbrechen bewahrt hatte.

„Hoffentlich kommt der Regen!", seufzte der Max, „sonst entwickelt sich dort oben wirklich noch eine Katastrophe!"

„Mir ist das jetzt schon Katastrophe genug!"

Eva schwang sich auf ihr Rad und Max folgte ihr.

Ihre Fahrradtour beschlossen die Esterln, wie so häufig, im kleinen Auerer Schwimmbad. Wer konnte wissen, ob das, wenn der große Regen kam, nicht seine Pforten für dieses Jahr schloss.

Max wechselte beim Schwimmen mit jeder Bahn seine Lage: Hinzu schwamm er in Brust-, herzu in Rückenlage. Als bei der Rückenlage sein Blick gen Himmel ging, erschrak er.

Die riesige Wolke, die der Brand inzwischen aufgetürmt hatte, war sogar von hier zu sehen. Max Esterl fühlte sich unwohl, fast sogar ein wenig schuldig. Während er hier im kühlen Wasser planschte, kämpften wenige Kilometer weiter andere Menschen, Männer und Frauen, von denen er nicht wenige persönlich kannte, mit der Hitze der Flammen.

Sollte er nicht doch der Polizei helfen, damit er wenigstens irgendetwas Vernünftiges tat?

Das musste bis morgen warten. Heute Abend hatte er etwas Schöneres vor. Max freute sich auf den Schafkopf. Wer wohl der vierte Mann aus der Spiegelhütte sein würde?

Kap. 7: Das letzte Spiel

Max Esterl bereute, als es auf sieben Uhr zu ging, schon ein wenig, dass er dem Luis zugesagt hatte. Er war müde vom gestrigen Tag, vom Frühschoppen am Vormittag, von der Radltour und vom Schwimmen am Nachmittag. Aber da musste er jetzt durch. Schafkopf war Pflichtsache, Kruminale!

Pünktlich um Sieben hupte es. Max verabschiedete sich von Eva, kruschte den Geldbeutel mit dem Spielgeld aus einer Schublade des Garderobenschranks (dreißig Euro würden wohl reichen!) und stieg zu Luis ins Auto.

Den Otto als weiteren Mitspieler wollte Luis unterwegs aufgabeln.

Als Erstes erkundigte sich Max nach den Tarifen, die in seiner neue Schafkopfrunde gespielt wurden. Die Auskunft des Alten war beruhigend: „Spiel zehn Cent, Solo a Fuchzgerl."

So war es Max recht: Nicht zu teuer spielen, dann konnte man auch einmal einen frechen Hund riskieren und verlieren, ohne dass einem gleich die Augen tropften. In seiner Jugend hatte Max Esterl hin und wieder bei einer Spielrunde zugeschaut, bei der Hunderte Mark umgesetzt wurden. Damals war es auch für ihn, den Zuschauer, ein Nervenkitzel gewesen.

Wie Max aber dann erfuhr, dass einer der Spieler, der große Verlierer, über dessen Schulter er schauen durfte und mit dem er immer mitfühlte, sich nach so einer Kartennacht aufgehängt hatte, begann sein Hirn zu arbeiten. Der Verlierer, der, so gut konnte Max das Spiel damals schon lesen, kaum einen Fehler machte und trotzdem immer verlor. Der Verlierer, der seine Existenz aufs Spiel setzte und alles verlor.

„Spiel zehn Cent, Solo a Fuchzgerl“, das war der Tarif vom Max. Die dreißig Euro würden locker reichen, selbst wenn sich alles gegen ihn verschwor. Kruminale!

Der Otto, ihr Mitspieler, wohnte in der Straße Richtung Talsperre. Max wunderte sich, als ihr Fahrer, der Luis, nachdem der Otto eingestiegen war, nicht wendete, sondern weiter in Richtung Talsperre fuhr. Nach wenigen hundert Metern allerdings bog der Luis nach links in einen Waldweg ein, der nur für forstwirtschaftliche Fahrzeuge zugelassen war.

Max räusperte sich unüberhörbar. Luis hatte verstanden und lachte.

„Mein Grundstück, mein Waldteil. Weiter oben, Richtung Buchenau. Darum bin ich Anlieger und darf hier fahren. Ist nicht groß, mein Wald, aber für einen warmen Ofen reichts, das Holz.

Kriegt alles einmal der Xaver, mein Enkel. Deine Frau kennt ihn eh, Max, die hat er in der Schule, der Xaver. Die lobt er recht, die Frau Esterl.“

„Ich werd´s ihr sagen, dann freut sie sich, die Frau Esterl.“

Jetzt fuhren die Schafkopffreunde die schöne Allee aus uralten Ahornbäumen hinab, die zum Schloss Buchenau führte, dann vorbei am Schloss und durchs Dorf zum Gasthof Weber.

Auf dem kurzen Weg vom Schloss zum Weber begegneten ihnen drei Feuerwehrautos, alle fuhren sie Richtung Großbrandstelle.

„Wachablösung“, konstatierte der Otto. „Bei mir fahren sie um diese Zeit auch immer vorbei, die Feuerwehrler. Zur Talsperre rauf und dann weiter die Schachtenstraße hoch bis zur Brandstelle. Eine halbe Stunde später kommen die abgelösten Feuerwehrleute runter. Das ist ein Kommen und Gehen! Die über die Talsperre hochfahren sind für den südöstlichen Teil zuständig, die über Buchenau kommen, bewachen den nordwestlichen Teil. In drei Schichten arbeiten sie."

Eine der Schichten hatte anscheinend im Gasthof Weber Halt gemacht, um zu essen und den sonntagabendlichen Dienstschluss zu feiern.

Die Gaststube war voller Feuerwehrleute in Einsatzmonturen, die kräftig dem verdienten Feierabendbier zusprachen. Das stand ihnen auch zu. Die Schafkopffreunde sahen in rauchverschmierte, verschwitzte Gesichter, denen die Strapazen des heißen Tages deutlich anzusehen waren. Jeder von ihnen aber lachte und war froh, endlich etwas Gescheites zu trinken zu bekommen.

Zwei Bedienungen waren damit beschäftigt, genügend Nachschub für die ausgetrockneten Gurgeln herzubringen, eine Bedienung hatte schon mit dem Servieren des Essens begonnen. Schweinsbraten oder Schnitzel, a la carte hatte der Wirt Andi, der heute wohl einen Blitzküchenkrieg führen musste, nicht anbieten können. Es sollte ja schnell gehen.

Die Gesichter der Feuerwehrfrauen und -männer zeigten, dass sie zufrieden waren.

Eine der Bedienungen war auf die Schafkopfer aufmerksam geworden. Sie deutete Richtung Terrassentür.

„Geht´s ausse, aaf d´Terrassn, da herin is koa Platz, außerdem versteht man sein eigenes Wort nicht hier drin. Da kinnts net Kartln. Der andere is eh scho da."

Folgsam wandten sich die Drei der Terrassentür zu und suchten sich ihren Weg zwischen herumstehenden und diskutierenden Feuerwehrleuten hindurch.

Auf der beleuchteten Terrasse war es ruhiger. Dort saß auch ihr vierter Mann. Das war also der von Luis angekündigte Professor aus dem Nachbarort Spiegelhütte. Max kam er irgendwie bekannt vor. Früher war er oft und gern in Spiegelhütte beim Straßner eingekehrt, aber seit die Wirtsleute ihr Lokal aus Altersgründen geschlossen hatten, kam er nicht mehr oft in das Dorf, das wie eine Insel inmitten riesiger Wälder lag.

Den Professor aber hatte er schon einmal irgendwo gesehen. Vielleicht beim Straßner? Politologe war er, hatte der Luis gesagt, der weitschichtig mit ihm verwandt war. Spezialgebiet Terrorismus! Na hoffentlich redeten sie nicht den ganzen Abend über die Öko-Terroristen. Max wollte spielen!

Der Professor hatte zwei Getränke vor sich stehen, ein Wasser und irgendetwas Undefinierbares, das nach Cola ausschaute. Seine Brille gab dem Gesicht des Professors eine gewisse Strenge, aber als er zur Begrüßung seiner Schafkopfpartner lächelte, verloren die Züge ihre Ernsthaftigkeit. Der Professor freute sich auch auf das Spiel.

Vor ihm lagen schon die Karten und die Schüsselchen für das Spielgeld. Nur keine Zeit verlieren! Das war auch die Devise vom Max.

Eine der Bedienungen kam, der Otto und der Max bestellten ein Bier, der Luis sein obligatorisches Weißbier. Ein Leichtes allerdings, weil er ja fahren musste.

Als die Auerer etwas zu Essen bestellen wollten, bat die Kellnerin sie um Geduld. Erst mussten die Feuerwehren abgefüttert werden, dann wären sie dran.

„Fangts halt erst einmal mit dem Kartenspielen an."

Die Schafkopfer ließen sich das nicht zweimal sagen.

Bis zum Essen entwickelte sich ein gepflegter Schafkopf. Wie so oft verlor Max in den ersten Runden. Er musste sich erst an die Spielweise der anderen gewöhnen. Der Otto spielte eher so wie er selber: Überblick behalten, zunächst kein allzu großes Risiko eingehen, die Gegner studieren. Der Luis agierte verhalten, etwas passiv, spielte nur die ganz sicheren Spiele, die allerdings brachte er sehr gut nach Hause.

Der Professor dagegen, das erkannte man sehr schnell, war ein reiner Lustspieler. Er spielte aus Freude, auch aus Freude am Risiko. Er ärgerte sich zwar ebenso wie die anderen, wenn ein Spiel verloren ging, aber er freute sich dafür umso mehr, wenn er ein weiteres, womöglich sogar ein freches Spiel gewann.

So waren die Rollen genauso gut verteilt wie die Gewinne, und es ergaben sich immer wieder ganz interessante Konstellationen und spannende Spiele. Keiner hatte bis jetzt noch von etwas anderem als dem Kartenspiel gesprochen.

Es war einfach entspannend für Max Esterl, und, deutlich erkennbar, auch für seine drei Mitspieler. Die Feuerwehrleute hatten nach und nach das Feld geräumt und waren in ihren Mannschaftswagen heim in ihre wohlverdienten Ruhephasen gefahren, es begann, dunkel zu werden, aber es war noch immer warm draußen. Keiner von den Schafkopfspielern hatte bisher eine Jacke oder einen Pullover gebraucht. Nur einen leichten Hauch von Brandgeruch glaubte Max festzustellen. Kam der Geruch von der Brandstelle? Der Wind wehte eher in die andere Richtung, nach Südwesten, also dorthin, wo Frauenau lag.

Jetzt brachte die Bedienung ihr Essen. Der Professor aß nichts, er war gerade beim Fasten, aber die drei Frauenauer hatten jeder ein Schnitzel bestellt. Kaum, dass sie den ersten Bissen von ihren Tellern genommen hatten, begann der Luis, seinen Verwandten, den Professor, in ein Gespräch über den Brandanschlag zu verwickeln. Erst zögerte der Professor ein wenig, er wolle hier nicht dozieren, wo doch der Schafkopf momentan viel wichtiger sei, dann aber ließ er sich doch auf eine Diskussion ein. Schnell erwies sich, dass der Politologe ein ausgewiesener Terrorismusexperte war, der schon Bücher über dieses Thema geschrieben hatte.

Der Otto war es vor allem, der die Fragen stellte. Er konnte nicht glauben, dass Menschen aus Idealismus den Wald anzündeten.

„Aus Geldgier anzünden, wie in Brasilien, das kann ich mir vorstellen. Die Menschen lügen, betrügen und morden sogar aus Habgier.

Aber aus Idealismus? Den Wald anzünden? Das geht mir nicht in den Kopf!"

„Was glaubst du, sind die wahren Beweggründe dieser Leute?", mischte Max Esterl sich ein.

„Wie sind die gestrickt?"

„Das sind junge Aktivisten, Idealisten, wie der Otto gesagt hat. Idealisten, die gerade erleben müssen, wie ihre Zukunft den Bach runter geht. Diese Leute sehen ihre Perspektive nicht in einer gesicherten Stellung mit möglichst viel Kohle und einem tollen Vorzeigepartner.

Das sind Spitzenleute. Ernsthaft, engagiert. Ich wollte, ich hätte mehr von denen bei mir an der Uni und nicht so viele Glattgebügelte, Angepasste."

„Ja, aber das, was sie machen ist trotzdem nicht richtig", hatte der Otto eingeworfen.

„Natürlich ist das nicht richtig. In unseren Augen. Aber diese Umweltaktivisten sehen die Sache mit anderen Augen. Und das was sie sehen oder vielmehr in der Zukunft heranziehen sehen, ist so schlimm, so zerstörerisch, dass sie handeln müssen. Ihr moralischer Impetus…"

Der Professor unterbrach sich selber und nahm die Karten in seine Hände, um zu mischen. „Wollten wir nicht Schafkopf spielen?"

Der Otto ließ aber nicht locker: „Denkst du, die machen noch weiter? Ihre Ankündigung lässt ja sowas vermuten."

„Die machen auf alle Fälle noch weiter! Ihr werdet sehen! Die können jetzt gar nicht aufhören. Das sind sie ihren Egos schuldig. Ihre Motive sind zwar äußerst altruistisch, ihr Antrieb ist aber eigentlich auch ein egoistischer. Die sind bürgerlicher als wir denken. Das gleiche Schema wie bei der RAF damals, der Baader-Meinhof-Bande, wie man sie nannte. Könnt ihr euch erinnern?" Alle drei nickten. „Die können nicht aufhören, diese Umweltaktivisten. Die sind zur Konsequenz erzogen worden. Wenn die Forderungen nicht erfüllt werden, dann…" Der Professor ließ die Antwort offen.

„Dann?", echote der Luis.

„Dann müssen sie konsequent sein, die Aktivisten. Ja glaubt ihr denn, dass ihre Forderungen erfüllt werden? Kein Politiker kann das. Wir leben in einer Demokratie! Das müssten eigentlich auch die Aktivisten wissen. Wahrscheinlich wissen sie es sogar. Sind ja nicht dumm. Aber die Radikalisierung ist schon so weit fortgeschritten, dass sie sich nicht mehr von selber bremsen können. Die machen weiter. Müssen weiter machen!"

Max merkte, wie der Luis sein Schachtenschnitzel, das er mit großem Appetit zu essen begonnen hatte, stehen ließ. Irgendwie war ihm ein Bissen im Hals stecken geblieben, denn er hustete, stand auf, hustete erneut und machte sich dann schnell auf den Weg zur Toilette.

Bis er wiederkam, waren die anderen mit dem Essen fertig. Luis ließ sein Schnitzel halb gegessen abservieren. Max machte sich Gedanken um den Alten. Was an der Rede des

Professors hatte ihn so beunruhigt, dass es ihm in der Kehle stecken geblieben war?

Viel Zeit zum Nachdenken blieb dem Max allerdings nicht.

„Vorlesung beendet, jetzt beginnen wieder die Übungen!" Der Professor klatschte in seine Hände und begann die Karten zu mischen. „Ein Stündchen noch, dann ist Feierabend. Zeit ist Geld!"

Der letzte Satz des Professors bewahrheitete sich. Max Esterl verlor ein Spiel nach dem anderen. Wenn er eine gute Karte hatte, dann war garantiert sein Spielpartner sauschlecht und wenn er ein Solo tat, dann hatte einer seiner Gegner entweder ein noch besseres oder ein Kontra. Alle drei Mitspieler profitierten, am meisten aber der Professor, der mittlerweile immer risikoreichere Spiele ansagte, die er aber alle gewann. Das Geldschüsserl vom Max hatte schon zwei Mal die Schwindsucht bekommen und Max war jedes Mal „ins Böhmen gefahren", wie die Waidler sagen, wenn sie beim Kartenspielen frisches Geld zuschießen müssen.

Ein Euro und ein Fuchzgerl befand sich noch im Schüsserl des Max Esterl, als die Aufforderung vom Luis kam: „Der Alte(=Eichelober) gibt die letzte Runde."

Luis wollte pünktlich aufhören. Seit seinem Hustenanfall nach der Rede des Professors war ihm anscheinend nicht mehr so richtig wohl gewesen. Er hatte sonderbar kleinlaut, unkonzentriert und abwesend auf Max gewirkt. Was da wohl dahintersteckte? Auch Luis hatte Einiges verloren, aber Max war der Spitzenreiter. Kruminale! Und jetzt kam das letzte Spiel.

Nur noch einsfünfzig im Schüsserl, also achtundzwanzigfünfzig verspielt.

Max hatte ein Schellnsolo. Kein todsicheres, aber ein gutes. 75 Prozent Gewinnchancen, taxierte Max.

Wenn er dieses Solo verlor, war er pleite. Ein Fuchzgerl pro Mann würde es kosten. Aber das Geld reichte noch, ohne dass Max aus seinem privaten Geldbeutel zuschießen musste. Wie lange war dies dem Ex-Kommissar schon nicht mehr passiert? Seit seiner Studentenzeit nicht mehr!

Wenn er das Solo gewann, dann war er natürlich noch lange nicht saniert, aber er hatte wenigstens eine kleine Genugtuung: Das letzte Spiel!

„Schelln sticht!"

„Kontra!"

„Kruminale!"

Max Esterl langte automatisch in die Hintertasche seiner Jeans, zog seinen Geldbeutel heraus und legte ihn auf den Tisch. Den Privaten! Das Spielgeld war erschöpft, die dreißig Euro hatten nicht gereicht.

Der Professor lächelte diabolisch. Oder täuschte die Terrassenbeleuchtung? Seine Brille hatte er weggelegt. Wie sich herausstellte, hatte der Professor alle Trümpfe gegen Max in seiner Hand. Für dieses letzte Spiel brauchte er keine Brille. Das Kontra gewann er auch blind!

***

Die Nachtausgabe der Tagesschau am Sonntagabend, zu der Max gerade noch rechtzeitig vom Schafkopfdesaster heimgekommen war zeigte Bilder vom Waldbrand im Nationalpark. Die Flammen, die Einsatzkräfte, das alles ließ sich natürlich bestens darstellen. Die Bilder erinnerten Max an die Aufnahmen aus Kalifornien, die jedes Jahr im Spätsommer um die Welt gingen.

In der Nacht wachte Esterl, wie immer, zweimal zum Bieseln auf. Um halb drei und um fünf. Bereits beim ersten Mal hatte er das Gefühl, dass der Brand mittlerweile schon zu riechen war. Max trat durch die Schlafzimmeraußentür auf den Balkon. Von dort aus konnte er zwar das Brandgebiet nicht direkt sehen, dieses war von vorgelagerten kleineren Bergen verdeckt. Aber er sah den fahlroten Glutschimmer am Nachthimmel. Max schauderte trotz der Wärme dieser Spätsommernacht.

Aus den Tiefen seines Bewusstseins kamen Erinnerungen empor.

Erinnerungen an die Erzählungen seiner Mutter und Großmutter von den Bombennächten des Zweiten Weltkriegs, als der Feuerschein der zerstörten Städte bis hin in den Bayer- und Böhmerwald zu sehen war.

Kap. 8: Wödaschwüln

Tatsächlich lag am Montagmorgen Brandgeruch über dem Flanitztal. Man merkte, dass das Wetter in den nächsten Tagen umschlagen würde. Bleierne Schwüle herrschte schon am Vormittag, eine Schwüle, die nicht nur die Hitze in den Tälern festhielt, sondern auch den Rauch nach unten drückte, sodass sich ein Schleier über das Dorf unterm Rachel legte.

Ein weißer Schleier, der den Menschen den Atem nahm. Besonders die Asthmatiker hatten zu kämpfen, die Leute husteten, um ihre Atemwege freizubekommen, aber sie husteten vergeblich. Die Leute schlossen die Fenster ihrer Wohnungen, der Rauch drang jedoch in die kleinsten Ritzen. Die Leute kramten ihre Coronagesichtsmasken hervor, aber der Rauch drang sogar durch die dichtesten Masken.

Eva Esterl war froh, dass sie am Morgen ans Gymnasium nach Zwiesel zum Unterrichten fahren musste. Dort war die Situation weit weniger schlimm und man konnte durchatmen.

Wenn der Regen kam…!

Der ganze Zwieseler Winkel wartete auf den Regen. Nur er konnte das Feuer löschen.

Auf ihrem Weg nach Zwiesel musste Eva an Anna, ihre Ziehtochter und an deren Baby denken. Die ganze Nacht war Anna mit der kleinen Fini beschäftigt gewesen, hatte sie ihrer Stiefmutter geklagt. Die Fini hatte besonders unter der rauchgeschwängerten Luft und der schwülen Hitze zu leiden, die sofort entstand, wenn man die Fenster im Schlafzimmer schloss. Fast die ganze Nacht war die Fini wach gewesen und hatte immer wieder gehustet.

Toni, Annas Mann, konnte heilfroh sein, dass er diese Woche in seiner Heimatstadt Bergreichenstein drüben im Böhmerwald war.

Toni wollte von dort noch Einiges holen, was bei seinem Umzug nach Deutschland liegen geblieben war, er wollte seine allein lebende Mutter besuchen und sich mit seinen alten Freunden treffen. Heute Abend, so nahm sich Eva vor, würde sie der Anna vorschlagen, die Fini und das Kinderwägelchen und den ganzen Kram, den sie und ihr Baby brauchten, zu packen und dem Toni nach Kašperské Hory in seine Heimat hinterherzufahren. Dort würde die Luft rein sein. Platz genug hatte die Marketa, die Mutter vom Toni in ihrem kleinen Häuschen. Ihre beiden anderen Kinder lebten in Prag, und ihr Mann, Tonis Vater, war vor drei Jahren gestorben.

Heute Abend würde sie mit Anna drüber reden und ihr anbieten, dass der Max sie mit ihrem großen Kombi rüber bringen könne. Der Max fuhr sowieso immer und jederzeit gern in den Böhmerwald.

Eva war so in Gedanken, dass sie die Lücke am chronisch überfüllten Parkplatz des Gymnasiums fast übersehen hätte. Sie war etwas in Eile, weil sie noch ein Gedicht für ihre Q 12 kopieren musste. Ein Gedicht, das ihr heute Nacht in den Sinn gekommen war, als sie vor Hitze nicht einschlafen konnte:

„Wödaschwüln" hieß es, und es stammte von der Emerenz Meier, einer Dichterin, auf die Eva erst nach ihrem Umzug hierher, in den Bayerischen Wald, gestoßen war. Die Emerenz aus Schiefweg, so fand Eva, war eine starke Frau und eine große Dichterin. Leider war sie, selbst hier im Bayerischen Wald, noch viel zu unbekannt. Die „Wödaschwüln" war kein Gedicht, das man zu jeder Jahreszeit mit den Schülern lesen konnte. Heute würde es passen.

Natürlich war der Kopierer, wie immer zu dieser halben Stunde vor Unterrichtsbeginn, belegt. Eva ärgerte sich darüber, dass sie nicht schon gestern daran gedacht hatte, einen Klassensatz der „Wödaschwüln" zu kopieren. Die Kopie allerdings würde Eva erst nach dem Vortrag des Gedichts austeilen. Die Wedaschwüln war eines jener Gedichte, die unbedingt laut gelesen werden mussten. Laut und mit Ausdruck!

Eva übte halblaut, während der Kollege am Kopierer, ein älterer Musiklehrer, seine Noten für den Schulchor vervielfältigte:

„Wödaschwüln

Mi würgt der Wind, mi druckt der Tag-

Hü, meine Öchsl, hü!

Schwül wirds, es kimmt a Wödaschlog.

Hü, meine Öchsl, hü!

Der Acker hat an hirtn Bodn,

Der Mähnt koan…"

„Möchst du des in deiner Klass a so vorlesn?", unterbrach der Musiklehrer, der offenbar über ein hervorragendes Gehör verfügte, das Murmeln der Deutschlehrerin.

Schuldbewusst antwortete Eva: „Ich weiß schon, ich bin eigentlich keine Mundartsprecherin. Aber das Gedicht da gehört gelesen, vorgetragen, sonst wirkt es nicht."

„Wennst as a so vortragst, wia grad davor, Eva, dann wirkts erst recht net, des kann i dir sagn."

„Vielleicht sollt ich es einer der Q 12lerinnen geben, da sind einige dabei, die können gut vortragen."

„Das kannst du machen Eva“, wechselte der Kollege ins Hochdeutsche, „aber ich mach dir einen anderen Vorschlag.“

„Und der wäre?“

„Ich geh mit dir in die Q 12 und trag das Gedicht vor. Vom Inhalt her ist es ja eigentlich grauslig, aber da ist so viel Musik drin, das ist dann fächerübergreifender Unterricht. Dafür bekommen wir noch Lob von ganz oben.“

Der Musiklehrer grinste. Eva wusste, dass er es mit denen ganz oben nicht so hatte.

„Du würdest das für mich machen? Tolle Kollegen haben wir hier.“

Während seine Notenklassensätze weiter durch den Kopierer liefen, nahm der Musiklehrer der Eva das Blatt mit dem Gedicht aus der Hand und las freiweg:

„Wödaschwüln

Mi würgt der Wind, mi druckt der Tag-
Hü, meine Öchsl, hü!
Schwül wird's, es kimmt a Wödaschlag.
Hü, meine Öchsl, hü!

Der Acker hat an hirtn Bodn,
Der Mähnt koan Gang, der Pfluag an Schodn-
Hü, meine Öchsl, hü!

Mi würgt der Wind, mi brennt der Tag!
Hott, meine Öchsl, hott!

Und daß mi s´Mensch iatzt nimmer mag?-
Hott, meine Öchsl, hott!

Es hat – i moan – sein guatn Grund,
Und wann i´hn net derstich, den Hund,
den schlechtn, straf mi Gott!
Mei Mensch is schö, drum gfallts eahm guat.
Wüah, meine Öchsl, wüah!

A Messer und fünf Stich gibt Bluat.
Wüah, meine Öchsl, wüah!

Zua bis aufs Heft und ummadraht,
Verfluachter Lump, wia wohl dös taat!
Wüah, meine Öchsl, wüah!

Und bist so schö, du schwarze Dirn,
Zauf, meine Öchsl, zauf!

Und hast so krauste Haar ums Hirn,
Zauf, meine Öchsl, zauf!

Und lachst so süaß und schaust so fei,
Und kannst so falsch und elend sei!
Zauf, meine Öchsl, zauf!

Mi würgt der Wind, mi brennt der Tag!
Aoh, meine Öchsl aoh!

Muaß´s sein, daß i dös ewi trag?
Aoah, meine Öchsln, aoh!

Der Dunner kracht, es blitzt und brennt,
Schlag, Herrgott, ein und mach an End!-
Aoh, meine Öchsln, aoh!“

Als der Musiklehrer geendet hatte, klatschten Eva und zwei andere Lehrer, die sich in die Kopierschlange eingereiht hatten, lange Beifall. Das Gedicht traf anscheinend auch ihren Nerv in dieser wetterschwülen Zeit.

***

Nachdem Eva mit dem Auto zur Arbeit ans Gymnasium nach Zwiesel gefahren war, machte sich Max, der schon mit seiner Frau gefrühstückt hatte, eine weitere Tasse Kaffee, setzte sich an den Esstisch und begann, den Bayerwald-Boten genauer zu studieren.

Die Titelseite und der Lokalteil waren natürlich voll mit Bildern und Berichten vom Waldbrand. Feuerwehrleute, die mit Löschkanonen bombenartige Wasserfontänen in die lodernden Flammen prasseln ließen, Luftaufnahmen, die das ganze Ausmaß dieser „Tragödie“ zeigten, ein verletzter Feuerwehrmann, der auf einer Trage abtransportiert wurde, schwarzverkohlte Baumstümpfe, die, so die Bildunterschrift, wie anklagend in den Himmel ragten. Diese Baumstümpfe hatten allerdings, da war Max sicher, auch schon vor dem Brand als Käferleichen anklagend in den Himmel geragt. Jetzt waren diese Leichen mitsamt ihrer Borkenkäfermörderbande lediglich in einem Baumkrematorium eingeäschert worden.

Auch ein Kommentar beschäftigte sich mit diesem schrecklichen Ereignis und natürlich vor allem mit dem Bekennerschreiben an der Frauenauer Kirchentür, das den ermittelnden Behörden nach wie vor große Rätsel aufgab „ROBIN HOOD geht anders“, war der Kommentar tituliert, und er forderte „Durchgreifen und die Täter schnell dingfest machen, bevor sie in ihrer jugendlichen Dummheit, die leider, man muss es so deutlich aussprechen, ins Kriminelle gewechselt ist, noch mehr Schaden anrichten."

„Jugendliche Dummheit", das hätte Max Esterl den Öko-Aktivisten auch attestiert. Die Linie zwischen noch idealistisch und schon kriminell begann allerdings bei ihm zusehends zu verschwimmen. Zumindest die Beweggründe der jungen Täter konnte er verstehen. Sie verzweifelten in ihrem Idealismus an der Welt. Und wer verzweifelt war, verhielt sich häufig irrational und griff manchmal zu den schlimmsten Mitteln. So hatte das gestern auch der Professor gesehen.

Vor lauter Konzentration auf die Zeitung hatte Max auf den Kaffee vergessen. Er schüttelte seinen Kopf, schüttete das letzte, lauwarme Noagerl des braunen Getränks hinunter und blätterte weiter, hin zu den übrigen Nachrichten, die so einen Lokalteil Tag für Tag füllen.

Bei einer kleinen Notiz im Veranstaltungsteil stutzte Max:

„Buchvorstellung des Karl Klostermann Vereins im Gistl."

Der Roman „Im Böhmerwaldparadies" des tschechisch-deutschen Schriftstellers Karl Klostermann war neu aufgelegt worden und sollte heute Abend im Kulturtreff Gistl in Frauenau der Öffentlichkeit präsentiert werden. Eva und Max Esterl waren seit vielen Jahren Fans des großen Böhmerwalddichters. Warum war ihnen dieser Veranstaltungstermin nicht schon früher aufgefallen? Da mussten sie hin, Kruminale!

Hoffentlich hatte Eva heute Abend Zeit. Und hoffentlich wurde die Veranstaltung nicht in letzter Minute abgesagt. Die Luft wurde immer schlechter.

Kap. 9: Im Gistl

Das Gespräch mit der Anna über ihren kurzfristig beschlossenen Umzug mit der kleinen Fini nach Bergreichenstein hatte etwas länger gedauert als vorgesehen, und die Esterln hatten sich beeilen müssen, rechtzeitig zum Gistl zu kommen.

Der kleine, altertümlich, aber gemütlich möblierte Saal, in dem die Buchvorstellung stattfinden sollte, war deshalb schon bis auf den letzten Platz gefüllt, als Eva und Max kurz vor Beginn der Veranstaltung im Gistl eintrafen. Eva wollte bleiben, auch wenn sie mit einem Stehplatz vorliebnehmen musste, Max dagegen, der ein lädiertes Knie hatte und nicht so lange stehen konnte, wollte schon wieder gehen, als ein Mann mit Glatze und grauem Bart, der offenbar einer der Organisatoren der Veranstaltung war, hinter der Theke hervorkam und den am Eingang stehenden Esterln mit Handzeichen zu verstehen gab, dass doch noch Platz für sie beide sei.

Der Platterte, der etwa im Alter von Max zu sein schien, reckte zwei Finger in die Luft und sah Max fragend an. Max zeigte ihm ebenfalls zwei Finger und nickte bejahend, worauf der Organisator sie zu sich winkte. Eva und Max querten den Raum, indem sie sich durch die Stuhlreihen zwängten. Dann erst, als sie bei dem platterten Platzanweiser standen, entdeckten sie, dass in einer Nische, die vom Eingang her nicht zu sehen war, noch ein Tischchen mit zwei Plätzen frei war.

Zufrieden nahmen die beiden an dem Nischentisch Platz. Man musste sich zwar den Hals gehörig verrenken, um etwas von der Veranstaltung zu sehen, aber es würde ja heute eh mehr auf das Gesprochene ankommen.

Noch zufriedener war Max, weil die Bedienung in Windeseile da war und sein Bier schon auf dem Tisch stand, bevor die Buchvorstellung angefangen hatte. Eva hatte ein Wasser bestellt.

Kaum hatten die beiden ihren ersten Schluck getan, da begann schon ein Musikduo zu spielen. Die „Zitherpartie", so waren die beiden vom Hausherren im Gistl angekündigt worden, einem, wie Max auffiel, ebenfalls schon grauhaarigen, Kettenraucher. der die Veranstaltung eröffnete.

Kaum waren die letzten Töne des „Zitherflirt" verklungen, als der platterte Platzanweiser das Wort ergriff.

Er entpuppte sich als der Vorstand des Klostermann-Vereins und verglich in der nun folgenden Vorstellung des neuen Buches den Titel des Klostermann-Romans mit dem tatsächlichen Leben im Böhmerwald der Klostermann-Zeit.

Ein Paradies sei der Böhmerwald wohl nie gewesen, dafür habe man für das Leben dort zu hart kämpfen müssen. Erst nach dem Orkan von 1870, der die Wälder entwurzelte, und nach der darauffolgenden Borkenkäferkalamität mit ihren katastrophalen wirtschaftlichen Auswüchsen, erst danach sei den Bewohnern des Böhmerwaldes sein früherer Zustand wie ein Paradies vorgekommen.

„Es ist heute noch genau so wie früher, eigentlich wie immer, seit den ältesten Zeiten. Schon im Alten Testament können wir das nachlesen, in der Erzählung vom Paradies." An seinem sich steigernden Ton merkte man, dass der Redner zum Ende kam.

„Erst wenn etwas verloren geht, unwiederbringlich verloren, erst dann wird es zum Paradies."

Unter Beifall beendete der Klostermann-Experte seinen kurzen Vortrag und kündigte ein weiteres Musikstück der Zitherpartie an.

Während das Musikerpaar den „Dritten Mann“ intonierte, beugte sich Eva zu ihrem Mann hinüber, damit sie nicht so laut sprechen musste: „Da hat der Klostermann-Experte recht gehabt. Irgendwie, so denke ich, hat dieser Schriftsteller im Kleinen schon das vorausgedacht, was in der nächsten Zeit auf uns, auf die ganze Welt zukommt.“

Eva schaute ernst drein. Sehr ernst.

„Wir haben bis jetzt gelebt wie im Paradies. Wir hatten alles, konnten uns alles leisten.

Unser Scheinparadies, unsere Welt, unsere Umwelt wird momentan zerstört. Unwiederbringlich zerstört. Eigentlich muss man sogar sagen, unser Paradies zerstört sich selbst. Je mehr Paradies wir konsumieren, desto mehr Paradies machen wir damit kaputt. In zwanzig Jahren werden auch wir unseren Böhmerwald so wenig wiedererkennen, wie der Klostermann damals den Wald seiner Kindheit.“

Max hatte zwar akustisch nicht alles verstanden, was Eva gesagt hatte, aber er nickte, während Eva fortfuhr:

„Ich verstehe die jungen Leute, wenn…“.

Die philosophischen Ausführungen der Eva Esterl wurden unterbrochen. Die Musik hatte ihr Stück unter großem Beifall beendet, eine Dame vom Klostermann-Verein las mit dramatischer Stimme einen längeren Dialog aus dem neuerschienenen Buch vor. Max und Eva fanden nicht nur die Stimme der Frau beeindruckend, sondern auch den Inhalt ihres Vortrags: Der Klostermann war wirklich seiner Zeit voraus gewesen und hatte vieles von dem gesehen, was die Welt erst jetzt so richtig bedrohte.

Nach der Veranstaltung beschlossen die Esterln, noch ein wenig sitzen zu bleiben und die etwas melancholische Stimmung, die die Buchvorstellung bei ihnen hinterlassen hatte, ausklingen zu lassen. Max bestellte sich ein zweites Bier, Eva trank ein Glaserl Wein.

Das Lokal hatte sich geleert. Viele der Besucher verließen das Gistl mit einem Klostermann-Buch unter dem Arm. Als alle gegangen waren, packte der platterte Vereinsvorstand die wenigen nicht verkauften Klostermann-Romane zusammen, trank an der Theke noch eine Stehhalbe Bier mit dem Wirt und verabschiedete sich mit einem „Servus miteinander" von den Esterln, der Wirt ging mit ihm nach draußen, wohl um eine Zigarette zu rauchen. Eva und Max saßen allein im Lokal und unterhielten sich weiter.

Nach ein paar Minuten hörte Max Esterl die Tür schlagen, die vom Lokal in einen Vorraum führte. Er und Eva dachten, der Wirt wäre vom Rauchen zurückgekommen, die Stimmen aber, die sie von ihrer Nische aus hörten, waren ihnen unbekannt. Es waren drei, vier junge Menschen, die den Raum betreten hatten. Der Stimme nach war eine Frau unter ihnen.

Einer der Männer sprach Deutsch mit deutlich tschechischem Akzent, die anderen sprachen Bairisch, bemühten sich aber, wohl wegen des Tschechen, einigermaßen nach der Schrift zu sprechen.

„Wann starten sie drüben in Srní?", fragte einer der Bayern mit einer hellen aber kräftigen Jungmännerstimme. „Heute noch?"

„Nää, morgen erst. Morgen Abänd, soviel ich weiß. Gäht nicht frihr. Erst muss Zdeněk kommen aus Plzen. Ohnä ihm gäht nicht."

„Aber übermorgen kommt der große Regen. Das rentiert sich doch überhaupt nicht! Dann brauchen sie gar nicht erst anfangen", entgegnete der mit der kräftigen Stimme.

„Rentiert odr nicht rentiert, egal! Wenn Zdeněk ist in Prášily, dann ja. Wenn Zdeněk nicht, dann nää. Zdeněk kommt morgän. Dann wie besprochän."

„Scheiß auf Zdeněk, die können doch…", schimpfte die helle Stimme laut, aber da kam offenbar der Wirt vom Rauchen zurück. Der Satz blieb unvollendet, man hörte den Wirt nach den Wünschen der neuen Gäste fragen. Alle vier, auch die Frau, bestellten Bier und redeten über belanglose Dinge. Dann konnte Max nicht mehr verstehen, was sie sagten, denn der Wirt hatte Musik eingeschaltet.

Hastig trank Max sein Bier aus, stand vom Tisch auf und trat aus der Nische, um dem Wirt zu signalisieren, dass er noch eine Halbe wollte. In Wirklichkeit aber wollte er sehen, wer die neuen Gäste waren, die sich unbeobachtet gewähnt und deshalb so verdächtig dahergeredet hatten.

Die vier Personen, die an der Theke standen, trugen alle „Bund Naturschutz-Outfit": khakibraune oder schlammfarbene T-Shirts, Trekkinghosen und Trekkingsandalen. Zwei von ihnen standen dicht beieinander, der Mann hatte eine Hand auf die Schulter seiner Nachbarin gelegt. Die beiden waren, so folgerte der Ex-Kommissar, offenbar ein Paar. Die junge Frau, sie hatte ihre blonden Haare zu Zöpfen geflochten, und der Bursche mit dunkelbraunem Vollbart und halblangen Haaren bildeten sogar ein sehr attraktives Duo.

Neben ihnen stand ein ziemlich großer, ebenfalls bärtiger, nicht mehr ganz so junger Mann. Seine gebräunten, muskulösen Arme ließen auf häufigen Aufenthalt oder sogar eine Tätigkeit in der freien Natur schließen.

Die vierte Person war ein äußerlich völlig unscheinbarer, eher blasser junger Mann, der eine runde Nickelbrille trug.

Diese ließ ihn nicht nur älter, sondern auch gelehrt aussehen.

Der Wirt hatte Max bemerkt:

„Kriagst na a Hoibe?“

Max hob den Daumen. Der Wirt schien das Zeichen zu verstehen und hob ebenfalls seinen Daumen.

Natürlich war die Zeit des Lauschens vorbei. Da die Musik eingeschaltet blieb, konnten Eva und Max nichts mehr hören und da der Wirt jetzt den Vieren am Tresen direkt gegenüberstand, wollte das Quartett sicher auch über nichts mehr reden außer über Belanglosigkeiten.

Max beugte sich über den Tisch zu Eva hin:

„Hast du gehört? Die haben eine neue Aktion besprochen. Die Tschechen warten nur noch darauf, bis der eine, der, der Schenek kommt, dann schlagen sie los! Kruminale!“

„Der Zdeněk.“

„Wer?“

„Der Zdeněk soll kommen, aus Pilsen, hat der Tscheche gesagt, nicht der Schenek.“

„Ist doch egal, der Schenek oder der Zdeněk.“

„Ist nicht egal, Max. Du kannst doch nicht einen Schenek verdächtigen, wenn ein Zdeněk gemeint ist. Überhaupt verdächtigen! Ich erzähle dir jetzt meine Interpretation von dem Gespräch, das wir gerade eben mitgehört haben: Da unterhalten sich vier junge Menschen im Freizeitzentrum Gistl. Einer von ihnen hört sich übrigens so an, wie einer meiner Schüler von der Q12. Sie reden darüber, welche Wanderungen sie die nächsten Tage unternehmen wollen und dass sie unbedingt auf einen Zdeněk warten wollen, weil der vielleicht ihr Wanderführer ist oder ihr bester Spezl oder weil sie ihm versprochen haben zu warten. Und du verdächtigst sie und konstruierst einen Fall daraus!“

„Hast du denn nicht gehört, wie offensichtlich sie das Thema gewechselt haben, als sie auf uns aufmerksam gemacht wurden?"

„Sie wurden auf uns aufmerksam gemacht, sagst du? Das war doch keine Absicht vom Wirt! Dein Glas war leer, du bist aufgestanden und er hat dich gefragt, ob du noch eine Halbe willst."

„Ja genau. Und dadurch hat er die Ökos auf uns aufmerksam gemacht und sie haben schnell das Thema gewechselt."

„Das war doch ein Zufall. Wenn der Wirt dich nicht gefragt hätte, ob du ein Bier willst, dann hättest du gemault".

Eva schaute grimmig, verzog ihren Mund zu einer Schnute und äffte Max nach. „So eine trockene Baustelle, hättest gesagt. Gibt´s hier in diesem Jugendetablissement keinen Alkohol für Leute über sechzig?" Dann holte Eva tief Luft, zog ihre Augenbrauen grimmig nach unten, räusperte sich und fluchte zwei Oktaven tiefer:

„Kruminale! NedamoiaBierkriagtmadaherinad." (Nicht einmal ein Bier bekommt man da herinnen)

Das nachgemachte Bairisch seiner Frau, die zwar ein echtes Münchner Kindl war, aber nach der Schrift sprach, klang so lustig, dass Max lachen musste.

„So zum Lachen ist das nicht, Max. Ich kenne dich! Du bist schon wieder dabei, dich in etwas verwickeln zu lassen. Bitte diesmal nicht, Max. Lass die Finger davon!

Jetzt beginnt das erneut mit dir. Hast du nicht geschworen, dass du in Frauenau…"

Genau jetzt kam der Wirt mit dem Bier für Max.

Max war froh, dass seine Frau ihre Rede nicht fortsetzte.

Kruminale! Zwei Finger seiner rechten Hand ließe er sich abschneiden, wenn er nicht Recht hatte vorhin.

Kap. 10: Die Fahndung läuft

Bereits auf dem Heimweg vom Gistl merkten die Esterln, dass es noch schwüler zu werden begann. Waren die letzten Nächte schon heiß gewesen, ehe um zwei oder drei herum die ersten kühleren Fallwinde sanft von den Bergen herunterstrichen, so war die Luft jetzt richtig drückend geworden.

Schon den ganzen Tag über hatte man in Frauenau den Brandgeruch deutlich wahrnehmen können. Jetzt aber, kurz vor Mitternacht, hatten die Esterln den Eindruck, der Geruch sei noch viel intensiver geworden. Zwar war es kein giftiger, richtig penetranter Gestank, da oben verbrannte ja schließlich reines Nationalparkholz, gewürzt mit einigen Millionen Borkenkäfern, aber dennoch war die sonst so reine Frauenauer Luft geschwängert mit Feinstaubpartikeln, die einem das Atmen schwer machten.

Dass die Brände oben in den Bergen noch wüteten, davon konnte man sich fast überall in Frauenau durch einen Blick nach Nordosten überzeugen. Die Feuer glommen und glasten und glühten, und dort, wo sie wieder neue Waldstücke zu fressen bekommen hatten, da züngelten, da loderten, da rasten sie und schleuderten ganze, funkensprühende Äste senkrecht in die vor Hitze zitternde Luft. Der Schein des Feuers leuchtete weit hinauf in die Finsternis des nächtlichen Firmaments, erst dort, wo die Rauchwolken sich ballten, erst dort war die Nacht grauschwarz.

Erneut wunderte sich Max Esterl darüber, dass die Bilder nicht nur schrecklich waren. Gleichzeitig waren sie auch faszinierend und zogen einen wie magisch in ihren Bann. Max ertappte sich dabei, dass er alle paar Minuten nach draußen ging und zur Brandstelle hochschaute.

Die Nacht war lang. Wenn man die Schlafzimmerfenster schloss, wurde es im Nu so heiß im Raum, dass man schweißgebadet war. Öffnete man sie, so drang der Rauch langsam ein und man bekam schon nach einigen Minuten Atemnot und Beklemmungsgefühle.

Zwischen zwei Hustenanfällen überlegte Max sogar, ob er nicht ein paar Decken ins Auto packen und einfach losfahren sollte, in Richtung des fast zehn Kilometer entfernten Nachbardorfes Klingenbrunn. Dort würde die Luft rein sein.

Aber morgen früh würde er sowieso mit Anna und Fini nach Kašperské Hory fahren. Dort konnte er wieder frische Luft schnappen. Max freute sich schon.

***

Diese Nacht hatte Anna und dem Baby, den zwei Esterln - und mit ihnen wohl den meisten Frauenauern - kaum Schlaf geschenkt. Wie gerädert, mit geröteten Augen, saßen Eva und Max bei geschlossenen Fenstern in der Küche und tranken ihren Morgenkaffee. Wenn Max vom Frühstückstisch nach draußen schaute, blickte er wie durch einen Grauschleier.

Auch der frühe Morgen hatte keine Erfrischung gebracht. Selbst der nette Nachbar, der Max immer freundlich zuwinkte, wenn er zur Arbeit aufbrach, hatte heute nur kurz und apathisch seinen Arm gehoben.

Eva fuhr zur Schule nach Zwiesel und war froh, wieder aus der Frauenauer „Rauchkuchl", wie Max heute früh gesagt hatte, herauszukommen. Die Lüftung ihres Autos hatte Eva auf „Umluft" gestellt. Gleich hinter Frauenau, auf der „Dörfler Ebene", musste die Lehrerin durch eine Wolke hellgrauen Rauchs, der in riesengroßen Schwaden von den Bergen nach unten gedrückt wurde und sich wie ein dichter Schleier auf die Wiesen gelegt hatte.

Sie reduzierte ihr Tempo und suchte nach dem Schalter für die Nebelscheinwerfer. Bis Eva diesen gefunden hatte, lichteten sich die Schleier etwas, und hinter der kleinen Ortschaft Dampfsäge, dort wo die Straße Richtung Oberzwieselau und Buchenau nach oben abbog, wurde es besser. Immer noch begegneten ihr Einsatzfahrzeuge der Feuerwehr. An den Autonummern erkannte sie, dass diese mittlerweile aus ganz Niederbayern und selbst aus dem oberpfälzischen Landkreis Cham kamen.

Sogar eine Horde von Hubschraubern donnerte, als Eva sich der Stadt Zwiesel näherte, über sie hinweg und überfüllte das enge Tal des Kleinen Regen mit höllischem Lärm. Waren das Löschhubschrauber?

Eva war erleichtert, als sie am Parkplatz des Gymnasiums ankam. Normalerweise war ihre morgendliche Autofahrt zur Arbeit eine Zeit der Entspannung. Heute aber musste Eva wegen der Einsatzfahrzeuge höllisch aufpassen.

Als Eva vor ihrem Q-12-Kurs stand, merkte sie, dass heute kaum an geordneten Unterricht zu denken war. Vier Leute fehlten.

Drei davon waren beim Feuerwehreinsatz und einer, der Xaver, war krank. Genau der Xaver aus Frauenau, dessen Stimme Eva Esterl doch gestern noch im Gistl gehört hatte. Oder hatte sie sich getäuscht?

Die Kursteilnehmer hatten erfahren, dass das Bayerische Fernsehen ab 8:30 Uhr eine Sondersendung über den Waldbrand und über den Besuch des Bayerischen Ministerpräsidenten dort plante. Das war also die Hubschrauberkolonne gewesen, dachte Eva und erlaubte dem Kurs, die Sendung gemeinsam anzuschauen. Medienkunde!

Schnell schickte sie eine SMS an Max. Der würde allerdings, wie Eva ihn kannte, sein Handy irgendwo im Bad oder auch in der Garderobe oder sogar im Auto liegen haben. Eva rief Max auf ihrer Festnetznummer an.

Auch er hatte die Hubschraubergeräusche gehört.

Max bedankte sich, kochte sofort eine weitere Tasse Kaffee und setzte sich dann vor das Fernsehgerät.

Die Bilder, die das bayerische Fernsehen vom Brandgeschehen sendete, waren beeindruckend und gleichzeitig niederdrückend. Die Brände waren nur sehr schwer einzudämmen, von Löschen konnte überhaupt nicht die Rede sein, man musste froh sein, wenn den Flammen nicht noch weitere große Flächen zum Opfer fielen. Die Feuerwehrleute bekämpften die Brände nicht nur mit Löschwasser. Ganze Trupps waren an den Rändern der Brände unterwegs und versuchten, neu aufflammende Brände mit großen Schaufeln oder Klappen niederzuschlagen. Immer wieder zogen Rauchschwaden durch die Bilder, manche Rettungskräfte hatten Atemschutzmasken vor ihren Gesichtern, andere Aufnahmen wiederum zeigten erschöpfte Brandbekämpfer, die auf Liegen oder im hohen Gras lagerten und sich ein wenig ausruhten.

Dann zeigten die Fernsehbilder die Landung eines Hubschraubers, der offenbar ein wenig abseits des Geschehens auf einer größeren Freifläche aufsetzte. An der Viehweidefläche auf der einen Seite glaubte Max Esterl, den Hochschachten zu erkennen. Einige Personen, darunter der bayerische Umweltminister und der Ministerpräsident entstiegen dem Helikopter, beide waren sie im „Outdoorlook", wie heute die Wanderkleidung genannt wurde. Der Reporter reckte sein Mikrophon gleich dem hohen Besuch entgegen, der aber mit den Worten „erst möchte ich alles sehen" abwehrte. Dann wurden Hände geschüttelt, der Besucherpulk bestieg zwei Feuerwehrfahrzeuge und wurde an die „Feuerfront transportiert", wie der Fernsehreporter bemerkte.

Von dort gab es natürlich wieder beeindruckende Bilder: Der Ministerpräsident mit Helm und Mundschutz direkt an der Feuerlinie, der Ministerpräsident im Gespräch mit Feuerwehrleuten, der Ministerpräsident an der Feldküche, die die Bundeswehr eingerichtet hatte, der Ministerpräsident im Gespräch mit der Polizei. Dann wurden die Bitten der Reporter endlich erhört, der Ministerpräsident nahm seinen Mundschutz ab und kommentierte die Lage.

Erst einmal, das war Max Esterl klar, mussten Dankesworte kommen. Das machte sich immer gut. Alle Einsatzkräfte wurden bedacht. Dann kam das Lob, das ebenso reichlich verteilt wurde.

Beides kostete nichts, sinnierte der Ex-Kommissar, aber es tat den Helfern natürlich trotzdem gut.

Danach kamen die Fragen der Reporter.

Wie der Ministerpräsident die Lage einschätze, was aus dem Nationalpark werde, wenn das Feuer sich weiter ausbreite, ob er persönlich glaube, dass der Wald wieder nachwachse. Auf all das wusste der Ministerpräsident eine Antwort, den Umweltminister, der doch eigentlich für den Nationalpark zuständig gewesen wäre, ließ er kein einziges Mal zu Wort kommen.

Als letzte Fragestellerin hatte sich eine Journalistin an den Ministerpräsidenten gewandt:

„Herr Ministerpräsident, es ist ja kein Geheimnis, dass hier Brandstifter am Werk waren. Weiß man jetzt schon etwas über diese Brandstifter? Über Personen, Motive, Tathintergründe? Gibt es womöglich schon Fahndungserfolge?“

Während der Ministerpräsident bei allen anderen Fragen lächelnd Auskunft gegeben hatte, verzog sich bei der letzten Frage sein Gesicht.

„Jetzt schon über Fahndungserfolge zu sprechen ist natürlich viel zu früh. Der Polizei liegen meines Wissens tatsächlich verschiedene Hinweise vor, die darauf hindeuten, dass es sich hier um gezielte Brandstiftung handelt. Aber ich möchte da der Polizei nicht vorgreifen."

„Dass an der Frauenauer Kirche ein Bekennerschreiben gefunden wurde, deutet doch auf einen terroristischen Hintergrund hin, oder?"

Der Ministerpräsident machte ein ernstes Gesicht:

„Wie gesagt, ich möchte der Polizei nicht vorgreifen, aber wir müssen auch an Trittbrettfahrer denken, die sich da anhängen und Stimmung für ihre Ziele machen. Wir ermitteln in alle Richtungen, aber es scheint tatsächlich so, dass hier Terroristen am Werk sind. Gewissenlose Umweltterroristen, denen Tier- und Menschenleben nichts wert sind."

Max Esterl war ein wenig enttäuscht von den letzten Endes nicht viel sagenden Worten des Ministerpräsidenten. Er wollte schon abschalten, als die Moderatorin einen Kommentar zur Lage ankündigte. Der Kommentator war Max' Schafkopfpartner, der Professor aus Spiegelhütte, der als ausgewiesener Terrorismusexperte vorgestellt wurde.

Er sagte dasselbe aber nicht das Gleiche wie vorgestern in Buchenau.

Er teile zwar die Ziele dieser für die Bewegung aus dem Bayerischen und dem Böhmerwald, aber nicht deren Wege.

„Diese jungen Menschen setzen ihre eigenen Interessen als absolut, als nicht mehr verhandelbar. Das ist undemokratisch. Kein Mensch kann für sich in Anspruch nehmen, im Besitz der allein seligmachenden Wahrheit zu sein, auch diese Leute nicht, die sich hinter den Thesenanschlägen an der Kirche verbergen. Das ist im Kern totalitär! Dieser Totalitarismus, der in den Thesen dieser Leute schon sichtbar wurde, schlägt nun in Terror um. Ein bekanntes, immer wiederkehrendes Bild. Dass so ein Terroranschlag zu verurteilen ist, brauche ich wohl nicht extra zu betonen."

Da hatte er das Richtige gesagt, der Professor. Er war auch sehr sympathisch rübergekommen.

Dennoch hatte er, Max Esterl, noch ein Hühnchen mit ihm zu rupfen, Kruminale.

Wenigstens das Kontra beim letzten Spiel ganz zum Schluss hätte er bleiben lassen können!

Kap. 11: Exil in Bergreichenstein

Nach der Sondersendung hatte Max Esterl seiner Ziehtochter geholfen, alles, was sie und ihr Baby die nächsten Tage brauchten, in seinem alten Kombi zu verstauen. Eigentlich hatte Max vorgehabt, den Karren zu verkaufen. Wozu brauchten Eva und er zwei Autos? Auch er wollte ein wenig ökologisch denken.

Aber jetzt war er doch froh, dass er den Kombi hatte und vor allem, dass er für einige Stunden der Räucherkammer Frauenau entfliehen konnte.

Max hatte sich vorgenommen, erst gegen Abend wieder nach Hause zu kommen.

Die Mauer aus Rauchfetzen bei der Dampfsäge hatte sich etwas gelichtet, als Max sie passierte. Danach wurde die Luft von Kilometer zu Kilometer reiner, und als das Trio auf der Umgehungsstraße Esterls alte Heimat Zwiesel passierte, konnte man frei atmen. Max stellte die Lüftung und die Kühlung auf Höchstleistung, bis Anna ihn bat, zurückzuschalten.

Wenn die Fini Atembeschwerden hatte, sollte nicht auch noch eine Erkältung wegen der Zugluft dazukommen. Max reduzierte die Lüftung. Ihm war alles Recht. Hauptsache, er konnte wieder durchatmen. Als er Železná Ruda passiert hatte und seinen Wagen hinauf Richtung Gerlhütte und Nationalparkstraße lenkte, kam in Max ein Hochgefühl auf. Freilich war es auch hier heroben noch ziemlich warm, aber die Luft wurde zunehmend angenehmer, die Sonne schien, jedoch sie brannte nicht mehr herunter, die Landschaft, durch die sie seit ihrem Einbiegen auf die Nationalparkstraße fuhren, gehörte zu den Schönsten, die Max Esterl je gesehen hatte.

Das Hochtal des Kieslingbaches, der Křemelná, wie die Tschechen das Gewässer nannten, breitete sich vor ihnen aus in einem Dreiklang aus Wald, großen Weideflächen und zahlreichen Bächlein, die in den von der Sonne mit scharfen Konturen ausgestatteten, an ihren Gipfeln aber fahlblau schimmernden Grenzbergen zwischen Fallbaum und Lakaberg entsprangen und alle der Křemelná zustrebten.

Wie immer, wenn es Max Esterl sehr gut ging, begann er zu pfeifen.

„Schau hi!"

Anna deutete nach rechts oben, Richtung Lakaberg. Jetzt sah es auch Max. Die Rauchtürme über dem Hahnenbogen waren sogar von hier aus sichtbar. Wenn man es nicht gewusst hätte, dann hätte man die dichten grauen Rauchwolken auf der bayerischen Seite des Grenzkamms auch für Gewitterwolken halten können. Aber Gewitter war noch keines angesagt. Zumindest nicht für heute.

Max hatte zu Pfeifen aufgehört. Schweigend fuhren sie die nächsten Kilometer über die Hochfläche.

Als sie an dem Wirtshaus an der Ebene, Rovina, vorbeifuhren, bat Anna, die gerade nach der weinenden Fini gesehen hatte, Max um einen Stopp. Sie hatte das Gefühl, dass Fini sich so heftig in die Windeln gemacht hatte, dass diese gewechselt werden mussten. Außerdem war es Zeit, zum Stillen.

Max lenkte sein Auto bei der nächsten Abzweigung Richtung Gutwasser und stoppte nach etwa zweihundert Metern direkt an der alten Wallfahrtskirche, die dem Heiligen Gunther geweiht war, dem großen Kolonisator des Böhmerwaldes. Hier hatte der Heilige vor tausend Jahren gewirkt und hierher, zu dieser Kirche, hielten die Klousterer, die Einwohner des uralten Klosterortes Rinchnach, ihre jährliche

Wallfahrt von Bayern nach Böhmen über den beschwerlichen Gunthersteig.

Anna öffnete die Hecktür des alten Renault Kangoo, machte Platz für die Wickeldecke, während ihr Ziehvater sein weinendes Enkerl hielt. Max hatte das Gefühl, dass Fini immer dann besonders schrie, wenn er sich um sie kümmerte.

Als Anna ihre Tochter entpampert hatte, stieß sie einen lauten Seufzer aus.

„Oh je, über und über verschissen. Gottseidank gibt es Feuchttücher." Anna kramte in der Tasche mit den Wickelsachen. „Scheiße, Max, die Feuchttücher sind alle! Nur noch eines! Das reicht nicht. Und da wird das bisserl Wasser, das ich zum Säubern dabei habe, auch nicht reichen."

Anna begann, der Fini den Hintern abzuwischen und -waschen, aber das Wassernoagerl, das ihr zur Verfügung stand, langte natürlich bei weitem nicht.

Anna schaute den Opa von unten her an, während sie die leere Flasche schüttelte:

„Maax, nach Kašperské Hory ist ja nicht mehr so weit, oder?"

„Zwanzig Minuten vielleicht. Aber warte, Anna, ich glaub, ich hab da eine Idee."

Max nahm die Plastikflasche, deren Inhalt die Anna eben verbraucht hatte, ging ein paar Meter hin zu der offenen Rundkapelle, die neben der Kirche stand, bückte sich und wartete auf etwas, das Anna von ihrer Position aus nicht sehen konnte.

Nach wenigen Sekunden erhob er sich, trat aus dem Schatten der Kapelle und hielt Anna eine volle Wasserflasche entgegen.

„Wo hast du das denn so schnell aufgetrieben? Max, das grenzt ja an Wunder!“

„Das ist auch ein Wunder! Ein wundertätiges Wasser. Die Gläubigen verehren diese Guntherquelle als Heilquelle. Sie kommen von weit her, um sich hier Wasser zu holen. Eigentlich, so hab ich gehört, hilft es zwar mehr bei Augen- oder Halsleiden. Aber was für den Hals gut ist, kann doch für den Arsch nicht schlecht sein. Kruminale!“

Anna lachte und schüttelte ihren Kopf.

„Ach Max, du wirst auch nicht mehr gescheiter!“

Während Anna ihre Kleine wickelte und anschließend gleich stillte, ging Max auf die Tür der Wallfahrtskirche zu. Sooft er auch in Dobra Voda gewesen war, immer war diese Tür geschlossen gewesen.

Heute war sie offen. Max zog das schwere Tor einen Spalt auf und schlüpfte hinein. Nachdem sich seine Augen vom grellen Sonnenschein draußen auf das Halbdunkel des Kirchenraums umgestellt hatten, sah er ihn: Den geheimnisvoll schimmernden Glasaltar, den eine tschechische Künstlerin hier errichtet hatte und von dem er schon viel gehört hatte. Ein dreiteiliges Relief aus Glas hatte die Künstlerin gegossen, im mittleren Teil war eine Kreuzigungsszene plastisch dargestellt, die Seitenaltäre zeigten jeweils Heilige, manche davon fast lebensgroß: In Glas gegossene Geschichte des Landes Böhmen und des Böhmerwaldes.

Johannes Jan Nepomuk mit seinem fünfsternigen Strahlenkranz konnte Max erkennen, den Brückenheiligen und Brückenbauer, den sie in Prag in die Moldau geschickt hatten. Natürlich durfte Gunther nicht fehlen, der Mann aus den höchsten Adelskreisen, der sich als einfacher Rodungsmönch in die mörderische Einsamkeit des Böhmerwaldes gewagt hatte. Max mochte sich gar nicht vorstellen, welche Strapazen die Brüder bei der Gründung von Rinchnach und besonders hier, in der klimatisch noch raueren Hochlage von Gutwasser auf sich genommen hatten. Mit der Spitzhacke hatten sie den unendlichen Nordwald zu roden begonnen.

Jetzt erst sah Max Esterl die kleine Tafel mit der Auflistung der gläsernen Figuren auf Tschechisch und Deutsch, die neben dem Altar angebracht war: Ein „Who is Who" des Böhmisch-Deutsch-Ungarischen Hochadels der Jahrtausendwende:

Stephan und Gisela von Ungarn, der Regensburger Bischof Wolfgang, Kaiser Heinrich II, die „böhmische" Agnes, sie alle, die ganze böhmisch-deutsche Verwandtschaft hatte ihre Schöpferin hier versammelt und in Glas gebannt. Auf dem Taferl stand auch der Name der Künstlerin: Vladěna Tesařová hatte dieses einmalige Werk hier geschaffen.

Einige Tonnen, überlegte Max Esterl, musste das Kunstwerk wiegen. So konnte es wenigstens nicht gestohlen werden. Diebstähle von sakralen Gegenständen waren in den Jahren nach der Wende hier in Böhmen an der Tagesordnung gewesen. Für den Abtransport des Glasaltars hätte man schon mehr gebraucht als einen VW-Transporter.

Max Esterl setzte sich in eine der vordersten Kirchenbänke, um die Figuren auf sich wirken zu lassen und genoss die Stille im Raum und den Blick auf das Kunstwerk.

Jetzt hatten einige Sonnenstrahlen ihren Weg durch die staubblinden Seitenfenster gefunden. Wo sie auf den Altar trafen, glänzte das sonst mattschimmernde Glas wie funkelndes Gold.

Nichts in der sonst bis auf den ebenfalls gläsernen Kreuzweg völlig schmucklosen Kirche lenkte die Blicke der Besucher ab, alles Schauen konzentrierte sich auf den zentral in der Mitte stehenden Altar aus gegossenem Glas.

Max hätte hier, in der angenehmen Kühle dieser Kirche noch lange sitzen können.

Nach einigen Minuten spürte er jedoch eine Hand auf seiner Schulter.

„Das flasht!“ Anna war mit der Fini so leise hereingekommen, dass Max sie nicht bemerkt hatte. „So einen Altar hab ich noch nie gesehen.“

„Ich auch nicht. Kruminale!“

Mehr brauchte der Max nicht zu sagen.

Jedes weitere Wort wäre eins zu viel gewesen.

***

Bald hatten die drei Rauch-Exilanten das kleine Städtchen Hartmanitz erreicht. An der alten Villa der Familie Bloch bogen sie ab auf die Straße hinunter zum Tal der Otava.

Anna redete in einer Tour. Ihr war die Vorfreude auf den Toni und auf ihre Schwiegermutter Marketa schon anzumerken. Die frisch gewickelte Fini schlief.

Max Esterl lenkte sein Auto hinunter zur Otava und war überrascht, wie wenig Wasser der sonst so beeindruckende Gebirgsfluss führte.

Fini schlief immer noch, als sie die Allee nach Bergreichenstein hinauf fuhren. Max wusste nicht, wo Marketa Ašnbrenr, Annas Schwiegermutter wohnte, aber Anna dirigierte ihn, und nach kurzer Zeit lenkte Max sein Auto in die Garageneinfahrt eines kleinen Einfamilienhäuschens. Hier also war der Toni aufgewachsen.

Ein Spaniel begrüßte sie als erster, auch Toni kam ihnen entgegen, er umarmte Anna und hätte am liebsten die Fini aus ihrem Schlummer gerissen. Die Freude über den Besuch stand ihm ins Gesicht geschrieben. Max Esterl wurde ins Haus gebeten, wo ihn Marketa begrüßte. Weil Essenszeit war, musste Max natürlich dableiben und mitessen. Es gab Schwammerl.

Max Esterl, der die Marketa seit der Hochzeit von Anna und Toni im vorigen Jahr nicht mehr gesehen hatte, konnte nicht Nein sagen. Dass Schwammerl zu seinen Leibspeisen gehörten, spielte wohl auch eine Rolle.

Die Schwammerl schmeckten wie daheim. Nur dass Marketa statt Semmelknödeln Nocken zu der Schwammerbrühe gemacht hatte. Fast geschmacksneutrale Nocken. So kamen die fein gewürzten Steinpilze und Pfifferlinge noch besser zur Geltung.

Böhmische Schwammerl! Max musste sich am Schluss zusammenreißen: Er hatte sich dabei ertappt, dass er gerade den Löffel abschlecken wollte.

Leider hatte Marketa keine Gelegenheit mehr gehabt, Kuchen für ihren unerwarteten Besuch zu backen. Toni lud seinen Schwiegervater deshalb ein, mit ihm einen kurzen Spaziergang in ein nahe gelegenes Cafe zu machen. Dort, so sagte Toni, brauten sie den besten Kaffee in der ganzen Šumava.

Auf der Terrasse des Cafe Nebespan direkt oberhalb der gotischen Kirche St. Margaretha war zu der Zeit am frühen Nachmittag nicht viel Betrieb.

Toni und Max bestellten jeweils einen Kaffee und gingen in das Innere des Restaurants, um sich an der Theke einen Kuchen auszusuchen. Max war überrascht von der Einrichtung des Restaurants, die ihn in ihrer nonchalanten Art an ein französisches Bistro erinnerte. Noch mehr überraschte ihn die Vielfalt der verlockenden Angebote an Süßspeisen. Er entschied sich für eine Tarte mit Borufki. Tartes kannte Max von vielen Urlaubsaufenthalten bei Freunden in Frankreich. Borufki, soviel hatte Max mittlerweile auf Tschechisch schon drauf, waren Heidelbeeren, die Früchte der Saison.

Die riesige Kaffeemaschine spuckte zischend ihre zwei Braunen aus, während Toni und Max sich wieder auf den Weg nach draußen begaben. Die Sonne brannte ziemlich heftig auf den um diese Zeit fast ausgestorbenen Marktplatz des kleinen Bergstädtchens. Toni und sein Schwiegervater suchten Schutz unter einem der Sonnenschirme, die die Terrasse wenigstens teilweise beschatteten.

Nachdem die Bedienung ihre Bestellung serviert hatte – Toni bekam ein Glas mit frischem Joghurt und Waldfrüchten – fragte Toni seinen Schwiegervater, was er von den Waldbränden halte. Sie seien natürlich auch hier, kaum fünfzehn Kilometer Luftlinie von den bayerischen Brandherden entfernt, das Tagesgespräch.

Der Kommentar vom Max war kurz: „Die Brandstifter haben das richtige Ziel, aber sie gehen den falschen Weg. Kruminale! Das sage ich nicht nur, weil wir in Frauenau nicht mehr atmen können und weil Fini und Anna ins Exil zu Euch gehen mussten. Mit so einer Brandstiftung schockt man die Leute, aber man gewinnt sie nicht."

Toni war derselben Meinung.

„Da hast du Recht, Max. Die meisten Menschen bei uns in Tschechien können mit dem Thema Umweltschutz nicht viel anfangen. Wir glauben immer noch, Temelin ist die Lösung.

Aber auch bei uns gibt es radikale Naturschützer. Die ketten sich an Bäume, die der Nationalpark umhauen möchte. Aber so radikal, dass sie den Wald in Brand stecken, sind diese Leute nicht. Da seid ihr Deutschen schon schlimmer!"

„Hoffen wir, dass die Sache auch bei uns gut ausgeht. Ich würde am liebsten da bleiben, bei Euch, bis der Qualm bei uns vorüber ist."

„Sags noch mal, Max!"

„Was soll ich sagen?“

„Das Wort Kvalm. Das war beim Deutschunterricht immer mein Lieblingswort. Wie alle Wörter mit Kv. Kvalität, Kvelle, Kvark, kvetschen, Kvatsch, Kvarantäne, Kvargel. Hast du gehört, Max, von Olmützer Kvargel? Weltberühmt in ganz Böhmen!“

„Gehört hab ich schon davon, aber gerochen hab ich noch keinen.“

„Musst du dir auch nicht wünschen, Max. Aber weißt du mein Lieblingswort mit Kv?“

Toni wartete einen Moment, um die Spannung etwas zu erhöhen.

„Kaulkvappe!“

***

Weil das Wetter so schön war und weil er noch Zeit hatte und vor allem weil er für seine Rückfahrt eine andere Strecke nehmen wollte, bog Max Esterl, als er, von Kašperské Hory her ins Tal der Otava kam, nicht nach rechts, sondern nach links ab, Richtung Rejštein, das frühere Unterreichen-stein. Auf dem Friedhof dort, so hatte er gelesen, war noch das Grab von Karel Klostermanns jüngstem Bruder und von Klostermanns Mutter zu finden. Direkt hinter der Kirche sollte es sein.

Die Suche nach dem Grab wurde dem Klostermann-Fan leicht gemacht. Als er langsam um die Kirche herumging, bemerkte ihn ein altes Mutterl, das mit der Pflege eines Grabes beschäftigt war. „Klostermann?“, fragte sie. Esterl bejahte. Die Alte deutete auf die Kirchenmauer. Dort sah Max das gesuchte Grab, in dem laut Inschrift Charlotte und Jakob Klostermann lagen, Mutter und Bruder des Dichters, gestorben 1901 und 1903.

Max Esterl freute sich, fotografierte und betete ein stilles Vaterunser für die beiden.

Dann ging er zu seinem Auto zurück und fuhr die Straße hoch nach Rehberg. In steilen Serpentinen ging es da hinauf, Max Esterl konnte schon verstehen, dass diese Strecke zu Klostermanns Zeiten gefürchtet und eine Schinderei für die Zugtiere war. Max zockelte minutenlang hinter einem Linienbus her, der sich die Kurven hochkämpfte. An ein Überholen war nicht zu denken, Max musste sich in Geduld üben. Er hatte Zeit! Und musste sowieso zum Bieseln. Max ließ den Bus ziehen, fuhr rechts ran und erleichterte sich. Das war besser, als die ganze Zeit die Dieselwolken des Omnibus zu schlucken.

Als Max Esterl an der Rehberger Kirche war, stand der Bus vor ihm auf der Straße. Einige Passagiere waren ausgestiegen und querten, sodass er mit dem Auto nicht am Bus vorbeifahren konnte. Wenn Max Esterl gewusst hätte, wer da vor ihm über die Straße ging, hätte er vielleicht genauer hingeschaut. Es war noch keine zwei Tage her, dass man über diesen Mann im Gistl geredet und Max danach seinen Namen so falsch ausgesprochen hatte.

Das Augenmerk des Ex-Kommissars aber richtete sich auf drei andere Fahrgäste, die schon ein Stück weiter vorne die Straße runtergingen. Die waren interessant! Jeder der drei hatte einen Riesenrucksack aus dem Buskofferraum geschleppt, einer hatte noch zusätzlich einen Gitarren- oder Banjosack umhängen.

Sie sahen aus wie die Trapper in den Lederstrumpffilmen, die Max in seiner Jugend sehr geliebt hatte. Ihre Füße steckten in Lederstiefeln und sie trugen Militärhosen und mit Fransen besetzte Wildlederjacken, einer von ihnen hatte als Kopfschmuck eine Waschbärfellmütze auf. Max beneidete ihn nicht. Die Temperatur lag, obwohl der Nachmittag inzwischen schon fortgeschritten war, bestimmt immer noch auf über 25 Grad.

Die Feststellung, dass es zu warm zum Gehen war, hatten offenbar die drei Tramper auch gemacht.

Sie waren auf das Auto mit der deutschen Nummer aufmerksam geworden, das gerade langsam an ihnen vorbeifuhr und winkten und machten Gesten, dass sie mitgenommen werden wollten. Max war neugierig. Was das wohl für Typen waren?

Auch er machte ein entsprechendes Handzeichen und hielt. Die Tramps ließen sich nicht lange bitten und nahmen die Einladung an.

Als Max ihre erheblichen Bierfahnen roch, bereute er seine Neugierde schon ein wenig. Wohin er fahre, fragte ihn einer seiner Fahrgäste in holprigem Deutsch.

„Prášily", antwortete Max.

„Nicht Stare Srní, Alt-Rähberg?"

„Prášily!", wiederholte Max, diesmal etwas energischer. Die Drei tuschelten. Der Sprecher sagte schließlich „Prášily auch gut. Mechov aussteigen."

„Ihr rührt euch, wenn es soweit ist", antwortete Max, dem der genannte Ortsname nichts sagte.

Schon nach wenigen Minuten Fahrt tauchte ein Ortsschild vor Max auf: „Mechov".

Max schaute zu seinem Beifahrer rüber und sah, dass der andeutete, dass noch ein Stück zu fahren sei. Nach zweihundert Metern kam ein Wanderparkplatz, und der Dolmetscher rief „Stop!"

Max hielt gehorsam. Das Autostoppen hatte sich für die Tramps fast überhaupt nicht rentiert, dachte Max. Aber bei der Hitze und bei dem Gepäck war man wohl für jeden Meter dankbar, den man nicht selber gehen musste.

Irgendwo hier in der Nähe, so schien es dem Max, musste die Hauswaldkapelle sein, die der Klostermann so oft beschrieben hatte, und der er eine ganze Erzählung gewidmet hatte. „Das Rote Herz" war eine der Lieblingsgeschichten von Eva.

„Hauswaldkapelle?", fragte Max.

„Na hoře", antwortete der Dolmetscher. „Da oben. Du mitkommen?"

Max wehrte ab. „Heute nicht."

Die Tramps hatten gute Manieren: Sie bedankten sich, stiegen aus, packten ihre Rucksäcke aus dem Laderaum und jeder öffnete als erstes ein Dosenbier. „Plopp – zisch; plopp – zisch; plopp – zisch", hörte Max in sehr kurzen Intervallen.

Bevor die Trapper sich verabschiedeten, wollten sie Max Esterl noch etwas Gutes tun und ihn von ihrem Büchsenbier kosten lassen. Max lachte, winkte ihnen zu und gab Gas.

Eine knappe Stunde später fuhr er kurz vor der Bahnhaltestelle Zwieselau wieder in die Rauchwand, die sich vor ihm aufgetürmt hatte. Die Schwaden dort waren so dicht, dass Max die Nebelscheinwerfer einschaltete.

Das würde wieder eine Nacht werden!

Kap. 12: Šumava-Feuer

Zdeněk aus Plzen war rechtzeitig mit dem Mittagszug gekommen. In Klatovy hatte er umsteigen müssen auf die Transversalbahn, die ihn den Böhmerwald entlang nach Sušice brachte. Heute hatte Zdeněk kein Auge für die landschaftlich wunderschöne Strecke. Immer wieder war er ihren Plan durchgegangen. Es musste klappen! Die Feuer mussten heute Nacht so gelegt werden, dass sich in wenigen Stunden ein richtiger Brandherd entwickeln konnte. Die Öffentlichkeit sollte einen gehörigen Schreck bekommen, bevor übermorgen dann der große Regen die Feuer löschen würde. Zusammen mit den bayerischen Freunden hatten sie das Gleiche am Wochenende erfolgreich durchgezogen.

Der Brand im Nationalpark Bayerischer Wald hatte sich, auch in den tschechischen Medien, zur Top-Nachricht entwickelt. Mehr Aufmerksamkeit ging nicht.

Nur die Politiker reagierten nicht. Noch nicht. Darum zündeten sie jetzt die zweite Stufe!

Der Bus nach Srní wartete schon, als Zdeněks Zug am Bahnhof in Sušice einfuhr. Der Rucksack, den Zdeněk schulterte, war schwer. Zum Glück hatte er die Brandbeschleuniger luftdicht eingepackt. Niemand konnte riechen, was er da transportierte, auch nicht die drei im Country-Look gekleideten Čundráci[1], wie sich die Tramps nannten, die schon seit Pilsen mit ihm im Zug fuhren und mit ihren schweren

1 *Anmerkung des Autors: Čundráci (von čundr = wandern, österreichisch/bairisch „tschundern“) gibt es in unserem Nachbarland seit der Zeit nach dem 1. Weltkrieg. Wandern, Zelten, raus aus der Großstadt, der Traum von Freiheit, Country- und Westernlieder mit tschechischem Text singen, das waren ihre Ziele. In der kommunistischen Zeit waren die „Trampy“, wie man sie auch nennt, wegen ihres Freiheitsdranges nicht gerne gesehen. Text nach einem Interview von Edmund Stern mit Honza Kavale, Tramp.*

Rucksäcken ebenfalls in den Bus Richtung Srní gestiegen waren.

Der Bus kämpfte sich den steilen Berg Richtung Srní hoch, die drei Tramps waren da schon beim dritten Plech.[2] Die würden wohl heute nicht mehr weit kommen, aber denen war das auch egal: Sie suchten sich später ein Plätzchen auf einer Wiese oder einer Lichtung, machten ein Feuerchen, grillten ihre Klobásy-Würstl, sangen zur Gitarre und rollten schließlich ihre Schlafsäcke aus, um im Wald mit den Bären um die Wette zu schnarchen.

Schon kam das Dörfchen Srní in Sicht, die Heimat Karel Klostermanns. Zdeněk war, wie fast alle Pilsener, ein Verehrer des großen Böhmerwalddichters. In seinen Romanen und Erzählungen aus dem 19. Jahrhundert fand Zdeněk viele Dinge, die den Menschen des 21. Jahrhunderts abgingen: Respekt vor der Natur und Verständnis für die Abläufe des Werdens und Vergehens, die Klostermann in unnachahmlicher Weise in seinen Werken beschrieb.

Noch eine Station. Es war fast halb sechs.

In der Dorfmitte würde Zdeněk aussteigen, Richtung Stare Srní marschieren, den Schwemmkanal überqueren und an der Hauswaldkapelle vorbei seinen Aufstieg zum Zielgebiet an den Hängen des Oblik beginnen. In etwa zweieinhalb Stunden, beim letzten Tageslicht, würde er seine Freunde am vereinbarten Platz treffen.

Und dann galt es, die Nacht durchzuarbeiten. In den frühen Morgenstunden sollte es schließlich heißen: „Feuer frei!"

„Do prdele!", die drei Čundráci stiegen auch in Srní aus. Das störte Zdeněk. Aber sie nahmen keine Notiz von ihm

2 So nennen die Tschechen das Dosenbier.

und machten sich auf den Weg Richtung Stare Srní. Zdeněk hatte den gleichen Weg und folgte ihnen.

Schon nach wenigen Metern jedoch fuhr ein blauer Renault-Kombi mit deutscher Nummer an Zdeněk vorbei, dem die Čundráci zuwinkten. Der Deutsche hielt, die Čundráci sprachen kurz mit dem Fahrer, öffneten die Hecktür, um ihre Rücksäcke und ein Instrument zu verstauen und stiegen ein.

Zdeněk war froh, dass sie weg waren. Er konnte für das, was er vorhatte, keine Zeugen brauchen.

Als Zdeněk fünfunddreißig Minuten später die Hauswaldkapelle erreichte, bekam er einen Schreck.

Die Čundráci saßen auf den Steinen der Kirchenruine und machten Rast. Der Deutsche hatte sie offenbar nur ein Stück mitgenommen und sie dann ausgesetzt. Zdeněk nickte ihnen im Vorbeigehen zu, aber die Tramps nahmen keine Notiz von ihm. Ihre Dosenbiere schienen ihnen wichtiger. Gut so! Dann würden sie ihn später nicht identifizieren können.

Dicht oberhalb der Ruine der Hauswaldkapelle war, in Glas gefasst, eine Quelle, der man Wunderdinge nachsagte. Zdeněk tat so, als ob er an der Quelle Wasser fassen würde. Er machte sich erst dann auf seinen Weg, als die Tramps wieder aufgebrochen und schon fast außer Sichtweite waren. Er musste sehen, in welche Richtung sie gingen. Davon hing es ab, ob er und seine Leute ihren Plan durchführen konnten.

Hoffentlich hatten sich die Drei nicht gerade das Zielgebiet ihrer nächtlichen Aktion zum Kampieren ausgewählt. Das würde Komplikationen geben!

Zdeněk war erleichtert, als die Tramps nach etwa einer halben Stunde an einer Weggabelung nach links abbogen, Richtung Tříjezerní slať.

Dort, im oder am Moor des Dreiseenfilzes waren die Tramps gut aufgehoben. Dort konnten sie sich von den Sumpfmücken aussaugen lassen, bis diese kleinen Plagegeister an Alkoholvergiftung eingingen.

Zdeněks Schritte wurden schneller. Noch eine gute Stunde, dann war er oben am Treffpunkt, wo ihn hoffentlich seine Freunde erwarteten. Die Sonne war da schon längst hinter dem Gipfel des Oblik verschwunden, aber es war immer noch hell.

Die Brandherde zu legen war um einiges schwieriger als in Bayern, wo sie sich zum größten Teil auf Forststraßen oder alten Steigen bewegen konnten. Hier mussten sie eine größere Strecke quer durch den Wald marschieren. Ihre Stirnlampen hatten sie zwar dabei, aber sie hatten ausgemacht, nur im Notfall von ihnen Gebrauch zu machen.

Trotz der nächtlichen Stunde war es schwül, und die Aktivisten vergossen eine Menge Schweiß, bis sie, lange bevor die Morgendämmerung sich zeigte, ans Feuermachen denken konnten.

Halb drei war vereinbart.

An drei Stellen des Oblik, den die Deutschen früher Steiningberg genannt hatten, begannen gleichzeitig Flammen zu glimmen, emporzuzüngeln, sie fraßen sich weiter, breiteten sich aus, fanden Nahrung in den ausgedörrten Käferfichten, prasselten die steilen Berghänge empor.

Die Bewohner des verschlafenen Zweihundertseelenfleckens Srní und die etwa vierhundert Touristen in den Hotels und Pensionen schreckten um vier Uhr morgens in ihren Betten hoch.

Das Heulen der Alarmsirenen klang schaurig. Kurz danach, als die Touristen sich schon wieder in ihren Betten umdrehten, hörten sie die Sirenen des Dorffeuerwehrautos, das aber seinen Weg nicht Richtung Dorf, sondern Richtung Mechov machte, in die Moosau, wie die Alten immer noch sagten. Die Töne der Sirene verklangen, als das Feuerwehrauto den Forstweg zur Hauswaldkapelle hinaufbrauste.

Die Touristen drehten sich ein zweites Mal in ihren Betten um. Weil aber eine Viertelstunde später ein Feuerwehrauto nach dem anderen unter Sirenengeheul den Berg vom Otavatal herauf nach Srní hochgekeucht kam und den Ort querte, drehten sich keine Touristen mehr in ihren Betten um. Sie standen mit verschlafenen Gesichtern an den Fenstern der Hotels und Pensionen und fragten die vorbeieilenden Einheimischen, was hier los war.

„Es brennt“, erhielten sie zur Antwort. „Na hoře! Oben!“

Sehen konnte man das Feuer von Srní aus nicht. Nur die von der Morgensonne beleuchteten, bedrohlich sich ballenden dunkelgraublauen Rauchwolken deuteten an, dass da oben etwas nicht stimmte.

Die Touristen zückten ihre Handys, machten Fotos und schickten diese sensationellen Beweise ihrer Abenteuer in der wilden Šumava heim zu ihren Angehörigen nach Plzen, Mlada Boleslav, Rokicany und Praha.

Während die Feuer an Kraft zunahmen, waren die Brandstifter flotten Schrittes auf dem Weg hinüber nach Bayern. Kurz vor sieben erreichten sie den Rachelgipfel und blickten zurück, hinüber zum Oblik. Die Brandstätte lag zwar verdeckt auf der anderen, der östlichen Seite des Berges, aber sie konnten deutlich die Rauchsäulen sehen, die sich im zarten Blaurosa des Morgenhimmels über dem Gipfel des Steiningberges abzeichneten.

Diese Rauchwolken wirkten irgendwie anders, heller und frischer als die, welche sie auf der bayerischen Seite sahen.

Auch dieser Plan hatte funktioniert. Nun mussten sie nur wie normale Wanderer auf dem Rachelsteig bis zum Klingenbrunner Bahnhof absteigen, mit dem Vormittagszug nach Frauenau fahren und vor Zeugen von dem wunderbaren Sonnenaufgang schwärmen, der nirgends so schön war, wie am Gipfel des Großen Rachel.

Voriges Wochenende hatten sie es ebenso gemacht. Da waren sie nach vollbrachter Tat rüber Richtung Modrava gegangen und hatten dort in einer Pension ausgiebig gefrühstückt. Ein Vierteljahrhundert war die Grenze jetzt schon offen, aber die Menschen diesseits und jenseits dachten immer noch eindimensional. Was auf der jeweils anderen Seite sich abspielte, interessierte kein Schwein.

***

Die drei Čundráci hatten lange nicht bemerkt, dass die kleine Lichtung, auf der sie campierten, fast schon vom Feuer eingeschlossen war. Als der Rauch in ihre vom vielen Plech eh schon ziemlich vernebelten Gehirne eindrang, war es fast zu spät. Sie begriffen erst nicht, was hier los war, gerieten in Panik, wussten nicht, in welche Richtung sie fliehen sollten, erstickten fast im Rauch, sie hasteten vorwärts, stolperten, wichen den Flammen aus, verfilzten sich im Dickicht, husteten sich die Lunge aus dem Leib bis sie kotzten, hasteten weiter, weiter, weiter…

Bis Jindrich nicht mehr nachkam. Jindrich war der schwerste und unbeweglichste von den dreien. Und er hatte sein Banjo dabei. Das erschwerte sein Fortkommen erheblich. Das Instrument zurückzulassen wäre für Jindrich unmöglich gewesen. Er konnte seine Musikerbraut doch nicht im Stich lassen!

Die beiden anderen spannten, dass sie nur noch zu zweit waren. Sie stoppten und schauten zurück. Jindrich stand, keine hundert Meter von ihnen entfernt, da, während sein Rucksack brannte. In der einen Hand hielt er immer noch das Etui seines Banjos, mit der anderen versuchte er, sich den lichterloh brennenden Rucksack vom Buckel zu ziehen. Vor allem der Schlafsack, den Jindrich bei ihrem panikartigen Aufbruch noch schnell auf den Rucksack geschnallt hatte, loderte lichterloh. Die synthetischen Materialien des Schlafsacks schmolzen anscheinend in der Hitze und tropften herab, so dass es aussah, als würde auch das Genick des Tramps in Flammen stehen. Jindrich schrie vor Schmerz und Todesangst, wie sie noch nie jemanden hatten schreien hören.

Die beiden Freunde eilten, so schnell ihre Füße sie trugen, zu Jindrich zurück, warfen ihn zu Boden und rissen ihm den Rucksack vom Buckel. Obwohl sie sich die Hände und Unterarme gehörig verbrannten, ruhten sie nicht eher, bis sie ihrem immer noch laut schreienden und jammernden Kumpel alles vom Oberkörper gerissen hatten. Dann nahmen sie ihn in ihre Mitte und zogen und trugen den halb Bewusstlosen weiter und weiter, bis sie eine Forststraße erreicht hatten und einigermaßen außer Gefahr waren. Jindrich hatte nun endgültig sein Bewusstsein verloren. Einer von ihnen musste bei Jindrich bleiben, der andere musste Hilfe holen. Keiner von ihnen hatte ein Handy dabei. Sie waren Čundráci der alten Schule.

***

Das Bekennerschreiben an der Rehberger Kirche zur Hl. Dreifaltigkeit fand man am frühen Abend. Touristen hatten es entdeckt. Der nächste Gottesdienst wäre erst in vierzehn Tagen gewesen. Das Rehberger Schreiben hatte fast den gleichen Text wie das Frauenauer.

Auf Tschechisch.

„Páteční demonstrace jsou k ničemu!

Od ted´ se bude vyjednávat!

Čas změny!

Spiňte okamžitě naše požadavky!

Jinak dojde ke světově katastrofě!

Nová kampaň Zachraňte svět“.

Kap. 13: Die Schlüssel

Axel war froh darüber, dass er für die nächsten Tage eine Arbeit hatte, bei der er nicht unter der übermäßigen Hitze leiden musste. Auch der beißende Rauch, der bis hier herunter, zur Frauenauer Trinkwassertalsperre drang, würde ihn kaum belästigen. Dort, wo Axel die nächsten Tage tätig sein würde, war er abgeschlossen von der Außenwelt: Allein mit sich, seinem Gehilfen, den ihm sein Öko-Freund Friedl zugeteilt hatte, und seiner Arbeit.

Axel nahm den Bund mit den zahlreichen Schlüsseln, den ihm der technische Leiter der Talsperre gegen Unterschrift überlassen hatte, und machte sich, gefolgt von Xaver, seinem Helfer, auf den Weg in den Untergrund.

Axel Roller war Elektrotechniker mit Schwerpunkt Mess- und Regelungstechnik und hatte die Aufgabe, an der Frauenauer Trinkwassertalsperre eine neue Messanlage einzubauen. Die Arbeiten würden fast die ganze Woche dauern und er und Xaver würden sich hauptsächlich im Stollen, der unter dem Damm hindurch in etwa sechzig, siebzig Metern Wassertiefe zum Wasserentnahmeturm führte, sowie im Turm selber aufhalten.

Niemand würde sie stören, hier in der Tiefe, er konnte in seinem eigenen Tempo arbeiten und seinen Gedanken nachhängen, Gedanken, die sich ständig mit den Waldbränden und deren Urhebern beschäftigten. Seine Freunde hatten, wenige Kilometer von seinem jetzigen Arbeitsplatz entfernt, gute Arbeit geleistet, die Ergebnisse hatte Axel bei der Anfahrt zur Trinkwassertalsperre ja sehen und riechen können. Endlich war es soweit und ihre Aktionen hatten begonnen. Jahrelang hatten sie darüber nur diskutiert. Erst, seit der Friedl mit dabei war und seinen tschechischen

Freund Zdeněk mitgebracht hatte, wurden Nägel mit Köpfen gemacht.

Er würde seinen Teil zum Gelingen beitragen! Auf ihn konnten sie zählen, der Zdeněk, der Friedl und die anderen.

Niemand hatte die Geräte und Werkzeuge überwacht und geprüft, die er brauchte, um seine Arbeiten auszuführen. Lediglich die Schlüssel, so hatte man ihm heute Morgen gesagt, musste er am Feierabend jeweils wieder abgeben. Dass er noch den Xaver als Mitarbeiter in seinem Lieferwagen dabei hatte, war bisher auch niemandem aufgefallen.

Heute würde er sich ansehen, wie es so lief mit den Kontrollen. Wenn alles passte, würde er morgen seinen 3D-Drucker dabeihaben und die entscheidenden Schlüssel kopieren. Diese würde er dann in den Tiefen seiner Werkzeugkisten verschwinden lassen, so dass niemand sie entdecken konnte und dann, an seinem letzten Arbeitstag, herausschmuggeln.

Axel freute sich schon auf die Gesichter seiner Öko-Freunde, wenn er ihnen die kopierten Schlüssel übergeben würde.

Langsam zog Xaver den Karren vorwärts, auf den Axel alles gepackt hatte, was er zur Montage brauchte. Ihre Blicke scannten die grauen Wände, die Betondecke. Keine Besonderheiten, nichts Auffälliges.

Jetzt, so vermutete Axel, mussten sie etwa unter der Dammkrone sein. Ihre Schritte hallten von den kahlen Betonwänden des Ganges wider.

Es war schon ein unwirkliches Gefühl, hier unten zu sein und eine Last von Millionen von Litern Wasser über sich zu wissen. Axel schüttelte sich. Daran würde er sich bald gewöhnen. Jetzt hatten die Wände schon über dreißig Jahre auf dem Buckel; die würden auch noch die nächsten drei Jahrzehnte überdauern.

Axel schaute nach oben. Aha, hier war eine der Überwachungskameras angebracht. Auch das gehörte zu seinen Aufgaben, die ihm Zdeněk und Friedl gestellt hatten: Das Überwachungssystem zu checken und herauszukriegen, wie es in der Anlage und am Damm funktionierte und wie es auszuschalten war. Aber dazu hatte er jetzt eine Woche Zeit. Zur Mittagspause würde er den Xaver hier herunten zurücklassen und jeweils rauskommen aus dem Untergrund. Dann konnte er ganz unauffällig auch auf die Kameras im Außenbereich schauen…

Er blickte zurück auf seinen „Mitarbeiter". Der Xaver hatte die Kapuze seines Sweatshirts tief in die Stirn gezogen. Gut! So würde keiner ihn später identifizieren können. Mit dem Xaver, so stellte Axel zufrieden fest, hatte der Friedl einen guten Fisch an Land gezogen, der Junge stellte sich geschickt an.

Der würde die Rolle, die ihm der Zdeněk und der Friedl zugedacht hatten, sicher gut erfüllen!

Und er selber, Axel Roller, konnte schon am Montag beruhigt zu seinem großen Projekt nach Bangkok fliegen, wo ihn ein Wartungsauftrag für eine bayerische Firma bis Weihnachten beschäftigen würde. Mehr Abstand zur Talsperre und zum Ort des nächsten Anschlags war kaum möglich. Unwahrscheinlich, dass irgendein Verdacht auf ihn fallen würde.

Er musste nur dem Xaver in den folgenden Tagen so Einiges zeigen. Wo die Sprengsätze, die der Zdeněk noch besorgen sollte, genau angebracht und wie sie aktiviert werden mussten und, und, und…

Darüber, wie die Überwachungssysteme auszuschalten waren, wussten der Zdeněk und der Friedl Bescheid.

Das alles musste perfekt funktionieren. Er würde alles gut vorbereiten und der Xaver würde das nachher schon schaffen. Und er selber würde in Bangkok in aller Ruhe die Nachrichten aus Deutschland hören.

Axel allerdings schwor sich:

Auch wenn alles gut ging! Einen zweiten solchen Auftrag würde er nicht annehmen. Öko hin, Öko her. Falls die Polizei die Aktivisten schnappte und diese alles ausplauderten, dann hing er auch mit drin, da konnte er für den Tag des Anschlags noch so ein gutes Alibi haben, da reichte auch Bangkok nicht mehr.

Kap. 14: Warten auf den Regen

Max Esterl unterbrach seine Tätigkeit und machte das Radio lauter. Sein eigenes Geklapper beim Ausräumen der Spülmaschine hatte gestört.

„...sind die Brände im Gebiet des Nationalparks Bayerischer Wald weitgehend unter Kontrolle. Die Einsatzkräfte, die das Feuer bekämpfen, warten jetzt auf die Regenfälle, die für heute Nacht angekündigt werden.

Soeben erreicht uns noch eine Eilmeldung: Auch im Nationalpark Šumava auf der tschechischen Seite sind Waldbrände ausgebrochen, die derzeit von den tschechischen Feuerwehrtruppen mit allen zur Verfügung stehenden Kräften bekämpft werden.

Auch in Tschechien wird, ebenso wie im Bayerischen Wald, von Brandstiftung ausgegangen."

„Sie machen weiter", ging es Max durch den Kopf. „Genau, wie es der Professor vorausgesagt hat."

Dann aber kam noch eine Meldung, die den Ex-Kommissar besonders aufhorchen ließ:

„Drei männliche Personen sind durch das Feuer verletzt worden, eine davon erlitt schwere Brandwunden."

Schon seit Ausbruch der Brände hatte Max Esterl befürchtet, dass es Verletzte oder sogar Tote geben könnte. So ein Feuer entwickelte eine ungeheuere Dynamik! Ein herabfallender schwerer Ast, ein umstürzender Baum konnten einen Menschen töten, auch wenn er einen Feuerwehrhelm trug. Und wenn man gar vom Feuer eingeschlossen wurde, dann war es aus. Man mochte gar nicht daran denken!

Das war es auch, so sinnierte Max, was man den Ökos hauptsächlich vorwerfen musste: Sie wollten das Richtige erreichen, aber ihre Mittel waren die falschen. Sie wollten langfristig die Welt retten und forderten ein Vorausdenken und -planen auf Jahrzehnte hinaus und dann dachten sie selber so kurz, dass sie nicht auf ihrer Rechnung hatten, was bei so einem Brand alles passieren konnte.

Oder waren sie so skrupellos, dass ihnen ein Menschenleben nichts wert war? Das würde auf die NSU-Mörder zutreffen, vielleicht noch auf die RAF-Terroristen aus den 80er-Jahren, aber die hier waren doch anders, die wollten Verantwortung übernehmen, die Welt retten, auch wenn ihre Methoden sehr grob und streng genommen sogar verbrecherisch waren. Da machte sich der erfahrene Kriminalist Max Esterl-trotz aller geheimen Sympathien-nichts vor.

Die Stimme der Radiosprecherin unterbrach Esterls Gedanken.

„Und nun zum Wetter: Das sich von Nordwesten her ausbreitende Schlechtwettergebiet wird heute Abend Unterfranken erreichen. Die Front zieht schnell weiter Richtung Osten. In der Nacht ist im östlichen Bayern mit schweren Gewittern und Sturm zu rechnen, die nächsten Tage bleibt das Wetter regnerisch. Die Temperaturen kühlen ab von momentan über dreißig Grad auf maximal 15 bis 17 Grad.“

Zufrieden über das, was er zum Schluss gehört hatte, räumte Max die letzten Teller in den Schrank. Endlich würden sie die Fenster wieder öffnen können. Endlich wieder gut schlafen können!

Und endlich würden die Löschkolonnen erlöst werden von ihren bis ans Limit führenden Belastungen. Natürlich mussten noch Brandwachen oben bleiben, die Glutnester würden ja auch bei längerem Regen nicht einfach verschwinden. Aber die akute Gefahr war mit dem Regen gebannt.

Schlimm allerdings war es, dass es auf der tschechischen Seite offenbar drei Verletzte gegeben hatte. Daran, dass die

Brände auch Opfer fordern würden, hatten die jungen Ökos offenbar wirklich nicht gedacht.

Max verdrängte diese Gedanken: Heute freute er sich schon auf die Nacht.

Kap. 15: Pepi will´s wissen

Gerade hatte sich Max Esterl zum Abendessen mit Eva an den Esstisch gesetzt, als das Telefon klingelte. Max hob ab.

„Grieß dich, Maxe!"

„Ahoj, Pepi, was für eine Ehre, der Oberst Holub ruft persönlich bei mir an."

Mit Polizeioberst Josef Holub aus Pilsen verband Max Esterl eine lange Freundschaft. Viele Fälle hatten sie gemeinsam gelöst und sie wussten, dass sie sich aufeinander absolut verlassen konnten.

„Obrst Holub ist bald Penzionist Holub! Maxe, ich habs noch vier Monatä, dann bin ich erlädigt!"

Pepis Deutsch war nicht immer ganz regelgerecht, aber Max verstand alles und wäre froh gewesen, wenn er ähnlich gut Tschechisch hätte sprechen können. Bei ihm aber reichte es nur zum Übersetzen einer Speisekarte. Vor Jahren, als er nach seiner Pensionierung wieder zurück in den Bayerischen Wald gezogen war, hatte Max einen Tschechischkurs in der Volkshochschule belegt. Als nach drei Monaten die Zahlen drankamen, hatten sein Banknachbar und er sich verweigert und beschlossen, die Zahlen nur bis zehn zu lernen.

„Mehr als zehn Halbe trinke ich nicht", hatte sein Nachbar der Tschechischlehrerin fröhlich verkündet. „Und wenn ich mehr als zehn Halbe getrunken habe, dann spreche ich sicher nicht mehr Tschechisch."

Die Lehrerin war sehr gut, aber Humor besaß sie nicht. „Entweder Zahlen lernen oder ganz aufhören!"

Sehr streng war sie also auch, die Frau Lehrerin. Seit seinem Abgang aus dem Kurs beneidete Max Esterl die wenigen

Deutschen aus seinem Bekanntenkreis, die gut Tschechisch sprachen.

Was hatte Pepi da gesagt?

„Vier Monate hast du noch, freu dich doch drauf! Dann kannst du endlich machen, was du willst."

„Hast Recht, Maxe, abr seit heite hab ichs schlimmä Fall, wie sagt man aufs Deitsch, schlimmä Fall an dr Backe! So eine Scheißä!! Hast schon gäheert in Radio odr gäsähän auf Färnsäh? Feierbrand in Srní! Im Nationalpark Šumava, wie bei eich in Nationalpark Bayerischär Wald.

Und weißt du was, Maxe, gerade hab ichs sälbr gäsähän: An Tir von Kostel, äh Kirchä in Srní is Schreibän auf Tschechisch genau mit Inhalt von Schreibän an Tir von Kirchä in Frauenau."

„Tatsächlich, Pepi, gleicher Text?"

„Ano, Max, ich habs dich geschickt auf Handy deins, kannst selbr sähän."

„Dann sind das also die gleichen Täter?"

„Das missen herausbäkommän. Bald! Habs nur noch paar Monat! Maxe, du wohnst doch jätzt seit neiem in Frauenau? In Weltepizentrum von Terrorismus?"

„Seit über einem Jahr schon."

„Dann kennst dich aus in Frauenau, kennst vielä Leitä dort?"

„Es geht so. Einige habe ich schon kennengelernt, aber von Terrorismus habe ich bisher noch gar nichts mitbekommen, hier in Frauenau. Die Leute im Dorf sind nett. Ich hab schon gute Freunde hier."

„Gibt es auch Tschechän bei eich in Frauenau?"

„Jede Menge, Pepi. Ärzte, Glasmacher, Kellnerinnen, Heizungsbauer – viele Tschechen wohnen oder arbeiten hier."

„Dann komm ichs morgän zu dir, Maxe. Morgen frih bin ich sowieso in Srní – hast du am Nachmittag Zeit?"

„Für dich immer, Pepi."

„Gut, dann komm ichs gägän vier. Zwei Stundän reicht fir Gespräch, dann is sächs, dann komm ich genau rächt zu Happy Hour bei Rotes Herz in Železná Ruda."

„Gehst immer noch ins Rote Herz zur Irmi, Pepi?"

„Ja, abr nur noch alle vier Wochän!"

Pepi konnte es nicht lassen. Die Irmi vom Roten Herz hatte es ihm angetan. Seit sie Pepi und Max bei einigen Kriminalfällen geholfen hatte, bekam sie in ihrem Bordell regelmäßig Besuch von Pepi.

„Was ist denn los, Pepi, nur noch einmal im Monat!?"

„Wir werdän alt langsam, Maxe. Wie oft gäht bei dir und Eva?"

„Bis morgen, Pepi, freu mich schon. Ahoj!"

Max fand sein Handy erst nach längerem Suchen. Er schaltete es ein und wischte auf Whatsapp das Foto herbei von dem Plakat an der Kirche in Srní, welches Pepi ihm geschickt hatte.

„Páteční demo -" las Max auf Tschechisch in der Überschrift. Freitagsdemo also, und mit „eko-aktivista" waren die Zeilen unterschrieben, die Pepi geschickt hatte. Den Text dazwischen konnte Max nicht lesen, obwohl er wie der Teufel wischte, um ihn zu vergrößern Aber er wusste eh, was auf dem Plakat stand.

Kap. 16: Der große Regen

Da wegen der zunehmenden Schwüle und des immer dichter zu Tal sinkenden Rauchnebels an Schlaf sowieso nicht zu denken war, las Max Esterl, während Eva sich auf den morgigen Unterricht vorbereitete, auf der Wohnzimmercouch liegend, einige Seiten im „Böhmerwaldparadies" von Karl Klostermann.

Immer wieder aber legte er das Buch weg und wanderte in seinen Gedanken hinauf Richtung Hahnenbogen und hinüber nach Rehberg, in die Heimat des Böhmerwalddichters. Sowohl die tschechischen Hasiči als auch die bayerischen Feuerwehren kämpften dort oben einen Kampf gegen Naturgewalten, den sie nur mit Hilfe der Natur gewinnen konnten. Hoffentlich kam der prophezeite Regen bald und in ausreichender Menge. Ihm fiel spontan das alte Kirchenlied „O Heiland reiß die Himmel auf" ein. Zumindest die erste Textzeile passte…

Dann machten die Gedanken vom Max einen Sprung:

Was sollte er dem Pepi morgen sagen? In Frauenau, so schien es Max, ahnten oder wussten alle etwas über die Urheber der Brände, vor allem auch einige seiner Sängerfreunde.

Was wusste der Alte, der Luis? Der hatte von jungen Aktivisten erzählt, die anderen vom Gesangverein hatten ihm zwar inhaltlich widersprochen, aber alle hatten offenbar über die Aktivisten Bescheid gewusst.

Was wusste die Hysterische, die beim Feuerschauen in Oberlüftenegg immer „Giiistl" geschrieen hatte? Gab es da einen Zusammenhang? War er nicht doch richtig gelegen mit seiner Deutung des Gesprächs, das Eva und er im Gistl belauscht hatten? Hatten diese Öko-Aktivisten damals über den geplanten Brandanschlag in Srní gesprochen?

Max hatte sich in den letzten Monaten zunehmend wohl in seinem neuen Heimatort gefühlt. Genauso wohl, wie er sich vorher in seiner alten Heimat Zwiesel gefühlt hatte.

Die Sängerkameraden, die netten Nachbarn, die Mitbewohner Anna und Toni mit der „Enkelin" Fini.

Seit zwei Tagen hatte Max das Gefühl, in Frauenau wieder sehr fremd zu sein.

Sollte er dem Pepi morgen etwas von seinen Vermutungen erzählen? Sollte er diese Leute so einfach verdächtigen? Nur auf das Gespräch, das Eva und er im Gistl belauscht hatten, und auf das Gerede einer ziemlich hysterischen Frau hin.

Erst würde er den Oberst reden lassen. Und dann würde er versuchen, sich selbst einen Reim aus der Sache zu machen. Wenn Pepi verlangen würde, den Spitzel zu machen, würde er so reagieren, wie er dies kürzlich bei Anke getan hatte. Genau so! Kruminale!

Über diesen Gedanken war Max Esterl auf der Wohnzimmercouch eingenickt.

Er erwachte schweißgebadet. Die Hitze im Wohnzimmer war fast nicht mehr auszuhalten.

Eva war offenbar schon zu Bett gegangen, denn die Wohnzimmerbeleuchtung war, bis auf eine kleine Leselampe, von ihr ausgeschaltet worden.

Max schloss seine Augen wieder und atmete schwer. Würden seine Enkelkinder in vierzig, fünfzig Jahren, wenn es auf diesem durch die Menschen überhitzten Planeten noch heißer war, auch keine Luft kriegen? Was würde das für ein Leben sein?

Trotz der Hitze fröstelte es Max jetzt. Wäre es dann nicht besser gewesen, wenn Anna und Toni kein Kind bekommen hätten? Max und Eva waren voller Freude gewesen, als ihnen die beiden Jungen einen Enkel geschenkt hatten.

Jetzt aber, in dieser Stunde kurz vor Mitternacht, überfiel den Pensionisten ein schwarzer Pessimismus, den er bei sich bisher überhaupt noch nicht erlebt hatte. Kruminale! Es war schlimm, was diese verdammte Hitze und dieser alles durchdringende Rauch aus einem machten.

Max Esterl schreckte aus seinen finsteren Gedanken auf. Hatte da nicht etwas aufgeleuchtet? Da, am westlichen Horizont, Richtung Zwiesel? Angestrengt starrte Max durch die Scheiben der großen Fensterfront des Wohnzimmers. Schon nach wenigen Sekunden zuckte ein weiterer Blitz, der für kurze Zeit die geduckte Silhouette des Hennenkobel sichtbar machte.

Die Beklemmung fiel ab von Max. Es war ihm, als ob der Ring, der sich um seine Brust gelegt hatte, gesprengt sei. Max sprang auf und lief, so wie er war, in Unterhose und im weißen, verschwitzten Feinrippunterhemd auf den Balkon. Er roch den Rauchgestank nicht mehr, er spürte den Brustring nicht mehr, er sah nur die Blitze, die jetzt in immer kürzerer Abfolge durch die Schwärze des Himmels fetzten, er hörte, da die Gewitterfront sich anscheinend schnell näherte, bereits das erste Donnergrollen und er spürte, wie in die Atmosphäre, die tagelang wie regungslos dahingesiecht war, plötzlich wieder Leben zurückkehrte.

Vor Freude sprang der Kriminalbeamte a.D. auf dem Balkon auf und ab.

Wind kam auf. Nein Sturm! Ein Sturm, der Max Esterl die Balkontür von außen zuziehen ließ. Er selber wollte so lange wie möglich im Freien bleiben, um das Schauspiel zu genießen, das sich ihm nun bot.

Das Wetterleuchten hatte sich über den ganzen nordwestlichen Horizont, vom Hennenkobel über den Arber bis hin zum Falkenstein ausgebreitet, ein Blitz folgte dem anderen, der Arber sah aus, als ob er illuminiert wäre, die gewaltigen

Donnerrumpler übertönten das zu gleicher Zeit schrille Pfeifen und schwere Rauschen des Sturms, der Max inzwischen fast den Atem nahm. Blätter, Zweige und sogar Äste flogen durch die Luft, Max blieb trotzdem draußen auf dem Balkon.

Die Blitze kamen näher, aber es regnete noch nicht.

Max erschrak gewaltig, als ein grellweißer Zunderer ganz in der Nähe einschlug und der sofort folgende ohrenbetäubende Donnerschlag geradezu körperlich wahrnehmbar war, so körperlich, dass Max fast in die Knie gegangen wäre.

Mit einem Mal, so als ob alle Schleusen sich geöffnet hätten, begann es zu regnen, zu schütten, zu kübeln. Max streckte seine Hände aus, den schweren Tropfen entgegen, die sich bald in Güsse verwandelten und die Feinrippmontur des Ex-Kommissars wie Waschlappen an seinem Körper hängen ließen.

Max begann einen wilden Tanz, einen ausgelassenen Rundtanz auf einem Bein, wie er ihn als Bub in den Karl-May-Filmen gesehen hatte, wenn die Indianer um ihr Totem oder um den Marterpfahl tanzten.

Er sah Eva, die innen an der Balkontür stand, ihn entgeistert anschaute und mit ihrer rechten Hand den Scheibenwischer machte, aber das war Max egal.

Der Regen war da, der heißersehnte. Das war schon ein Grund zum Jubeln. Und er schrie seine Freude hinaus in die tosende Nacht: „O Heiland reiß die Himmel auf! Kruminale!"

Hoffentlich hielt der Regen auch, so wie der Wetterbericht prophezeit hatte, bis übermorgen an.

Dann würden die Waldbrände gestoppt sein und der Bayerische wie der Böhmerwald konnten aufatmen.

Der Regen wurde jetzt spürbar kälter. Max fror in seiner nassen Unterwäsche. Endlich fror er wieder! Kruminale, war das schön!

Einmal, zweimal hatte es ihn schon vor Kälte geschüttelt, aber Max wollte das Gefühl noch ein wenig genießen, obwohl Eva schon seit einiger Zeit und immer lauter von innen an die Balkontür klopfte.

Endlich, nach etwa einer Dreiviertelstunde wurden die Blitze seltener, die Donner leiser, die Gewitterfront bewegte sich Richtung Rachel und Trinkwasserspeicher, von dem die Einheimischen sagten, dass er die Gewitter regelmäßig anziehe.

Max Esterl zitterte am ganzen Körper, als er, eine breite Wasserspur hinterlassend, durch das Wohnzimmer ins Schlafzimmer und von dort wiederum ins Bad ging. Aber er lachte immer noch und stieß ein ums andere Mal sein Lieblingskraftwort aus: „Kruminale… Kruminale… Kruminale nochmal!"

Am nächsten Morgen wachte Max nach einem wunderbar tiefen Schlaf mit einem saftigen Katharr auf.

Er lächelte, als er, zwischen zwei Niessalven, die immer noch schweren Regentropfen auf das Dachfenster prasseln hörte, das sich drei Meter über den Betten der Esterln befand.

Kap. 17: Der Leserbriefkrieg

Noch im Schlafanzug ging Max Esterl auf die Terrasse, schnaufte so tief durch, wie seine verstopfte Nase es zuließ, und warf einen Blick auf den Garten.

Es hatte die ganze Nacht geregnet, es regnete immer noch, und der Boden saugte das Nass auf wie ein Schwamm. Zufrieden holte Max die Zeitung aus dem Briefkasten, tappte zurück in die Küche und begann, das Frühstück für sich und Eva vorzubereiten.

Erst einmal brauchte er eine große Tasse Kaffee und ein Honigbrot. Dann, als er beides zubereitet hatte, schlug er den Bayerwald-Boten auf. Die großen Aufmacher in der Lokalzeitung waren natürlich die Brände in Bayern und Böhmen. Man hatte, so berichtete die Zeitung, auch in Rehberg ein Bekennerschreiben gefunden, das, wie in Frauenau, ans Kirchenportal geheftet war und das, wie der Max durch seinen Freund Pepi schon erfahren hatte, den gleichen Wortlaut aufwies wie das Frauenauer Pamphlet, allerdings natürlich auf Tschechisch. Max betrachtete das Foto von dem Bekennerschreiben genauer. Es war tatsächlich von der Aufmachung her dem Auerer Schreiben sehr ähnlich.

„Páteční demonstrace jsou k ničemu!“ stand dort.

„Freitagsdemos bringen nichts!“… auf Tschechisch!!

Hoppala, da wäre doch dem Max fast der Honig vom Brot getropft. Schnell verschlang er das Brot als Ganzes und las weiter.

Max Esterl reichte, als er ihn gelesen hatte, den Bayernteil der Zeitung seiner Frau rüber, die inzwischen auch am Tisch saß und ihren Müslijoghurt löffelte.

Der Lokalteil, den Max jetzt in seinen Händen hielt, brachte neben Fotos von den Bränden in Bayern und Tschechien auch Bilder vom Transport der verwundeten Trapper, von denen einer mit mittleren Brandverletzungen im Klattauer Krankenhaus und einer mit schwersten Brandwunden in einer Prager Spezialklinik lag. Der Zustand des Letzteren, eines achtundfünfzigjährigen Betriebsschlossers, sei sehr ernst, hieß es in der Bildunterschrift.

„Kruminale, Eva!", stieß Max Esterl beim Anblick dieser Bilder hervor.

„Das gibt´s doch nicht! Vorvorgestern im Böhmerwald, als ich die Anna und die Fini rübergebracht habe, da hab ich diese drei Tramper im Auto mitgenommen, genau diese drei!"

Eva Esterl hatte nur eine Seite der Botschaft ihres Mannes empfangen:

„Du nimmst immer noch jeden mit, der trampt!" Sie schüttelte den Kopf. „Du wirst nicht gescheiter!"

„So lernt man Leute kennen", war die Antwort von Max. Er deutete auf die Zeitungsfotos: „Du siehst ja, welch prominente Fahrgäste ich hatte."

Auf diese Opfer der Brände bezog sich auch ein Kommentar des Lokalredakteurs, der den Tätern zwar auf der einen Seite Idealismus zubilligte, ihnen aber auf der anderen Seite vorwarf, fahrlässig, leichtsinnig und kriminell gehandelt zu haben und die Feuer gelegt zu haben, ohne die Folgen zu bedenken.

Im Schlussteil des Kommentars zitierte der Redakteur, der einige Jahre hinter Max das Zwieseler Gymnasium besucht hatte, einen lateinischen Spruch, der in Max Esterl sofort lebhafte Erinnerungen hervorrief.

„Quidquid agis, prudenter agas et respice finem!, so hat unser Lateinlehrer Heigl am Gymnasium in Zwiesel seinen SchülerInnen schon vor fast sechzig Jahren gepredigt.

Was du auch tust, tue es klug und bedenke das Ende!

Die Umweltaktivisten sollten wissen, dass dieser Satz ewig gültig ist!“

Auch die Leserbriefseiten waren natürlich schon gut gefüllt, L.K. aus Zwiesel meinte, Schuld sei allein der Nationalpark, der den Wald so verludern habe lassen, dass das Abbrennen eh noch die beste Lösung sei. H.G. aus der Langdorfer Gegend sah im Abbrennen sogar eine Chance, denn daraus entwickle sich schließlich Neues und die Indianer in Nordamerika hätten dies immer so gemacht mit der Prärie.

Alle übrigen Leserbriefschreiber, wie H.H. und D.R. aus Rabenstein wetterten gegen die brutal-egoistischen Heimatzerstörer, einige andere gingen sogar so weit, fast die Todesstrafe für die Waldmörder zu fordern. Der Wald war eben des Waidlers Heiligtum.

Nur einer, ein einziger, verurteilte zwar die Vorgehensweise, zeigte aber wenigstens Verständnis für die Ziele der Aktivisten. Dieser Leserbrief stammte aus Frauenau.

Nachdem Eva zur Arbeit gefahren war, ging Max hinaus in den Garten um zu schauen, ob der nächtliche Sturm irgendwelche Schäden angerichtet hatte. Max zog sich eine Jacke über, denn es regnete immer noch heftig, und es war deutlich kühler geworden. Gut so, dachte Max, während er einige Äste verräumte, die der Wind hinter dem Haus abgelagert hatte. Sein Blick ging Richtung Hahnenbogen, aber die Wolken hingen so tief, dass nur die nächstliegenden kleineren Berge schemenhaft zu erkennen waren. Auch gut. Der Regen würde das Seine schon tun.

Kap. 18: Dvořák

Nach seinem obligatorischen Mittagsschläfchen wartete der Ex-Kommissar auf den Besuch von Oberst Pepi Holub aus Pilsen.

Heute war Pepi in Zivil. Natürlich, denn erstens war er ja jenseits des tschechischen Hoheitsgebietes und zweitens hatte er im Roten Herz zu Železná Ruda noch eine Aktion vor, zu der er schlecht in Uniform erscheinen konnte. Die Irmi hätte sich totgelacht und Selfies gemacht.

Rote Rosen und Handkuss für Eva waren Pflicht. Der Pepi war ein Kavalier alter Schule.

Den Kaffee servierte Max im Wohnzimmer. Draußen auf der Terrasse wütete immer noch der böige Wind, der die Regentropfen bis unter die Überdachung trieb. Aber jetzt war es auch im Hausinneren schön kühl. Max schnaufte zum hundertsten Mal an diesem Tag tief durch.

Pepi Holub nahm einen Schluck vom Zwieseler Goldböhnchenkaffee und begann:

„Sagt dir Name Zdeněk Dvořák etwas, Maxe?"

„Dvořák schon. Der Komponist!"

„Nä, Maxe, andere Dvořák. Zdeněk Dvořák, nicht Antonin Dvořák, auch nicht Schauspieler Dvořák und auch nicht Kanoist, äh, Kanufahrer Dvořák."

„Es gibt also mehrere Dvořáks bei euch?"

„Na klar, Maxe. Dvořák ist auf Tschechisch was Meier auf Deitsch. Heifigste Name von Republik. Dvůr heißt Hof."

„Dvořák bedeutet also Hofer?", ergänzte Max Esterl. „Dann müsste der Aldi, der in Österreich Hofer heißt, ja bei euch in Tschechien Dvořák heißen."

„Gibt nicht Aldi in Tschechischä Republik. Aldi heißt Penny bei uns. Odr Lidl."

Max wurde es zu viel der Missverständnisse.

„Schon gut, Pepi. Von Dvořák weiß ich nichts, aber von einem Zdeněk in Frauenau hab ich auf alle Fälle schon gehört. Ich kann mich sogar genau erinnern. Über den haben sie gesprochen. Im Gistl."

„Was is Gistl? Noch billiger als Aldi?"

Die Unterhaltung wurde, so fand Max Esterl, schön langsam skurril.

„Gistl ist Lokal in Frauenau, Pepi. Dort ich habe gehört von Mann mit Name Zdeněk."

Eva, die gerade ihren selbstgebackenen Zwetschgendatschi servierte, hatte die letzten Worte mitgehört und mischte sich ein:

„Warum sprichst du mit Pepi wie mit einem Kind, Max? Dort ich habe gehört von Mann. Das ist doch kein Deutsch!"

Eva reichte Pepi den Teller mit dem Datschi.

„Ich war auch dabei, Pepi, damals im Gasthaus Gistl. Da waren einige junge Leute und sie sprachen von einem Mann namens Zdeněk. Mehr nicht. Der Max macht da schon wieder einen Fall draus."

Max stach mit seiner Kuchengabel so auf die Zwetschgen ein, dass Teile davon auf dem Tischtuch landeten. Er war ein wenig beleidigt, weil Eva ihn zurechtgewiesen hatte.

Während Pepi auch dem Datschi und dem Schlagrahm zusprach, bedankte er sich bei den Esterln.

„Habt mich geholfän. Danke."

„Und, Pepi, darf man wissen, was mit diesem Dvořák ist? Sucht ihr ihn?"

„Wir wollän schon gern sprechän mit Dvořák. Wollän fragän, wo war in Nacht von Brand. Abr: Zdeněk Dvořák is vrschwundän."

Lange nach Pepis Abschied spekulierte Max noch über das seltsame Gespräch.

Der Pepi glaubte also auch, dass dieser Zdeněk und seine Gistl-Freunde etwas mit der Sache zu tun hatten?

Dann hätte ja er, der Max Esterl Recht gehabt, als Eva damals im Gistl seine Theorie so in Zweifel zog. Kruminale!

Als Pepi weg war, fiel dem Max wieder seine Begegnung mit den Autostoppern ein. Das hatte er doch glatt vergessen, dem Pepi zu sagen…

Kap. 19: Aufräumen

Der Regen hielt drei Tage an. Am ersten Tag nach dem Sturm und den enormen Regenmengen schien noch nichts entschieden. Die Wassermassen waren erst einmal laut zischend und fauchend in die Feuersgluten geschossen und verdampften sofort, sodass die Feuerwehrleute sich vorkamen wie in einer gigantischen, brodelnden Dampfküche, in der sie stundenlang nicht einmal die Hand vor ihren Augen sehen konnten.

Dann aber bekam langsam das nasse Element ein Übergewicht. Am zweiten Tag wurden die Fauchlaute ruhiger und seltener, das Brodeln ging in ein sanftes Zischen über, und am dritten Regentag sah man nur noch die Rauchfahnen, die überall aus den nicht gelöschten Glutnestern quollen.

Der immer noch aufsteigende Wasserdampf vermischte sich mit den Rauchschwaden und den tief hängenden Regenwolken zu einer undurchdringlichen Nebelsuppe, die die eh schon grausliche Szenerie noch gespenstischer erscheinen ließ. Ein Geruch nach verkokelter Holzkohle breitete sich aus. Ein älterer Feuerwehrmann zog Parallelen zu seiner Jugendzeit bei den Pfadfindern: „Des stinkt genau aso wia damals, wenn ma s´Lagerfeuer bo da Nacht niederbieselt hammand."

Der Wald oder vielmehr das, was von ihm übriggeblieben war, sah gespenstisch aus: Aus den braunen Borkenkäferleichen waren schwarze, verkohlte Feuerleichen geworden, deren klägliche Reste wie anklagend zum regengrauen Himmel ragten. Alles, auch die nicht vom Feuer betroffenen Teilflächen, war voller schwarzer Ascheteilchen.

Kein Tier lebte mehr im verbrannten Wald, alle waren entweder geflohen oder tot, es herrschte eine gespenstische Stille, die nur hin und da von einem Zischen oder dem

Geräusch eines erst jetzt brechenden Astes unterbrochen wurde. Lediglich ein Kolkrabenpaar querte das Brandgebiet in einem krächzenden Erkundungsflug.

Die Einsatzkräfte zogen sich langsam zurück. Ihre Arbeit war getan. Übermüdet und erschöpft traten sie mit ihren Löschfahrzeugen, mit ihren Rettungsautos und mit anderen technischen Geräten den Rückweg an: Hinunter ins Tal und dann weiter in Kolonnen zu ihren Heimatorten, die zum Teil mehr als 50 Kilometer entfernt waren. Sobald sie im Netz waren, hatten sie alle ein Handy am Ohr und erzählten stolz von ihren Strapazen und Abenteuern.

So einen Einsatz hatte noch keiner von ihnen mitgemacht.

Für die Feuerwehrchroniken wurden Extrakapitel geschrieben.

Nur noch die Brandwachen blieben vor Ort oben auf den Bergen. Sie würden dort noch länger anwesend sein und dreimal am Tag die Überreste der Glutnester kontrollieren.

Die Kripo hatte inzwischen ermittelt, dass es sich bei den Feuern einwandfrei um Brandstiftung handelte. Die beiden Bekennerschreiben allein hätten als Beweis nicht genügt, die hätten auch von Trittbrettfahrern stammen können. Aber die Aufeinanderfolge des bayerischen und des tschechischen Brandes konnte kein Zufall sein. Auch andere Indizien, wie das gleichzeitige Auflodern der Brände an verschiedenen Ecken wiesen eindeutig auf Brandstiftung hin.

Bei der Fahndung nach den Brandstiftern allerdings tappte die Polizei offensichtlich im Dunkeln. Weder auf der bayerischen noch auf der tschechischen Seite hatte jemand etwas Verdächtiges bemerkt, lediglich die drei Čundráci wollten einen Mann gesehen haben, der sie von Plzen über Klatovy, Sušice und Srní bis an die Hauswaldkapelle verfolgt habe. Erst mit dem Zug, dann mit dem Bus und dann zu Fuß. Die Beschreibung aber, die die zwei vernehmungsfähigen

Tramps von dem Verdächtigen gaben, waren so diffus, dass man meinen hätte können, die drei Tramps seien von verschiedenen Gestalten verfolgt worden, und die Phantomzeichnung des Täters, die nach ihren Angaben gefertigt wurde, ergab ein Bild, das große Ähnlichkeiten mit dem jungen John Wayne aufwies.

Die zwei Čundráci hatten dem Plech so sehr zugesprochen gehabt, dass sie die halbe Fahrt geschlafen hatten, und der dritte lag in einer Prager Spezialklinik im Koma.

Kap. 20: Der Turm hat gewackelt!

Die Turmuhr schlug zwölf. Drei in dunkle Kapuzenpullover gekleidete Gestalten hielten inne und warteten, bis die Glockenschläge verstummt waren, die hier, unmittelbar über ihnen, betäubend laut klangen. Dann kletterten sie weiter, die Holzstiege, die mehr einer Leiter glich, aufwärts, nach oben.

Ein unterdrückter heller Schmerzensschrei! Die vorderste der drei Gestalten hatte sich den Kopf an einem Balken gestoßen, der in Kopfhöhe in die Stiege hereinragte. Der Mann rieb sich die Stirn und murrte, weil die ihm folgende Gestalt nicht aufgepasst hatte und ungebremst auf ihn aufgelaufen war.

„Tschuldigung", flüsterte eine Frauenstimme. „Ist halt so scheißfinster da heroben. Und schlecht ist mir auch."

„Geht´s weiter!", befahl der Dritte, der als letzter ging. „Gleich haben wir´s geschafft.

Und tatsächlich! Nach zwei weiteren Treppenabsätzen erreichten sie eine Plattform, von der aus lediglich schmale Leitern weiter hoch führten. Man sah nur einige Meter nach oben, aber man konnte ahnen, dass es noch weit hinauf ging.

Aus dem dunklen Nichts über ihren Köpfen sahen die Drei ein Seil hängen, das mit einem Stück Eisen beschwert war und deutlich hin- und herpendelte. Hatten Geisterhände dieses Seil in Schwingungen versetzt?

„Ein Senkblei", beruhigte der dritte Mann. „Damit misst man die Schwingungen, in die die Glocken den Turm versetzen."

Das Trio betrachtete eine Weile das Seil, das immer noch ein wenig ausschlug.

„Drum ist mir so schlecht. Der Turm hat ja heftig gewackelt!“

„Da solltet ihr heroben sein, wenn das ganze Geläut eingeschaltete ist. Dann wackelt der Turm wirklich heftig. Und wenn er nicht wackeln würde, dann täte er einstürzen. Das sind die Gesetze der Statik.

Und jetzt geht´s raus. Ihr wisst, was ihr zu tun habt. Kein Ton mehr!“

Der Capo hantierte mit einem schweren Schlüssel an der Eisentür vor ihnen, zog sie nach innen und flüsterte: „Nach euch!“

Die Umweltaktivisten traten vorsichtig hinaus auf die schmale Galerie des Turms, die noch ein wenig glitschig war vom Regen der vergangenen Tage. Jetzt aber zeigte sich der Himmel sternklar, und die Turmbesteiger waren zunächst einmal wie erschlagen von der Sicht, die sich ihnen, vorbei an den gotischen Steinfialen des Granitgeländers auf das nächtliche Zwiesel und vor allem auf die umliegenden Berge bot.

Als erstes richtete sich der Blick der mitternächtlichen Turmgäste über die graue Granitbalustrade hinweg Richtung Berge. Vom Hennenkobel bis hoch zum Arber bildeten sie eine schwarze, leicht ansteigende, fließende Silhouette gegen den dunkelblauen Nachthimmel. Am höchsten Punkt, dem Arbergipfel, blinkerte das Licht des Schutzhauses.

Bevor die Besucher ihre Rucksäcke auspackten und sich an die Arbeit machten, traten sie näher an das stabile Steingeländer heran und beugten sich drüber:

Ihr zweiter Blick ging in die Tiefe, wo die schlafende Glasmacherstadt Zwiesel sich vor ihnen breitete.

Der wie ausgestorbene Stadtplatz weit unter ihnen bildete ein riesiges, hell beleuchtetes Rechteck. Kein Mensch war auf ihm zu sehen, nur ein Taxi fuhr langsam den Platz bergab Richtung Anger und überquerte den Regenfluss, der in seiner Schwärze kaum zu erahnen war. In etlichen Häusern brannte noch Licht, hin und da glaubten die nächtlichen Turmbesucher sogar das Flackern der Fernseher hinter den Fenstern der oberen Etagen zu erkennen.

Von hier heroben kam ihnen das Städtchen klein vor, sehr klein und begrenzt. Die Probleme, auf die sie aufmerksam machen wollten, waren dagegen groß. Groß und unbegrenzt!

Zwei der Turmbesteiger umrundeten die Galerie. Auf der Ostseite war am Horizont die sanfte Linie der Grenzberge bis hin zum Kleinen und Großen Rachel zu erkennen. Am direkt unter ihnen liegenden Friedhof blinkerten ein paar rote Grablichter, sonst rührte sich nichts.

Ein leiser Pfiff des Capo beendete den touristischen Teil der nächtlichen Aktion. Die Drei wurden geschäftig, breiteten die schweren Stoffbanner aus, die sie in ihren Rucksäcken verstaut hatten, knoteten sie am Granitgeländer fest, kontrollierten, ob die Schrift auch auf der richtigen, der Außenseite war, kontrollierten die Knoten und warfen schließlich die an ihren unteren Enden mit eingenähten Gewichten beschwerten Stoffbahnen nach unten, in die schwarze Tiefe.

Die Aktion selber hatte keine fünf Minuten gedauert.

Nun hieß es verschwinden. Hoffentlich warf nicht gerade jetzt ein versoffener Spätheimkehrer einen Blick auf die Kirchturmuhr!

Aber die Turmbeleuchtung war ja schon um elf Uhr abgeschaltet worden. Vor Monaten hatten streng ökologische I-Dipferlscheißer energisch gegen die in ihren Augen sinnlose Stromverschwendung protestiert und den Pfarrer und die Kirchenverwaltung sowie die Redaktion des Bayerwald-Boten mit Briefen torpediert.

Dagegen wurde protestiert! Gegen die wirklich schwerwiegenden Sünden protestierte keiner! Außer ihnen. Mal sehen, ob wenigstens diese Aktion etwas bewirkte!

Kap. 21: Die Forderungen der Öko-Aktivisten

Im sonst so verschlafenen Zentrum der Stadt Zwiesel im Bayerischen Wald war schon am frühen Morgen der Teufel los. Auf der Südseite des Kirchplatzes standen Dutzende von Gaffern und schauten am 86 Meter hohen Turm des neugotischen „Bayerwalddoms“ empor.

Kinder und Lehrerinnen, die eigentlich in die nahe gelegene Grundschule mussten, Eltern, die ihre Kids in den zwischen Kirche und Friedhof gelegenen Kindergarten, die ehemalige Kinderbewahr- und Suppenanstalt gebracht hatten, frühe Friedhofsbesucher, zufällig vorbeikommende Passanten und die eilig herbeigerufene Mesnerin starrten hinauf auf das riesige weiße Banner, das von der Galerie des Turms hing, bis ihnen ihr Genick steif wurde und weh tat.

Nur vier Mal in seiner langen Geschichte hatte der markante und von weitem sichtbare neugotische Backsteinturm solche Aufmerksamkeit erfahren:

Vor hundertfünfzig Jahren zu seiner Einweihung, als der Bischof von Passau im vollen Ornat, der stolze Zwieseler Pfarrer mit seinen zwei Kooperatoren, die Stadthonoratioren mit ihren Zylindern und Gehsthintre-Röcken, das ganze Pfarrvolk, die Vereine, die damals noch überaus zahlreichen Schul- und Kindergartenkinder vor dem Bauwerk standen und ehrfurchtsvoll hochblickten auf ein Monument, wie sie es noch nie gesehen hatten.

Dann vor knapp hundert Jahren, als 1929 ein Orkan nicht nur den halben Bayerwald, sondern auch das gewaltige Turmkreuz umgelegt hatte.

Danach während des Tausendjährigen Reiches, als meterhohe Birken zuhöchst oben auf dem Turm wuchsen. Den Machthabern war dies ein Dorn im Auge, denn eine Weissagung des Waldpropheten Stormberger schien in Erfüllung zu gehen: „Wenn auf dem Zwieseler Kirchturm die Bäume wachsen", so hatte er prophezeit, „dann kommt das Weltabräumen!"

Die Birken waren zur regionalen Sensation geworden und ganze Ausflugsbusse hielten auf dem Kirchplatz und ließen ihre Passagiere die Bäumchen bestaunen. Der Kreisleiter Glück und der Ortsgruppenleiter Frohnholzer verlangten damals vom Zwieseler Stadtpfarrer Seidlmeier, er solle die Birken herunterholen, worauf der unerschrockene Geistliche den schnell zum geflügelten Wort gewordenen Satz „I hon´s net affe do, i dua´s aa net owa" zur Antwort gab.

Zum letzten Mal hatte es vor fünfunddreißig Jahren einen ähnlichen Turmschaueransturm gegeben, als der damalige Stadtpfarrer Schuler, auch ein mutiger Mann, sich zugunsten einer Turmrenovierung über das Galeriegeländer geschwungen hatte und von der Bergwacht frei hängend abgeseilt worden war. Damals hatte die Menschenmenge gejubelt und geklatscht.

Heute gafften die Leute stumm oder murrten.

Die Passanten versuchten zu entziffern, was da in roten Riesenlettern auf dem von der Galerie bis über die Schallfenster der Kirchenglocken hinunterreichenden Banner stand, sie diskutierten und fotografierten. Ein Schulkind der vierten Klasse buchstabierte laut:

ZEIT DER UMKEHR!!!
ERFÜLLT UNSERE FORDERUNGEN SOFORT-
SONST KOMMT DAS WELTABRÄUMEN!!!
J U N G E A K T I O N R E T T E T D I E W E L T

Ein Polizeiauto versuchte sich einen Weg durch die Zuschauer zu bahnen. Die Polizisten sahen nach wenigen

Metern ein, dass dies aussichtslos war, stoppten mitten in der Menge, stiegen aus, starrten mit den anderen um die Wette und holten schließlich einen Fotoapparat aus dem Auto, um den „Kirchenfrevel“ zu dokumentieren. Kurz danach gesellte sich der Stadtpfarrer zu den Polizisten.

„Wissen sie, wie die hochgekommen sind?“, fragte der Pfarrer.

„Das wollten wir eigentlich Sie fragen. Wer hat die Schlüssel zum Turm?“

Der Pfarrer, der noch ziemlich neu auf seinem Posten in Zwiesel war, überlegte kurz.

„Fünf existieren meines Wissens. Einer hängt in der Sakristei, einen habe ich, einen der Organist, einen die Kirchenpflegerin und einen der Mann, der hin und wieder Turmführungen macht.“

Die Spurensuche der Deggendorfer Kripo ergab fast nichts. Zu viele Besuchergruppen waren in der letzten Zeit auf den Turm und rund um die Galerie geführt worden Die Haare an einem der Balken auf Höhe der Glockenkammer konnten von jedem stammen, der sich hier in der letzten Zeit gestoßen hatte. Sicherheitshalber jedoch wurden sie eingetütet und ins Labor gebracht. Auch auf dem Banner würden sich Spuren finden, so hoffte man. Zuerst aber wurde alles von unten und oben mit Fotos und Videos dokumentiert.

Auch der Bayerische Rundfunk und ein Regionalsender hatten angerufen und gebeten, das Banner noch hängenzulassen. In knapp einer Stunde würden die Aufnahmeteams da sein.

Die Welt hatte die „Junge Aktion“, die verantwortlich gezeichnet hatte, zwar damit noch nicht gerettet, aber die Aktivisten waren zufrieden. Ihre Gewährsfrau, die sich unauffällig unter die Gaffenden gemischt hatte, berichtete ihnen von der Riesenaufmerksamkeit, die sie damit erzielt hatten.

***

Max Esterl hatte eben in den Mittagsnachrichten von der Kirchturmaktion gehört, als das Telefon läutete. Wer rief um die Mittagszeit bei ihnen an?

Max war gerade dabei, Bratkartoffeln zu rösten, eines der wenigen Gerichte, die er gut beherrschte. Obwohl er schon einige Jahre pensioniert war und Zeit zum Kochenlernen gehabt hätte, war Max darin nicht so richtig weitergekommen. Wahrscheinlich, weil Eva so gut kochte, sagte er. Eva meinte eher, dass bei Max eine durch Mutter und Großmutter anerzogene Küchenfaulheit zu konstatieren sei und hielt ihrem Mann immer wieder die Beispiele spitzenkochender Supermänner vor Augen. Aber über Bratkartoffel und Reiberdatschi war der Max noch nicht hinausgekommen.

Wenn er jetzt ranging, waren die „Gretzten Erpfe“, die Bratkartoffeln, bestimmt verbrannt. Max ging nicht ran. Das Telefon läutete lange. Ein hartnäckiger Anrufer!

Dann endlich hörte das Klingeln auf und Max vernahm nur noch das das sanfte Knuspern und das leise Zischen der sich gerade ins Endstadium bräunenden Erdäpfel. Noch einmal wenden, dann waren sie servierfähig und dann würde hoffentlich auch schon Eva heimkommen und die Bratheringe mitbringen, die sie einmal in der Woche in Zwiesel kaufte.

Bratheringe und Bratkartoffel, das waren für Max Esterl zwei Aromen, die sich so ideal ergänzten wie Warmer Leberkäs, knusprige Auerer Zöpfl und süßer Senf oder Schweinernes und Knödel mit Kraut und Bier oder Spiegeleier mit Speck und Rahmspinat oder Apfelstrudel mit Vanillesoße oder…

Max kam nicht dazu, seine Gedankenreihe fortzusetzen. Wieder das Telefon. Jetzt konnte er rangehen. Die Erdäpfel waren gebraten, sie mussten nur noch warmgehalten werden.

„Max Esterl…Ach du bist es, Pepi, alter Freund, jak se maš?“ Max konnte fast nur diesen einen Satz auf Tschechisch und er hoffte stets, dass nicht irgendwann einmal ein Gesprächspartner auf die Idee kommen würde, ihm diese Frage nach dessen Befinden auf Tschechisch zu beantworten.

Pepi Holub jedenfalls stellte seinen Freund vor keine unlösbaren Aufgaben. Sein Deutsch, mit dem für Max und vor allem für Eva wunderschön klingenden böhmischen Akzent, war fließend.

„Mir geht's gut, Maxe, abr ich hab viel zu tun. Stell dich vor, was heit is passiert in Klatovy, Schwarzes Turm!“

Pepi erzählte seinem deutschen Freund fast dieselbe Geschichte, wie dieser sie gerade in den Radionachrichten über den Zwieseler Kirchturm gehört hatte.

Vom Schwarzen Turm am Klattauer Ringplatz, dem Wahrzeichen der stolzen mittelalterlichen Stadt, hatten heute Nacht Aktivisten Fahnen heruntergelassen, auf denen geschrieben stand:

„…Moment, Maxe, ich wills ibrsetzän auf Deitsch.“ Pepi raschelte mit irgendwelchen Papieren. Bevor er jedoch mit der Wiedergabe des Textes begonnen hatte, zitierte Max aus dem Gedächtnis:

„ZEIT DER UMKEHR

WENN UNSERE FORDERUNGEN NICHT
SOFORT ERFÜLLT WERDEN,

KOMMT DAS WELTABRÄUMEN!“

„Maxe, mir wird sich ibäl! Warst du dabei? Bist Mitglied Umwältaktivistän? Wie kannst du wissän?"

Max Esterl lachte und erzählte dem erstaunten Freund, was er soeben in den Mittagsnachrichten des Bayerischen Rundfunks gehört und was er daraus offensichtlich richtig gefolgert hatte.

„Schwarzes Turm in Klatovy und rotes Turm in Zwiesäl sind beidä Objekt von Propaganda. Mecht wissän, was gäht rum in Kopf von Ökoaktivistän! Bis Weihnachtän missän wir sie habän und einsperrän, Maxe, sonst passiert was:

Weltabreimän, habäns gäschriebän.

Weil bei Politik, da passiert nix bis Weihnachtän, das ist das Einzige, was is sichär! Max, bin ich froh, dass ich gäh in Penzion an Weihnachten."

„Das kann ich dir nachfühlen, Pepi. Deine Pensionierung feiern wir aber ordentlich, Pepi. Wirst sehen, das wird wunderbar. Dann kommst du uns besuchen und wir machen gemeinsame Touren auf die Berge."

„No, Berge missän nicht sein, gibt im Tal auch scheenä Fleckl. Am liebstän wird ichs mir kaufän schene Chata in Behmrwald, klein Heisl."

„Das wäre super, Pepi, mach das doch! Als Oberst hast du doch bestimmt eine gute Pension, oder?"

„No, weißt, Maxe, Pension reicht supr fir Läbän in Plzen, abr in Šumava, in Šumava sind die Preise fir Chata so hoch, das glaubst nicht. Prášily, Srní, Modrava: Kriegst nix, wenn nicht bist Millionär. Million in Evro!"

„Was du nicht sagst, Pepi. Darum kaufen die Tschechen in Eisenstein, Zwiesel und Frauenau alles, was auf dem Markt ist."

„Ano, Maxe, is in Zwiesäl billiger als in Železná Ruda odr Špičák. Und weißt du, wer is schuld an Šumava-Boom?"

„Weiß ich nicht, aber du wirst es mir gleich sagen."

„Karel Klostermann! Und die Kommunisten!"

„Karel Klostermann?", lachte Max. „Und die Kommunisten? Wie geht denn das zusammen? Das musst du mir schon genauer erklären!"

„Ganz einfach, Maxe: Klostermann hat ibr unserä Šumava so scheen geschriebän, dass wir Tschechän sind sichtig geworden nach Šumava. Sichtig wie nach Paradies. >Behmerwaldparadies<."

„Genau, so heißt ja auch ein Roman vom Klostermann: >Im Böhmerwaldparadies!<"

„Richtig, Maxe, kennst dich aus bei Klostermann. Und dann, nach Krieg, kam zweite Grund fir Sucht nach Šumava. Kommunismus hat gämacht aus Šumava gross Spärrgäbiet. Truppenibungsplatz mit Granatän in Wand von Lakasee, Kasernä in Hurka mit Totentanz von bäsoffänä Soldatän in Totenkeller von Abelefamilie!"

„Ich hab schon davon gehört, Pepi, ich habe auch schon den Film gesehen, den der Emil Kintzl darüber gemacht hat, wie die Soldaten die Familiengruft der Abele in Hurkenthal geschändet haben und wie sie alle danach sterben mussten."

„Abr zurick zu Thema: Niemand durfte rein in Šumava. Vierzig Jahre läbten die Tschechen wie Moses in der Wiste mit Gälobtäs Land direkt vor Augän! Wir haben nur die Berge gäsähän, aber wir konnten nicht hin. Wie bei Fata Morgana!"

Max wunderte sich, dass Pepi so bibelfest war. Aber bei einem wie ihm musste man auf alles gefasst sein.

„So is Šumava Gälobtäs Land fir uns Tschechen. Behmerwaldparadies! Und wenn willst läbän in Paradies - Eintritt is teier!"

Max lachte. „Dann musst du dir halt ein Häuschen in Eisenstein oder Zwiesel oder vielleicht sogar in Frauenau kaufen, Pepi, da sind die Häuser billiger. In Frauenau gibt es sogar einen Ortsteil, der heißt >Paradies<."

„Is zu weit, Maxe. Bavorská Ruda, das gäht. Zu Fuß zu Irmi in Rotäs Herz. Gutä Perspektivä fir meinä Penzion!"

Max Esterl wollte noch etwas Lustiges erwidern im Zusammenhang mit ihrer gemeinsamen Freundin Irmi und ihrem Etablissement namens >Rotes Herz<, als er den Brandgeruch wahrnahm. Sofort wusste er, was es geschlagen hatte.

„Entschuldige, Pepi, ich muss Schluss machen! Bei mir brennt es auch gerade. Die Bratkartoffeln! Ahoj!", rief der Ex-Kommissar ins Telefon und machte sich, heftig wachelnd, im Laufschritt auf den Weg zum Küchenherd. Was war er doch für ein alter Depp! Das kam davon, wenn es einem zu stark pressierte! Um nur ja schnell ans Telefon zu gelangen, hatte er vor fünf Minuten vergessen, die Hitze an der Kochplatte zu reduzieren. Jetzt brandelte es gewaltig und nicht einmal der leistungsstarke Bora, der Tornado unter den Dunstabzügen, hatte es geschafft, die Rauchwolken alle nach draußen zu blasen.

Nun galt es zu retten, was noch zu retten war.

Max schaltete die Kochplatte aus und fuhr mit dem Küchenschäuferl durch die Erdäpfel, die sich aber gar nicht von der Pfanne lösen wollten, so sehr waren sie angebrannt. Wenigstens war die obere Schicht des Bratpfanneninhalts einigermaßen heil geblieben. Ein bisschen knusprig zwar, aber durchaus noch genießbar, wie Max feststellte.

Er stellte rechts neben die Bratpfanne eine zweite, kleinere, in die Mitte oberhalb der großen Pfanne einen Teller und links daneben einen Kübel für die ungenießbaren Abfälle und begann, die Bratkartoffeln einzeln auszusortieren: Schwarz – weg in den Kübel nach links. Ziemlich braunschwarz – auf den Teller in der Mitte. Knusprig braun – in die kleine Pfanne. Die drei Haufen waren etwa gleich groß. Den Inhalt des Kübels sofort in die Biotonne, die kleine Pfanne mit den knusprig braunen auf den Herd zum Warmhalten bei diesmal wirklich niedrigster Temperatur und den Teller mit den Volldunkelbraunfastschwarzen auf den Tisch und sofort essen, bevor Eva kam. Dazu einen der Bratheringe. Mit Soße und Zwieberln und drei Krowentbirln.

Als Eva Esterl von der Schule nach Hause kam, sah sie, dass Max fast schon mit dem Essen fertig war.

„Hast es nicht mehr erwarten können vor Gier nach deiner Leibspeise, hast ohne mich angefangen."

Max nickte, nahm einen Schluck vom Bier, das als Begleiter unbedingt zu diesem Essen gehörte und bat Eva: „Geh nimm dir doch die Pfanne vom Ofen. Ich hab dir die Braterpfe warmgehalten. Die müssten grad noch richtig sein."

„Komisch", sagte Eva, während sie schnuppernd vom Herd an den Tisch kam, „da riecht es irgendwie nach Verbranntem. Aber die Bratkartoffel schauen eigentlich ganz normal aus. Ob das noch immer der Geruch von den Waldbränden ist, der sich überall hält? Sollten wir nicht nach dem Essen eine Stunde oder zwei lüften, Max?"

„Ich weiß auch nicht", brummte der Angesprochene, während er gerade den letzten der Dunkelbraunen vom Teller gabelte und dann der Eva ein Glas Bier einschenkte.

Eva Esterl ließ es sich schmecken.

Als sie mit den Heringen fertig war, fragte ihr Mann, während er sich schon zur Kaffeemaschine hin aufmachte, ob sie auch eine Tasse von dem braunen Verdauungstrank wolle. Eva, die sonst eher darauf bestand, den Tisch fertig abzudecken und das Geschirr in die Spülmaschine zu verräumen, bejahte die Frage. Zwei Minuten später setzte sich Max, die

Zeitung von heute früh in der einen, die zwei Tassen Kaffee in der anderen Hand, zu seiner Frau an den Esstisch.

Beide begannen sie gleichzeitig zu reden.

“Weißt du Max, was heute bei mir in der Q12 los war?“, so hatte Eva begonnen.

„Stell dir vor, was mir gerade eben Pepi Holub berichtet hat!“, so hatte Max gleichzeitig angefangen.

„Du zuerst!“

„Nein du!“

Beide lachten und knobelten. Max gewann.

Nachdem er der Eva von Pepis Anruf und der Aktion am Schwarzen Turm zu Klattau erzählt hatte, war sie an der Reihe.

„Bis rüber zu uns ans Gymnasium hat man die Schrift lesen können, die da am Kirchturm hing! Die Kinder in den Klassenräumen, von denen aus man einen Blick auf die Kirche hat, waren natürlich kaum vom Fenster wegzukriegen. Einige Lehrer mussten sogar die Jalousien runterlassen, damit ein geordneter Unterricht möglich wurde.

Ich habe in der dritten und vierten Stunde meinen Deutschkurs in der Q12 gehabt. Die haben immer wieder rüber geschaut, immer wieder!“

„Was hat man denn dort noch gesehen? Wenn so ein Banner mal da hängt, dann bewegt sich doch nicht mehr viel daran.“

„Die Schüler haben alle darauf gewartet, dass jemand in den Turm raufsteigt und die Schrift entfernt, die Polizei oder irgendjemand anderer. Die Polizei war tatsächlich auch droben, aber die haben zunächst nur an den Bannern runtergeschaut und haben nichts getan.“

„Die werden wahrscheinlich auf ihre Kollegen von der Kripo gewartet haben", unterbrach Max. „Die Geschichte ist ja inzwischen sicher schon ganz oben gelandet. Das sind keine Provinzdelikte mehr und schon gar keine Kleinkinderspielchen."

„Genau darum geht´s mir, Max, und deshalb muss ich auch mit dir reden. Wir haben in dieser Q12 eine heftige Diskussion über diese Öko-Aktivisten gehabt und es wäre bald zu Raufereien gekommen, so sehr haben sich die beiden Parteien gestritten.

Die einen haben die Öko-Aktivisten verteidigt und sie als Idealisten dargestellt, die selbstlos für eine richtige und wichtige Sache kämpfen."

Max unterbrach: „Da waren die Rosi und der Xaver dabei, oder?"

„Die Rosi schon. Ganz schön heftig war sie sogar dabei. Der Xaver ist seit voriger Woche nicht mehr an der Schule gewesen. Die ersten drei Tage war ja noch seine Selbstentschuldigung gültig, aber jetzt muss ich der Sache nachgehen. Ich bin doch die Kursleitung.

Max, ich mach mir Sorgen!"

„Um den Xaver? Kann ich verstehen, Eva."

„Auch um die Rosi. Die hat heftige Angriffe abwehren müssen gegen sich und vor allem gegen den Xaver. Da waren Attacken dabei, die unter die Gürtellinie gingen. Zwei von den Jungs waren besonders schlimm. Die ticken irgendwie anders, das ist mir schon voriges Jahr aufgefallen.

Den Xaver haben sie als Terroristen bezeichnet. Solche Leute, die wegen dieser Scheiß-Welterwärmungslüge den Wald anzünden, gehören selber angezündet, haben sie unter dem Gejohle des halben Kurses gegiftet, oder in Streifen geschnitten und als menschliche Banner an den Kirchturm gehängt.

Max, ich hab direkt Angst bekommen, denen ist fast der Schaum vor dem Mund gestanden! Die Rosi hat vor Entsetzen zu weinen begonnen und dann hat der Rest des Kurses für sie Partei ergriffen und ist auf die zwei losgegangen."

Max machte eine Geste des Boxens.

„Nein, nicht körperlich, soweit ist es zum Glück doch nicht gekommen. Die haben auch nicht die Öko-Aktivisten und ihre Anschläge verteidigt, die haben nur die Rosi verteidigt. Und den Xaver", fügte Eva noch hinzu.

„Die beiden haben einen guten Stand in ihrem Jahrgang. Sie sind kameradschaftlich, sehr sozial und hilfsbereit. Die mag jeder."

„Außer den zwei Jungs."

„Die zwei machen mir wirklich Sorgen. Wie können junge Menschen schon so verbohrt sein? Was geht in deren Köpfen vor?

Aber ehrlich, Max, noch mehr Sorgen mache ich mir um die Rosi und den Xaver."

„Glaubst du jetzt auch, dass die beiden was mit den Umweltaktivisten zu tun haben? Mit den Leuten, die wir damals im Gistl zufällig belauscht haben und von denen du geglaubt hast, dass die nur eine Wandertour ausmachen?"

„Ich weiß nicht recht, Max. Aber ich weiß, dass mir die Rosi leid tut. Und irgendwie der Xaver auch. Und dass man ihnen helfen sollte, damit sie aus der Sache rauskommen."

„Wenn sie nur nicht schon zu tief drin stecken in dem Schlamassel. Und wenn sogar wir beide glauben, dass der Xaver und die Rosi etwas mit den Umwelt-Aktivisten zu tun haben, dann hat die Polizei sie schon längst im Visier, da bin ich mir sicher."

„Aber die Anke Brandt hat doch dich gefragt."

„Meinst du, die Anke Brandt hört sich nur bei mir um? Da wäre sie eine schlechte Polizistin. Die hat auch ihre anderen Quellen."

Als die Eva das Wort „Quellen" hörte, fiel ihr wieder ein, dass ihre Schüler von der Q12 ihr erzählt hatten, sie müsse unbedingt im Internet nachschauen, dort stünde ein Beitrag der Öko-Aktivisten.

Eva zückte ihr Smartphone, wischte ein paar Mal und zeigte Max kurz darauf die Forderungen der Brandstifter, die hier auf Deutsch wie auf Tschechisch zu lesen waren:

WIR HABEN LANGE GENUG ZUGESEHEN.

IHR HABT NICHTS GETAN!

UNSERE FORDERUNGEN AN DIE POLITIK UND AN DIE WIRTSCHAFT:

KOHLEAUSSTIEG BIS 2030!

INNERHALB JAHRESFRIST EIN VIERTEL DER KOHLEKRAFT ABSCHALTEN!

100% ERNEUERBARE ENERGIEVERSORGUNG BIS 2035 FESTSCHREIBEN!

CO2-STEUER AUF ALLE TREIBHAUSGASEMISSIONEN!

DIESE FORDERUNGEN SIND NICHT VERHANDELBAR!

WIR ZEIGEN DIE ZIELE AUF – DIE POLITIK MUSS DIE WEGE FINDEN!

WENN WIR BIS ÜBERMORGEN NOCH KEINE SPÜRBARE REAKTION SEHEN, WIRD SICH DER DRUCK VERSCHÄRFEN!

WIR KÖNNEN NOCH GANZ ANDERS.

JUNGE AKTION „RETTET DIE WELT"

„Glaubst du, Max, dass die noch etwas in der Hinterhand haben?"

„Wie würdest du denn dieses Pamphlet interpretieren, Frau Deutschlehrerin?“

„Dann kann man nur hoffen, dass die Rosi und der Xaver nicht zu tief mit drinstecken!“

Max fand, dass es jetzt Zeit für seinen Mittagsschlaf war. Wie gut, dass er als Pensionist für nichts mehr die Verantwortung übernehmen musste.

Kap. 22: Das Alibi

Anscheinend vernahm die Polizei alle aus ihrer Öko-Clique, die im Gistl verkehrten.

Xaver hatte schon darauf gewartet, dass die Bullen zu ihm kommen würde. Bei zweien von ihnen, so hatten ihre Buschtrommeln signalisiert, waren sie gestern gewesen. Die gehörten aber zu den Harmlosen. Nun also waren sie bei ihm.

Dass sie erst jetzt kamen, wunderte ihn eigentlich. Die hatten wohl mit den Bränden genug zu tun gehabt die letzten Tage. Ein wenig Bammel hatte er schon. Noch nie war er mit dem Gesetz in Konflikt geraten. Und dass er lügen sollte, passte ihm überhaupt nicht. Und dass er die Rosi da mit reinziehen sollte, passte dem Xaver schon zweimal nicht. Aber so hatten sie es abgesprochen, der Friedl, der Zdeněk und er.

Die zwei, die vor seiner Wohnungstür standen, sahen eigentlich ganz normal aus. Die Polizistin, die, wie ihr männlicher Kollege, kaum ein paar Jahre älter als er war und das Wort führte, war nur einen Kopf kleiner als er und sah, trotz ihrer Uniform, ausgesprochen hübsch aus.

Wo er in der Nacht des Waldbrandes gewesen sei, wollte sie wissen.

„Im Gistl", antwortete Xaver.

„Im wo?"

Die Polizistin schien keine Einheimische zu sein oder sie stellte sich absichtlich dumm.

Xaver half: „Das Gistl ist ein Lokal hier in Frauenau. Da trifft man sich mit Freunden."

„Aha, danke. Gibt es Zeugen dafür, dass Sie in der betreffenden Nacht in diesem Gistl waren?"

„Ja, die Rosi."

„Wer ist diese Rosi?"

„Die Bedienung im Gistl"

„Und wo finden wir die…Rosi?"

„Ab fünf ist sie im Gistl. Heut hat sie wieder Thekendienst."

„Sie wissen aber genau Bescheid."

„Die Rosi ist meine Freundin."

Das würden die Polizisten eh rausbekommen, hatte der Friedl gesagt, das kannst du ruhig zugeben.

„Ihre Freundin?", die Polizistin zog ihre Augenbrauen hoch. „Und sonst gibt´s keine Zeugen?"

„Doch, drei Gäste waren auch da, die haben etwas gefeiert. Hatten ziemlich getankt an dem Tag."

„Namen?"

„Da müssen Sie die Rosi fragen, die kennt sie alle, die Stammgäste. Ich weiß nur die Vornamen: Der Willi, der Wast und der Edi."

Die zwei Polizisten blickten sich an.

„Gut, Herr Schweikl. Und mit dem Waldbrand haben Sie nichts zu tun?"

Xaver wich aus: „Wie kommen Sie darauf?"

Nicht einmal jetzt konnte Xaver puffgerade lügen. Die verdammte Erziehung vom Opa!

„Aber so, in der Öko-Bewegung, da sind Sie schon, oder?"

„Ja, natürlich, aber bin ich deswegen gleich verdächtig?"

„Wir gehen allen Spuren nach, Herr Schweikl. Wo finden wir dieses, äh, Gistl?", fragte die Polizistin mit einem Blick auf ihre Armbanduhr. „Ist ja eh gleich Fünf."

„Ich weiß wo es ist, Anke“, ließ sich der männliche Kollege vernehmen, der bis dahin kein Wort gesprochen hatte, da können wir fast zu Fuß hin.“

„Glaubst du, der hat was mit dem Brand zu tun“, fragte der Polizeiobermeister Bernd Maier seine Chefin Anke Brandt, als sie draußen im Auto saßen.

„Alle in Frauenau wissen es angeblich, dass er zu den Brandstiftern gehört…“

Als Polizeihauptkommissarin Anke Brandt wieder in ihrem Büro im Erdgeschoß der Zwieseler Dienststelle saß, rief sie ihren Ex-Kollegen Max Esterl an, um ihm von der seltsamen Vernehmung zu berichten und ihn als lokalen Experten zu befragen.

„Hier Esterl.“

„Max, grüß dich. Ich muss dich was fragen, Max, vielleicht kannst du mir da weiterhelfen.“

„Schieß los, Anke!“

„Das was ich dir erzähle, bleibt wie immer unter uns?“

„Wie immer, Anke. Kannst dich auf mich verlassen.“

„Ich war heut Nachmittag in Frauenau und hab die Freundin eines Verdächtigen vernommen. Eines Xaver Schweikl. Kennst du den?“

„Ja, den kenn ich. Die Rosi, seine Freundin kenn ich auch. Schönes Paar. Gehören die zu den Verdächtigen?“

„Bis gestern schon. Aber mit den heutigen Vernehmungen hat sich der Verdacht nicht erhärten lassen. Und deswegen ruf ich an.

Am besten erzähle ich dir erst mal, wie die Sache gelaufen ist, und dann kannst du mir als Frauenauer sagen, was du davon hältst.“

„Schieß los!“

„Die Rosi, die Bedienung vom Gistl, hat dem Schweikl ein Alibi gegeben. Er war an dem Abend, an dem der Brand gelegt worden ist, bei ihr im Gistl."

Max räusperte sich laut.

„Du hast schon Recht, Max. Natürlich ist das Alibi nicht viel wert, sie ist ja schließlich seine Freundin. Aber da waren noch drei Personen im Lokal an diesem Abend. Und um die geht es. Was sind das für Leute? Und was sind ihre Aussagen wert?

Hör zu, Max! Das Trio hat an dem Abend im Gistl Geburtstag gefeiert. Zwei Brüder, Edi und Sebastian Reichl und ihr Busenfreund Willi. Wilhelm Eder. Alle drei aus Frauenau. Die waren hackevoll, aber sie behaupten steif und fest, dass sie den Xaver Schweikl um neun Uhr gesehen haben, als sie, schon ziemlich angeschickert, das Lokal betreten haben. Dann haben sie ihn einige Zeit nicht mehr wahrgenommen oder auch schon, das wissen sie selber nicht, weil sie – nach eigenen Aussagen – so einen Hauer hatten. Jeder von ihnen hatte mindestens zehn Bier und ebenso viele Rüscherl."

„Trinkt das heute überhaupt noch einer, Rüscherl? Das war ja zu meiner Jugend schon fast nicht mehr aktuell! Kruminale! Zehn Rüscherl, zehn Bier, Respekt!"

„Die haben alles mindestens doppelt gesehen, wahrscheinlich haben sie gar nichts mehr gesehen, weil ihnen vor Rausch die Augen getränt haben, aber den Xaver, den wollen sie gesehen haben."

„Sagen sie?"

„Ja, das behaupten sie. Und einer von ihnen, der Edi, gibt an, dass er der Rosi und dem Xaver zum Abschied noch zugerufen hat, sie sollen es nicht zu toll treiben heut Nacht. Was hat er genau angegeben? Ich hab´s gleich."

Anke blätterte hörbar, offensichtlich suchte sie in dem vor ihr liegenden Vernehmungsprotokoll.

„Legts euch fei nieder, wenn´s ins Bett geht's!"

Anke machte eine Pause.

„Kennst du die Typen, Max?"

„Zwei davon, die Brüder."

„Und, was hältst du von ihnen? Kann man da irgendetwas glauben von dem, was die sagen? Kommen die Drei aus der grünen Szene?"

„Nein, Anke, die kommen eher aus der blauen Szene, soviel ich weiß. Ich habe die zwei voriges Jahr auf der Auerer Kirwa erlebt, dem großen Volksfest hier. Damals waren sie so dicht, dass sie keinem ein Alibi hätten geben können. Nicht einmal sich selber – gegenseitig!"

„Aber ich muss das Alibi gelten lassen. Wenigstens vorläufig. Obwohl es arge Löcher hat: Die Freundin ist befangen, die drei anderen sind stockbesoffen! Max, ihr Frauenauer macht mir nur Probleme!"

„Gibt es eigentlich noch andere Verdächtige?"

„Ja, Max, wir haben da noch einige auf der Liste, vor allem aber zwei Hauptverdächtige. Einen Tschechen aus Pilsen und einen Deutschen aus Zwiesel. Aber die sind wie vom Erdboden verschluckt! Ab morgen läuft die große Fahndung."

Kap. 23: Zdeněk, Lucy und Friedl

„Hierher kommt niemand, hier können wir es wochenlang aushalten, ohne gestört zu werden."

Friedl war zufrieden. Die Chata, in die der Zdeněk ihn und Lucy gebracht hatte, war bestens geeignet für ihre Zwecke. Pilsener Freunde und Gesinnungsgenossen hatten Zdeněk dieses einsam gelegene Wochenendhäuschen mitten im Böhmerwald überlassen.

Das musste man Zdeněk schon lassen: Alles, was er in Angriff nahm, war durchdacht. Hier konnten Zdeněk, Lucy und er abwarten, bis sich der größte Hype um die Brände gelegt hatte, und hier konnten sie in Ruhe ihre weiteren Schritte überdenken.

Ihre nächste und zugleich letzte Aktion erforderte weitsichtiges Planen. Es musste überlegt werden, wie man möglichst viel Aufsehen für die gute Sache erreichte. Die Menschen dies- und jenseits der Grenze mussten noch einmal richtig aufgerüttelt werden, damit die Verantwortlichen endlich ihre Ärsche hochkriegten und handelten. Zdeněk, Lucy und er, der Deutsche, waren sich einig: Dazu war mittlerweile jedes Mittel recht.

Nach dem Abendessen, das Lucy und Friedl zubereitet hatten, blieb der männliche Teil der Aktivisten am Tisch sitzen und hielt Kriegsrat.

Lucy wischte noch den Tisch sauber. Dann setzte sie sich zu ihrem Bruder und ihrem Freund.

Lucy war vor einiger Zeit ein Jahr lang zu einem von der Organisation Euregio geförderten Schüleraustausch am Gymnasium in Zwiesel gewesen und hatte dort nicht nur ausgezeichnet Deutsch gelernt, sondern sich auch mit dem Friedl befreundet. Seitdem waren die beiden ein Paar. Es hatte für Friedl ganz gut gepasst, dass der Bruder der Lucy, der Zdeněk, mit ihm auf gleicher Wellenlänge lag: Beide waren sie Umweltschützer und beide wollten etwas tun für ihre Überzeugung.

Über den Ort ihrer nächsten Aktion und über ihre Vorgehensweise dabei gab es nicht viel zu diskutieren, das stand schon lange fest. Auch der richtige Zeitpunkt war schnell bestimmt. Gleich das nächste Wochenende sollte es sein.

„Schraubä drähän", hatte der Zdeněk gesagt und Lucy hatte dazu genickt. Auch Friedl war dieser Meinung. Jetzt war die Öffentlichkeit alarmiert und sensibilisiert. Jetzt mussten sie noch eins drauflegen!

Und das würde ein richtiger Kracher sein. Friedl war zufrieden.

Lucy würde hier in der Chata im Šumavagebiet bleiben und die Stellung halten, Zdeněk würde mit ihm kommen und die Aktion durchführen. Danach würden sie wieder über die Grenze zurück zur Chata gehen.

Auf Lucy und Zdeněk konnte man sich verlassen.

Nur die Rosi und der Xaver bereiteten dem Friedl Kopfzerbrechen. Die beiden waren zu weich für solche Unternehmen. Sie dachten zu kurz, zu wenig global, und deshalb hatten sie Skrupel. Die Aufgabe der Umwelt-Aktivisten war so wichtig und ihr Auftrag so groß! Es ging um nichts weniger als um die Zukunft!

Und jetzt, genau jetzt bekamen die Rosi und der Xaver Schiss!

„Sie sind noch jung", hatte Lucy immer zu deren Entschuldigung gesagt.

„Ihr werdet sehen, der Xaver hält das nicht durch.

„Sie sind ein Risiko", fand auch der Zdeněk. „Aber es geht nicht anders. Was sollen wir machen? Wir brauchen den Xaver. Er allein kennt sich aus mit dem Ort und mit den

Sprengladungen. Er ist der Experte. Wenn wir das Projekt durchziehen wollen, dann geht das nur mit dem Xaver. Der Axel ist weit weg, auf den können wir nicht zählen. Weißt du eine andere Lösung?“

Friedl überlegte kurz und schlug dann kräftig auf den Tisch.

„Ich sag euch eines: Die Rosi muss unbedingt mitmachen bei dem Projekt. Die Rosi ist unser Pfand und unser Druckmittel. Wenn wir die in unserer Hand haben, dann haben wir auch den Xaver in unserer Hand.“ Friedl grinste. „Dass wir ein wenig mehr wegsprengen wollen, als der Xaver und die Rosi meinen, das müssen sie ja vorher nicht unbedingt wissen.“

„Ein wenig mehr?“, lachte Zdeněk, „du machst gutä Witze, Friedl!“

Nur Lucy lachte nicht. „Irgendwie tun mir die beiden leid“, sagte sie mit einem weichen Ton in der Stimme.

„Es hilft aber nichts!“, beendete ihr Bruder das Gespräch.

Lucy und Friedl gingen auf ihr Zimmer.

Kap. 24: Der Plan

Zdeněk überprüfte die zwei Koffer mit den Sprengladungen, die er in zwei Rucksäcken verstaut hatte. Zum wievielten Male er das jetzt schon machte, konnte er nicht sagen. Seine Schwester hatte schon Recht: Er war ein Mensch, der immer alles unter Kontrolle haben wollte. Auch die Pläne für ihr großes Projekt hatte er gemacht. Wenn allerdings alles in die Luft flog, dann würde es keine Kontrolle mehr geben. Dann würde es nur noch das Chaos geben.

So sehr der Zdeněk diesen Augenblick herbeisehnte, so sehr fürchtete er sich gleichzeitig auch davor!

Wenigstens dafür würde er sorgen, dass die Bevölkerung gewarnt würde, beruhigte sich Zdeněk. Dann würde das Chaos sich in Grenzen halten.

Die Warnzeit, die sie eingeplant hatten, musste eigentlich reichen. Die Wassermassen mussten sich erst einmal ihren Weg durch die Trümmer des Damms bahnen. Gut, das würde schnell gehen. Dann lagen etwa 3000 Meter zwischen dem Damm und den ersten Häusern.

Welches Tempo hatte so eine Monsterwelle? Zdeněk hatte oft darüber nachgedacht. Dreißig Stundenkilometer, vierzig?

Zdeněk rechnete lieber mit dreißig Stundenkilometern. So ging es leichter. Dreißig Kilometer in sechzig Minuten. Drei Kilometer betrug der Weg. Zdeněk rechnete.

Machte sechs Minuten, die die Welle brauchte! Das war schon verdammt knapp! Selbst wenn man bedachte, dass der dichte Wald, der zwischen der Talsperre und den Häusern lag, das Wasser ein wenig bremsen würde. Zdeněk versuchte sich zu beruhigen:

Der ganze Damm würde sicher nicht weggesprengt werden, dazu reichte das Semtex doch nicht. Erst nach und nach würde der Druck stärker werden und immer mehr und größere Brocken aus der Staumauer reißen

Dann wäre die Welle natürlich kaum noch zu kontrollieren und würde alles niederwalzen, was ihr im Weg stand. Weiter unten allerdings, so vermutete Zdeněk, würde sich das Wasser verteilen, seine Wucht würde gebrochen sein. Den Zwieselern, so hatte der Friedl vermutet, als sie vor einigen Tagen schon einmal die Schadensdiskussion geführt hatten, würden allerdings die Keller schon volllaufen. Die Älteren würden sich an die Zeiten erinnern, in denen auf den Regenflüssen noch getriftet wurde. Da herrschte auch drei Tage Hochwasser.

Die Vorahnungen aber ließen dem Zdeněk keine Ruhe. Wieder dachte er an die, welche es als Erste und am schlimmsten treffen würde.

Die Anlieger brauchten gar nicht unbedingt mit dem Auto durch das Tal rausfahren. Die brauchten doch nur die Haustüren aufreißen und hundert Meter die Hänge hinaufflüchten, die links und rechts das Tal begrenzen, dann waren sie in Sicherheit. Hundert Meter konnte man auch ein Baby tragen oder einen kranken Menschen schleppen.

So weit wie sein Freund mochte Zdeněk nicht gehen. Der Friedl rechnete fest damit, dass es einige Tote geben würde. „Dann“, so hatte Friedl gesagt, „dann haben wir unser Ziel sicher erreicht: Wir sind die Top-Nachricht! An erster Stelle in der Tagesschau.“

Selbst die Lucy, seine kleine Schwester, die den Friedl immer so bewunderte, hatte hinter dem Rücken ihres Freundes zu ihm hergeschaut und still den Kopf geschüttelt.

Zdeněk überlegte. Was war dabei, wenn man die Polizei doch noch fünf Minuten früher warnte?

Ob er das Prepaid-Handy, das er dafür benutzen würde, auf ihrer Flucht fünf Minuten eher oder später in den Wald schmeißen würde, war eigentlich egal. Niemand würde sie verfolgen, alle würden mehr als genug zu tun haben.

Kap. 25: Radltour auf den Kohl(en)-Schachten

Die dreitägigen Regenfälle hatten nicht nur die Brände gelöscht. Die Natur hatte das Wasser gierig aufgesaugt, die Wiesen begannen, wieder grün zu werden, aus den vorher versiegten Brunnen liefen wenigstens dünne Rinnsale, auch der Wasserspiegel des Frauenauer Trinkwasserspeichers begann zu steigen. Durch die Trockenheit und die Entnahme riesiger Wassermassen zur Brandbekämpfung war der Stausee um mindestens ein Viertel geschrumpft, der Entnahmeturm hatte in den letzten Tagen wie ein riesiger Betonfinger über zwanzig Meter aus dem Wasser geragt. So weit war der Pegel seit dem Bau der Talsperre in den neunzehnhundertsiebziger Jahren nicht gesunken.

Einheimische und Touristen kamen in Scharen hochgelaufen oder -geradelt oder -gebiket, hielten an der Dammkrone, sahen hinunter auf die geschrumpfte Wasserfläche und schüttelten ihre Köpfe. Die Betreiber der Trinkwasserversorgung versicherten, dass der Stausee immer noch zu mehr als 70 Prozent gefüllt sei, und kein Wassermangel drohe.

Auch die Radlrentner hielten an diesem Vormittag am Staudamm und staunten.

***

Der Otto vom ersten Tenor hatte, wie meistens, den Rundruf gestartet: „Um halb zehn am Freibad. Gut zu Trinken mitnehmen, es geht hinauf in die Berge. Schachtentour!“

Die drei Tenöre Otto, Herbert und Horst, Kurt, der Dirigent und Max, Zweiter Tenor in Ausbildung hatten sich auf den Weg gemacht.

„Erst zum Stausee", hatte der Otto eingesagt, „und dann auf der Schachtenstraße bis hinüber nach Buchenau oder noch weiter nach Scheuereck."

„Schachtenstraße? Ist die nicht wegen des Brandes gesperrt?", hatte Max einzuwenden gewagt.

„Kann schon sein", bekam er zur Antwort. „Dann müssen wir halt die Sperre ein wenig zur Seite räumen."

Max hatte auf den Touren, die er bisher mitgemacht hatte, schon öfter erlebt, dass gesperrte Wege kein Hindernis für die Radlrentner bedeuteten.

„Wenn der Weg gesperrt ist, umso besser", ließ sich der Otto durchs Telefon vernehmen, „dann begegnen wir keinen Radfahrern."

„Höchstens mal einem Polizisten."

„Die kennst du ja alle, wo ist das Problem?"

Max gab sich geschlagen. Er war ja genauso neugierig wie seine Freunde.

Das Radfahren war heute ein richtiges Vergnügen. Die Temperaturen waren, nach den Regentagen, eher erfrischend, die Sonne lugte durch die Wolken, die Luft war, verglichen mit der Hitzeperiode und den Räucherkammertagen während der Brände, so rein und weich, dass sie alle tief durchatmeten und den Sauerstoff einsaugten, als kämen sie nach einer langen Tauchtour wieder an die Wasseroberfläche.

Die Radlrentner, die allesamt etwas älter waren als Max Esterl, achteten beim Tempo darauf, dass jeder von ihnen gut mitkam. So musste sich Max nicht allzu groß anstrengen auf dem Anstieg nach Oberfrauenau und er hatte sogar Zeit, das grandiose Panorama auf seiner linken Seite zu bewundern. Die Poschinger, deren Gut Oberfrauenau den Mittelpunkt ihrer Glasdynastie bildete, hatten schon immer Wert darauf gelegt: Überall wo sie siedelten, in Rabenstein, in Theresienthal, in Oberzwieselau, in Buchenau und hier in Oberfrauenau, überall dort war die Umgebung großartig.

Der schöne Biergarten in Oberfrauenau konnte die Radler noch nicht locken, dafür war es zu früh und die Neugierde auf das, was es an den Brandstellen zu sehen gab, zu groß.

Zehn Minuten später hielt die Gruppe oben auf der Dammkrone des Sees und schaute hinunter auf die arg geschrumpfte Wasserfläche.

Dann führte sie ihr Weg zuerst am erheblich kürzer gewordenen Speichersee entlang. Nach der Einmündung des Kleinen Regenflusses am hinteren Seeende war die Steigung noch mäßig, jetzt aber galt es zu strampeln: Die Forststraße führte steil hoch, vorbei am ehemaligen Weiler Schachten bis zu der Weggabelung, an der die Schachtenstraße Richtung Norden abbog. Max Esterl wischte sich einige Male den Schweiß von seiner Stirn. Auch mit Elektrounterstützung konnte man sich schinden. Kruminale!

Die weiß-rote Straßensperre oberhalb der Gabelung war aus Plastik und deshalb leicht zu lupfen, so dass man durchschlüpfen konnte.

Die Radlrentner fuhren weiter Richtung Hochschachten. Ihre Gespräche waren verstummt. Alle waren sie gespannt auf das, was sie erwartete.

Es dauerte allerdings noch eine Weile, bis sie sich der Brandstelle näherten. Als erstes bemerkten sie, ungefähr da, wo der Weg zum Lindberger Schachten abzweigte, leichten Brandgeruch.

Dort beratschlagten sie auch, ob sie die Forststraße runter nach Buchenau fahren oder weiter radeln sollten. Der Radweg nach rechts führte direkt ans Brandgebiet, dicht vorbei am Hahnenbogen, Kiesruck und Fahnenriegel.

Max wäre eher dafür gewesen, runter nach Buchenau zu fahren und im Gasthof Weber zu Mittag zu essen. „So ein Schachtenschnitzel“, wie es der Wirt Andi machte, „wäre jetzt nicht verkehrt“, meinte er.

Die Radlrentner schüttelten ihre Köpfe.

„Max, schau auf d´Uhr! Es ist Elf! Hast denn du scha Hunger?“

„Auf a Schachtnschnitzl vom Andi is mir ollaweil!“

„Woaßt du net, dass der Andi de Schachtnschnitzl neuerdings scharf aabrennt? Brandschachtenschnitzl stehen jetzt auf der Speiskartn!“ Vier der Sänger lachten, Max verzog sein Gesicht.

Sie fuhren nach rechts. Wie Max Esterl bald merkte, war dies die richtige Entscheidung.

Erst hier oben, aus der Nähe, sahen sie das wahre Ausmaß der Verwüstungen. Offenbar war die Forststraße die Verteidigungslinie der Feuerbekämpfer gewesen, die es unbedingt zu halten galt. Die Schotterstraße war aufgewühlt von schwerem Gerät, an einigen Stellen mussten die Radler sogar absteigen und schieben, so durchfurcht war der Straßenuntergrund. Nicht überall waren die Brände bis an die Straße vorgedrungen, aber an einigen Stellen fuhren oder schoben die Radfahrer direkt an Brandherden vorbei. Immer noch glasten dort Glutnester, aus denen Rauchfahnen drangen und sich dann langsam zum Himmel hin verloren. Die Gerippe der Bäume bildeten teilweise ein undurchdringliches Gewirr, in anderen Waldabschnitten aber hatten die Feuer nur noch Baumreste hinterlassen, schwarze, verkohlte Stümpfe, manche von ihnen ragten hoch in den Himmel wie Mahnzeichen.

Immer wieder stoppten die Radlrentner, zückten ihre Handys und fotografierten. Nur Max nicht. Dessen Handy lag natürlich, wie stets, daheim neben der Ladestation und schlief.

Die Feuerwehrposten, denen sie begegnet waren, hatten stillschweigend über die Radler hinweggesehen, einer hatte sogar gegrüßt:

„Ah, d´Auerer, ihr kemmts ja dennert überall hi!“

Erst kurz vor der „Spinne“, einem Kreuzungspunkt oberhalb der Ortschaft Spiegelhütte, begegneten sie einer Polizeistreife, die sie natürlich nicht so ohne Weiteres passieren ließ.

Begeistert war das junge Polizistenpaar zwar nicht, als da eine E-Bikergruppe daherkam, die durch das ganze Sperrgebiet geradelt war, aber nach einer kurzen Diskussion wurden die Radlrentner mit einem „haut´s ab!“ nach unten, Richtung Spiegelhütte geschickt. Von dort brauchte man keine zwanzig Minuten bis Kreuzstrassl und Lindbergmühle, wo die Gruppe im Gasthaus eines früheren Schulfreundes einkehrte, um zu Mittag zu essen.

Natürlich stand das, was sie heute da oben in den Bergen gesehen hatten, im Mittelpunkt ihrer Gespräche im Wirtsgarten.

Als der Wirt hörte, auf welchem Weg die Truppe nach Lindbergmühle gelangt war, ließ er sich die Situation an der Katastrophenstelle schildern.

„Eingesperrt gehören sie, alle miteinander, des Öko-Gschwerl! Da habt´s euch eine saubere Bande herangezogen in der Au, mei Liaba.“

„Woher weiß man denn überhaupt, dass des Auerer waren, die Brandstifter? Ha?“

„Das Plakat an der Kirchentür beweist das doch! Is des Plakat ebba in Lindberg an der Kircha g´hängt oder in

Ludwigsthal? Naa, naa, in der Au iss g´hängt! Da laß i mir an Kopf abschneiden, wenn des koa Auerer net hand."

„Des is klar, dass des Plakat koa Lindberger net gschriebn hat", foppte Otto, der in seinem früheren Leben Schullehrer gewesen war, den Wirt von der Lindbergmühle. „Da wären ja so viele Rechtschreibfehler auf dem Plakat, dass es keiner mehr lesen könnt! Ös Hirtabuam!"

Mit dieser etwas boshaften Bezeichnung löste Otto eine Schimpfkanonade beim Wirt aus.

„In seinem eigenen Wirtshaus muss man sich beleidigen lassen. Von an Auerer Glaserlehrbuben!" Der Wirt dampfte ab in die Küche.

„Ob wir hier noch was zu Essen bekommen?", fragte Max zweifelnd.

Die Freunde lachten. „Der is ja mit uns zur Schule gegangen, der muss sich das von uns schon gefallen lassen."

„Aber mit diesen Öko-Terroristen", nahm einer der Radlrentner den Faden wieder auf, da muss wirklich schnell gehandelt werden. Und gnadenlos! Die machen uns alles kaputt und nichts ist ihnen heilig!"

„Da bin ich ein wenig anderer Meinung", widersprach der Herbert. Er half in seiner Rentnerfreizeit oft beim Nationalpark als Waldführer aus. „Ich bin da eher auf der Seite vom Luis und seinem Enkel, dem Xaver. Erst kürzlich hab ich mit dem Xaverl diskutiert, und was er sagt, ist nicht unrecht."

„Fünf Bier für die Herren aus Frauenau", unterbrach der Wirt, der freundlich schaute wie eh und je, das Gespräch.

„Wie lang dauert es noch, bis unser Essen kommt?", fragte der Otto.

„Schaa na a zwanzig Minuten. Is ja d´Frau allein in der Küch."

„So lang hast Zeit, Herbert, dass du uns des erklärst, was der Luis meint. Der hat in der Schule damals schaa anders denkt wie alle anderen!"

„Also", der Herbert nahm einen kräftigen Schluck von seiner Halben Bier und sah in die Runde, die der Wirt gerade eben um seine Person erweitert hatte.

„Uns geht es gut und wir leben im Wohlstand. In einem Wohlstand, wie wir ihn noch nie erlebt haben, oder?"

Die Rentner nickten.

„Wir haben uns so an diesen Wohlstand gewöhnt, dass wir nicht mehr davon lassen können. Und die Wohlstandsmaschinerie, die muss sich weiterdrehen, es muss produziert und noch mehr produziert werden. Die Maschinerie läuft andauernd auf Hochtouren und sie heizt sich auf, immer mehr, immer mehr.

Die Menschen in den nicht so entwickelten Ländern wollen natürlich auch an diesem Wohlstand teilhaben, der Chinese, der Inder, die Afrikaner, Südamerikaner…"

„De Auerer hast vergessen bei de Unterentwickelten!", kam die Retourkutsche des Wirts.

Der Herbert ließ sich nicht beirren in seinem Vortrag.

„Die Maschinerie heizt sich auf. Und das ist eine gewaltige, eine unvorstellbar gewaltige Maschinerie. Damit wird auch die Welt aufgeheizt. Und es wird immer wärmer."

„Ja, und genau dann wird da oben angezündet und die Welt wird noch mehr erhitzt!"

„Glaubst du, dass des auch nur ein bissl was ausmacht im Vergleich zu den von Menschen gelegten Waldbränden im Amazonasgebiet, in Kalifornien, in Sibirien, Australien? Hab ich noch was vergessen? Ach ja, Spanien und Portugal. Also fast überall auf der Welt. Jeder will noch mehr und noch mehr und das Klima ist gekippt. Man kann es nicht mehr rückgängig machen. Nur noch abschwächen! Da hat er Recht, der Xaverl!“

Der Herbert nahm nochmals einen Schluck. Keiner hatte ihn unterbrochen, alle hörten gespannt zu.

„Und das wollen die Leute nicht hören, diese Wohlstandsjunkies. Es ist vorbei mit der Sorglosigkeit, machen wir uns doch nichts vor.

Vorbei mit den Urlaubsflügen, mal eben so nach Mallorca oder in die USA. Aber niemand sagt uns die Wahrheit. Die Politiker, selbst die der Grünen, sind zu feig dazu. Und wenn jemand anderer reinen Wein einschenkt wie der Xaver, oder sogar etwas unternimmt, wie die Öko-Terroristen, wird er angefeindet und verfolgt.“

Herbert brauchte eine Pause. Die Sängerfreunde schüttelten ungläubig ihre Köpfe und murrten. Auch sie wollten nicht eingestehen, dass die Zeiten des sorglosen Konsumierens vorbei waren.

„Das stimmt schon irgendwie, was der Herbert sagt“, stand Max Esterl als Einziger dem Waldführer bei. „Wer die Wahrheit sagt, braucht ein schnelles Pferd. Hat schon der Buffalo Bill gesagt! Wer so denkt wie der Luis und sein Enkel, der macht sich damit keine Freunde, und wer dann auch noch in seiner Verzweiflung so handelt, dass er den Wald anzündet, der hat mehr Feinde hier herunten als Bäume verbrannt sind, da oben.

Natürlich werden die eingesperrt, die Öko-Terroristen, wenn man sie erwischt, bevor sie der Waidlermob gelyncht hat. Juristisch ist das alles ganz eindeutig. Brandstiftung in einem besonders schweren Fall, drüben in Rehberg kommt noch gefährliche Körperverletzung hinzu, womöglich mit Todesfolge. Das sind alles keine Bagatelldelikte.

So, und jetzt trotzdem guten Appetit! Kruminale!“

Max hatte den Wirt kommen sehen, der seinen Schulkameraden das Essen brachte.

„Fünf Schnitzerl, die Herren."

Nach dem Essen mussten noch einige der alten Herren zum Bieseln. Der Waldführer Herbert stand neben Max am Pissoir.

„Meinst du wirklich, Max, dass der Xaver zu den Öko-Terroristen gehört?"

„Keine Ahnung, Herbert, aber anscheinend meinen das fast alle in der Au. Zum Kreis der Sympathisanten würde ich den Xaver auf alle Fälle zählen."

„Die Polizei denkt auch so. Die waren schon beim Xaver. Gestern Abend, hat mir der Luis gesagt. Aber er hat ein Alibi."

Kap. 26: Der Gwissenswurm

Schon am frühen Nachmittag waren die Radlrentner wieder daheim in Frauenau. Eva war noch nicht von der Schule zurück.

Max duschte und legte sich ein wenig hin. Nach einem kleinen Nickerchen ging er in den Garten, um zu sehen, ob sich die Pflanzen von den Strapazen der Trockenperiode schon wieder erholt hatten.

Es sah gut aus. Zwei der Apfelbäumchen, die er anlässlich ihres Einzugs im vorigen Jahr gepflanzt hatte, trugen schon, und Max freute sich bereits auf die zwar noch schmale, aber sicher schmackhafte Ernte. Ein Garten war ihm während seiner Münchener Zeit am meisten abgegangen. Ein Garten und die Natur, die Berge, die Menschen im „Wald", die so anders als die Großstädter waren. Eigentlich, so resümierte Max, war ihm so vieles abgegangen da in München, so vieles, dass er heute gar nicht mehr wusste, wie er es dort über zwanzig Dienstjahre ausgehalten hatte.

Andererseits, musste Max zugeben, war es auch in München schön gewesen. Anders schön. Die Arbeit, die Kameraden von der Polizei, die Biergärten, das Theater, das ihm erst ans Herz gewachsen war, seit er mit Eva zusammen war.

Max seufzte. „Alles hat seine Zeit!" Dieses Bibelzitat stimmte schon. Und was war seine Zeit, jetzt, hier in dieser neuen Heimat, in Frauenau? Als er vor Jahren mit Eva in seine Vaterstadt Zwiesel gezogen war, hatte er sich keine solchen Gedanken gemacht. Der Umzug war für ihn wie eine Rückkehr gewesen, eine Rückkehr ins Vertraute, zu den alten Freunden, der alten Umgebung.

Der erneute Umzug ins nur wenige Kilometer entfernte Frauenau beschäftigte Max weit mehr, als er zugeben wollte.

Freilich fühlte er sich in der Au genauso wohl, wie er sich in Zwiesel gefühlt hatte…

Max stoppte auf seinem Inspektionsgang durch seinen kleinen Garten.

Hatte da nicht das Telefon geklingelt? Er lief zur Terrasse und näherte sich der offenen Wohnzimmertür. Tatsächlich! Jetzt hörte er das Telefonsignal ganz deutlich.

Max wollte schnell ins Wohnzimmer laufen, um den Anruf nicht zu verpassen, stellte aber kurz vor dem Teppich fest, dass er noch seine schmutzigen Gartenschuhe trug.

Also wieder raus auf die Terrasse, die Schuhe ausgezogen und strumpfsockert zurück ins Wohnzimmer. Im neuen Haus war Eva strenger als im alten.

Während Max wieder ins Wohnzimmer keuchte, war das Signal schon verstummt. Max sah am Display, dass der Anruf aus Frauenau gekommen war. Eine von den ganz alten, dreistelligen Rufnummern. Das war bestimmt jemand vom Gesangverein.

Max wählte.

Der Sängerfreund Luis meldete sich schon nach kurzem Anläuten.

„Schön, dass du sofort zurückrufst, Max."

Nach einem kurzen Kommentar zur Wetterlage kam Luis auf den Grund seines Anrufs zu sprechen.

Seine Stimme, die sonst zu den kräftigsten im Männerchor zählte, war ein wenig brüchig geworden.

„Ich hab die ganzen letzten Nächte nicht schlafen können, Max. Und auch heute habe ich fast kein Auge zugetan."

„Aber jetzt ist es doch angenehm gegenüber den heißen Nächten vorher. Ich schlafe gut seit den Regentagen. Kruminale!"

„Ja, das war schon die Rettung, das Gewitter, der Regen, das hat das Schlimmste noch verhindert. Wäre nicht auszudenken, wenn die Brände so weitergegangen wären, ich hab mir die ganze Zeit solche Sorgen gemacht, weil…", Luis stockte.

„Weil?", versuchte Max zu helfen.

„Weil,…weil,…weil,…. Max, kann ich schnell einmal zu dir kommen? Hast du Zeit?"

„Klar, Luis, kannst immer kommen."

„Ich hab da ein Problem."

Eine Viertelstunde später saß Luis am Esterlschen Küchentisch, und der Ex-Kommissar schenkte zwei Weißbier ein.

„Mir schmeckt nichts mehr!", klagte der Alte, nahm aber trotzdem einen Schluck.

„Hat das mit deinem Problem zu tun?"

Luis tat noch einen zweiten Schluck, räusperte sich und sagte mit belegter Stimme:

„Ja, das hat mit meinem Problem zu tun. Eigentlich ist es gar nicht m e i n Problem."

„Sondern?"

„Dem Xaver seins!"

Jetzt brach es aus dem Alten heraus. Er redete wie ein Buch. Alles, was sich bei ihm die letzten Tage angestaut hatte und worüber er mit keinem reden konnte, alles das beichtete er seinem Sängerfreund Max Esterl, dem Ex-Kriminaler.

Der Xaver, sein Enkel, so berichtete Luis, war die Freude seiner alten Tage. Er war ein fröhlicher Bursch, er lernte leicht und war vor kurzem in die Abschlussklasse des Zwieseler Gymnasiums gekommen.

„Ich weiß, er ist doch im Deutschkurs bei meiner Frau", bestätigte Max.

„Ja, genau. Von der Frau Esterl hält er viel, der Xaver. Die mag er."

Der Xaver, so erzählte Luis weiter, half dem Opa, wo er nur konnte, ging mit ihm oft und gerne hinaus in den Wald und war, vor allem in der Zeit nach dem Tod seiner Oma, dem Luis ein Lebenselixier. Oft saßen sie beisammen und sangen die Waidlerlieder ihrer Vorfahren, die der Alte dem Jungen weitergab, „weils sunst koana mehr singa kann und dann hands vogessn."

Vor einigen Monaten hatte sich der Xaver in die Rosi verliebt, die auch ins Gymnasium ging und am Wochenende oft als Bedienung im „Gistl" jobbte.

So hatte er sich immer öfter im Gistl aufgehalten und war in die Gesellschaft einiger Alternativer und Ökos geraten.

„Keine schlechte Gesellschaft, das möchte ich gar nicht sagen, die sind alle in Ordnung. Aber die falsche Gesellschaft für den Xaver. Der ist doch so naiv, unser Xaver. Und so leicht für etwas zu begeistern."

Max Esterl glaubte zu wissen, worauf der Alte hinauswollte.

„Und dann hat er sich für etwas begeistern lassen, das seinem Opa schlaflose Nächte bereitet", half Max seinem Gegenüber.

Der Luis stöhnte, nahm wieder einen Schluck vom Weißbier und gestand:

„Der Xaver ist doch nur ein Mitläufer. Dem war überhaupt nicht bewusst, was so ein Feuer alles anrichten kann. Und jetzt, jetzt hat er mir alles gestanden. Er bereut das bitter, auch wenn er in Rehberg drüben nicht selber dabei war, und er möchte aussteigen, bevor er sich noch mehr auf sein Gewissen lädt.

Aber wie? Wenn er sich stellt und gesteht, dann ist doch alles hin. Dann kann er alles vergessen, sein Abitur, sein Studium, alles! Forstwissenschaft wollte er studieren, darauf bin ich doch selber auch so stolz. Ich hab in meinem kleinen Waldteil da Richtung Buchenau meiner Lebtag im Holz gearbeitet. Und jetzt mein Enkel: Forstwissenschaft! Das war wie ein Traum für mich. Aber das kann er alles vergessen. Wegen dieser Dummheit!

Max! Gib mir einen Rat! Was soll der Xaver tun?"

„Schwieriger Fall, Luis. Ist der Xaver bereit, auszusagen gegen seine Kumpels?"

„Das will er auf keinen Fall. Er hängt niemanden hin, hat er gesagt. Er will nur nicht mehr mitmachen, nicht mehr mitverantwortlich sein für das, was in Zukunft noch passieren wird. Er will nur sein Gewissen nicht noch mehr belasten. Aber hinhängen tut er keinen, der Xaver."

Hatte Max da richtig gehört? Nicht mehr mitverantwortlich sein für das, was in Zukunft passieren wird. Was sollte in Zukunft passieren? Planten die Ökos etwa wirklich noch so eine irrsinnige Aktion?

„Wenn er aber nicht aussagt, dann ist er trotzdem mitverantwortlich für das, was vielleicht noch geschieht, Kruminale, denn dann hätte er ja das Folgende verhindern können."

„Du hast ja Recht, Max." Luis schlug seine Hände vor den Kopf und lurte nach einigen Sekunden mit einem Auge so verzweifelt zwischen seinen Fingern hervor, dass sein Blick einen Stein hätte erweichen können.

„Ich bitt dich noch einmal: Gib mir einen Rat."

„Da muss ich selber erst nachdenken, Luis. Gib mir ein paar Tage Zeit."

„Ein paar Tage, Max? Ich habe ja keine Ahnung davon, was die vielleicht noch alles planen. Hoffentlich ist es dann, in ein paar Tagen, nicht zu spät."

„Da hast du auch wieder Recht, Luis. Wir dürfen die Dinge nicht auf die lange Bank schieben. Du musst den Xaver davon überzeugen, dass er der Polizei alles erzählt."

„Das wird er nicht, Max. Der ist so stur! Der geht lieber ins Gefängnis, als dass er seine Freunde verrät." Irgendwie hörte Max Esterl in der Stimme seines Sängerfreundes sogar Stolz mitschwingen.

„Dann schleppst du ihn wenigstens zu mir her, Luis. Vielleicht kann ich ihn überzeugen. Schaffst du das?"

Luis wiegte seinen grauen Schädel.

„Ich probier´s. Sicher bin ich mir nicht."

„Morgen bin ich den ganzen Tag daheim."

Der Alte ließ sein halbvolles Weißbier stehen, bedankte sich bei seinem Sängerfreund und ging mit hängenden Schultern.

Noch lange sinnierte der Max über dieses Gespräch nach. Wenn er noch aktiver Polizeibeamter gewesen wäre, hätte er jetzt sofort reagieren müssen. So aber konnte Max in Ruhe über den Fall nachdenken. Konnte man den Xaver da raushalten? Dem Max war es nicht so wichtig, ob der Xaver erwischt wurde oder nicht, wenn er doch nur ein Mitläufer war.

Das war einer der Vorteile des Pensionistendaseins. Die Dinge relativierten und entschleunigten sich.

Zwei der Sätze aber, die der Luis da eben gesprochen hatten, störten die Ruhe des Ex-Kommissars:

Der Xaver wollte nicht mitverantwortlich sein, für das, was in Zukunft passierte, hatte der Luis gesagt, und danach noch: Hoffentlich ist es dann nicht zu spät.

Was würde da in Zukunft passieren? Wenn der Xaver dafür nicht mitverantwortlich sein wollte, dann konnte es sich dabei nur um etwas Schlimmes handeln. Und das Schlimme würde bald passieren, wenn es in ein paar Tagen schon zu spät sein konnte. Kruminale, da hatte der Luis ihm eine harte Nuss zu knacken gegeben!

Eva Esterl fand, als sie von der Schule heimkam, ihren Mann grübelnd am Wohnzimmerfenster sitzen.

„Max, schläfst du? Jetzt, mitten am Tag! Ihr Pensionisten habt es schön."

„Ich denke nach, Eva. Der Luis war gerade vorher bei mir. Du weißt schon, der vom Gesangverein. Der hat gerade ein Geständnis gemacht, wegen der Brandstiftung."

„Er??"

Die Augen von Eva weiteten sich.

„Der Luis hat die Brände gelegt? Nicht die Gistl-Bande? Geh, Max, du verarscht mich doch."

Max war unsicher, ob nicht seine Frau i h n verarschte.

„Der Luis doch nicht! Sein Enkel, der Xaver war mit oben, am Hahnenbogen, bei den Brandstiftern. Dein Schüler!"

„Der Xaver? Bist du da sicher?"

„Wenn sein Großvater das sagt! Der würde sich das zweimal überlegen, bevor er ihn grundlos verdächtigt. Und jetzt spekuliere ich schon die ganze Zeit. Eigentlich muss ich die Anke Brandt anrufen."

„Und den Xaver hinhängen?" Eva schaute entsetzt. „Das kannst du nicht tun, Max!"

„Natürlich wäre es das Beste, wenn der Xaver sich selber stellen würde. Aber der will seine Freunde schützen. Der hat viel geerbt von seinem Opa. Der hat noch eine Waidlerehre im Leib. Der hängt keinen hin. Drum tu ich mich ja so schwer. Ich hab doch auch eine Waidlerehre." Max schüttelte den Kopf.

„Aber da ist noch etwas Anderes!?" Eva blickte fragend.

„Die haben noch was vor, hat mir der Luis gesagt. Und das muss verhindert werden Eva, da bin ich in der Verantwortung, Waidlerehre hin oder her! Wenn es da wieder Verletzte oder sogar Tote gibt? Die hören nicht auf mit dem Terror, da bin ich mir sicher. Schau dir die Geschichte des Terrorismus an! Alle haben sich, wenn die Schwelle überschritten war, immer noch mehr radikalisiert!"

„Max, du hast jetzt genau das Gleiche gesagt, wie der Professor im Fernsehen."

„Wie, im Fernsehen? Du schaust fern? In der Schule?"

„Meine Q 12ler haben mich drauf aufmerksam gemacht. Gestern lief noch mal eine Sondersendung im Bayerischen Fernsehen. Wieder waren die Waldbrände das Thema. Wir haben den Film in der Mediathek gefunden.

Ein Politologe aus Spiegelhütte, ein Experte für Terrorismus, hat die Anschläge analysiert. Der hat das Gleiche gesagt wie du, Max, genau das Gleiche: Wenn die Schwelle überschritten ist, dann werden sie immer radikaler, die Terroristen. Sogar fast wörtlich hat er das Gleiche gesagt wie du, Max."

Max Esterl schwieg.

„Ein kluger Mann, der Professor. Ich frage mich, wie so einer nach Spiegelhütte kommt? In den hintertiefsten Bayerischen Wald?"

„Der ist nicht nach Spiegelhütte gekommen, sondern kommt aus Spiegelhütte. Und dort wohnt er. Und wenn ihm im hintertiefsten Wald langweilig wird, dann fährt er zum Weber nach Buchenau und nimmt arme Pensionisten beim Schafkopfen aus.“

Eva bekam einen Lachanfall. Der Professor und du? Schafkopfen? Der war es also, der dich gerupft hat, in Buchenau, wie eine Weihnachtsgans. Armer Max Esterl.“

So ein scheinheiliges Mitleid wie das von Eva konnte Max überhaupt nicht derpacken. Er wechselte das Thema:

„Wie hat deine Q12 die Brandstifter genannt, Eva?“

Eva schmunzelte immer noch.

„Die Gistl-Bande! So haben alle gesagt. Bestimmt nur, um die Rosi ein wenig zu ärgern. Magst vielleicht das Interview anschauen, Max? Ich such dir´s in der Mediathek.“

„Wenn er eh das Gleiche sagt, wie ich, der Professor, dann kann ich darauf verzichten ihn zu sehen.“ Max Esterl zog seine Augenbrauen nach unten. Seine Augen verengten sich zu Schlitzen.

„Das nächste Mal werde ich den Professor im Wirtshaus sehen. Und dann werde ich Rache nehmen. Schafkopfrache. Der Professor wird abgezockt, bis er keinen Cent mehr in der Tasche hat.

Das war der ultimative Terror, wie der uns vernichtet hat beim Spielen. Gnadenlos! Der hat keine Gefangenen gemacht, der Professor.“

Eva wusste genau, dass es ihrem Max völlig egal war, ob er verlor oder nicht, Hauptsache es war ein interessanter Kartenabend.

Naja, fast völlig egal.

Kap. 27: Die Beichte

Am Tag danach standen drei Menschen vor der Esterlschen Haustür. Ein Alter, zwei Junge, alle drei mit verschlossenen Gesichtern. Luis, der Alte, wie immer im gehäuselten Hemd und mit grauer Trachtenstrickjacke, stellte die beiden Jungen vor: „Rosi und Xaver, mein Enkel."

Die Rosi und der Xaver trugen Jeans. Der Xaver bevorzugte offenbar, wie sein Großvater, karierte Hemden, die Rosi sah in ihrem bunten Top recht attraktiv aus. Xaver überragte seinen Opa um Hauptеslänge. Er war ein sportlicher Typ und Max konnte sich gut vorstellen, dass ihm die Waldarbeit mit dem Luis Spaß machte. Er und die Rosi passten gut zusammen, so fand Esterl. Er war überrascht, wie jung sie ihm schienen. Als Max vor fast fünfzig Jahren Abitur gemacht hatte, war er sich sehr erwachsen vorgekommen. Die beiden da, so fand Max, waren ja noch halbe Kinder.

Lag das daran, dass der Alte als Kontrast neben ihnen stand, oder war Max selber schon so alt, dass ihm alle unter zwanzig als Jugendliche und nicht als junge Erwachsene erschienen?

Der Ex-Kommissar reichte seinen Gästen die Hand, bat sie ins Haus, bugsierte sie ins Wohnzimmer und bot ihnen etwas zu Trinken an. Rosi und Xaver wollten Wasser, nein, Leitungswasser, Luis bevorzugte Weißbier, sein Leib- und Magengetränk.

Max sah seinen Gästen an, dass sie sich schwer taten, einen Anfang zu finden. Die zwei Männer saßen einfach nur da, drehten Daumen und sahen zu Rosi rüber. Die rang ihre Hände, öffnete den Mund, rang erneut ihre Hände, öffnete den Mund, als wolle sie loslegen, sagte aber nichts. Max erkannte, dass bei der Rosi das Eis am leichtesten zu brechen war.

„Rosi, wenn die beiden da stumm sind, dann reden halt wir miteinander."

„Ja, Herr Kriminalkommi…, äh Herr Esterl…"

„Den Herrn Esterl braucht´s nicht. Ich bin der Max. Vielleicht redet es sich so leichter."

Damit hatte Max das erste Eis schon gebrochen.

Zaghaft begann Rosi.

„Also, Herr…Max. Der Xaver und ich sind da in etwas hineingekommen, was wir nicht wollten." „…Zumindest nicht so", unterbrach sie ihr Freund, der Xaver, der jetzt anscheinend seine Stimme wiedergefunden hatte.

Rosi nickte bestätigend. „Wir wollten etwas tun, für die Natur für…; eigentlich wollten wir helfen, die Welt zu retten."

„Ja, wir waren ein wenig naiv", ergänzte der Xaver und fügte altklug hinzu „aber da waren wir auch noch jung, damals, in der Elften!"

Luis und Max warfen sich einen Blick zu und mussten lächeln. Damals, in der Elften, waren sie noch jung gewesen, die beiden. Und heute, in der Zwölften?

„Es ist schon lang her, ewig lang. Vor der Corona-Zeit war das."

Rosi blickte zu Xaver rüber, als suche sie Bestätigung.

„Und wir, wir waren fast jeden Tag zusammen", fuhr der Xaver fort. „Die Rosi, die hat ja drei Abende pro Woche im Gistl Thekendienst gehabt. Zwei Freunde von uns und ich waren ständig dort. Gleiche Hobbies, gleiche Interessen. Wobei mein Interesse damals schon hauptsächlich der Rosi galt."

Xaver grinste ein wenig spitzbübisch zu seiner Freundin hin. Die erwiderte sein Lächeln und lenkte das Gespräch wieder in die richtige Bahn:

„Aber unsere gemeinsamen Interessen, das waren Themen wie Umweltschutz, Erderwärmung, auch die Asylpolitik, aber besonders die Freitagsdemos."

„Wir wollten halt auch etwas tun, nicht nur im Gistl rumhängen und diskutieren."

„Und wir waren sooo enttäuscht, weil die Politiker und die Verantwortlichen die Freitagsdemos überhaupt nicht ernst genommen haben. Mit der Schulordnung drohen, wenn es um die Rettung der Welt geht! Das ist ein Witz!"

„Ja, und dann haben wir uns vorgenommen, dass wir handeln müssen, nicht reden."

Rosi unterbrach ihren Freund: „Du hast vergessen, zu sagen, dass dann auch der Zdeněk, die Lucy und der Friedl dazu gekommen sind."

„Ja klar!", der Xaver warf einen Blick auf Max. „Zur Erklärung: Der Zdeněk ist ein Tscheche aus Pilsen. Er hat in Frauenau in der Glashütte in seinen Semesterferien gearbeitet. Eigentlich studiert er Chemie…"

„…und er weiß unglaublich gut Bescheid über die Zusammenhänge in der Natur, wie die Prozesse ablaufen und warum wir Menschen die Erde nach und nach kaputt machen", ergänzte Rosi.

„Und die Lucy ist seine Schwester und der Friedl aus Zwiesel ist ihr Freund. Der Friedl war damals schon Q12 und hat alles gecheckt."

„Ge-was?", warf Luis dazwischen.

„Geh, Opa! Ge-checkt, ge-schnallt, ge-rafft! Kapiert hat man früher dazu gesagt."

Die Rosi ergriff wieder das Wort. Max kam es so vor, als ob sie endlich reinen Tisch machen wollte. So schnell wie möglich alles auf den Tisch legen wollte.

„Egal ob gecheckt oder kapiert. Wir waren uns einig, dass die Zeit des Demonstrierens vorbei war. Es musste etwas geschehen. Es gibt eine Zeit des Steinesammelns und eine Zeit des Steinewerfens hat der Friedl immer gesagt. Angeblich ein Zitat aus der Bibel."

„Und dann ist Corona gekommen. Und alle haben nur noch von Viren und Pandemie geredet. Inzidenzwerte, Testergebnisse, Coronaparties, der ganze Scheiß. Da haben sie sich aber aufgemandelt, unsere Politiker!"

„Ja, genau!", ergänzte Rosi, die vom hitzigen Erzählen inzwischen rote Backen bekommen hatte, „da war plötzlich Geld da, wo man vorher für die Umwelt soo knauserig gewesen war."

„Und die Gastwirte und die Frisöre und den Handel und die Industrie und alle hams zugeschissen mit ihren Milliarden", Xaver erntete für sein Unwort einen Seitenblick und ein Kopfschütteln bei Rosi.

„Ja, stimmt doch, oder? Da kann ich mich immer noch drüber ärgern. Wenn es um die Umwelt geht, in der wir, unsere Generation, in fünfzig Jahren noch leben müssen, dann tun sie nichts. Wegen dem blöden Corona, an dem höchstens ein paar Alte sterben, werfen sie das Geld dann raus! Entschuldige Opa, wegen der Alten. Aber ist das nicht wahr?"

„Naja, und aus dieser Stimmung heraus", machte Rosi weiter, während sie ihre Hand beruhigend auf die ihres Freundes legte, „aus dieser Stimmung haben wir beschlossen, dass wir handeln."

Die Rosi gefiel dem Max. Sie hatte eine ungeheuer sympathische Art, sie war sensibel, engagiert und dabei nicht dumm. Der Luis konnte sich freuen, dass sein Enkel so eine Freundin hatte.

„Und dann haben wir das ausgemacht... mit dem Anzünden." Rosis Stimme war mitten im Satz leise geworden.

Xaver nahm den Satz auf: „Mit dem Anzünden wollten wir die Menschen aufwecken, wir wollten ein Zeichen setzen, weil wieder ein Jahr vergangen und nichts geschehen ist. Ein Zeichen, das niemand übersehen konnte."

„Das ist euch gelungen", konnte Max Esterl sich nicht verkneifen zu sagen, „das Zeichen haben wir gesehen, vorige Woche, von Oberlüftenegg aus!"

„Aber niemand hat reagiert darauf!" Xavers Stimme überschlug sich ein wenig. „Niemand!"

„Nur geschimpft haben sie", ergänzte Rosi. „Genau die größten Umweltverschmutzer haben mit dem Finger auf die Brände gezeigt und geheult und uns der Umweltverschmutzung bezichtigt."

„Und dann habt ihr den zweiten Brand gelegt? Den im Böhmerwald."

„Da waren wir nicht dabei."

„Der zweite Brand war die logische Konsequenz. Und da ist leider etwas schiefgelaufen, Herr...äh, Max." Die Rosi blickte Max fest in die Augen, während ihr Freund fortfuhr.

„Wir wollten die Schäden so gering wie möglich halten. Das dürre Zeug dort oben, das ist doch nicht von so besonderem Wert. Der Zdeněk hat gesagt, nach einem Brand wächst alles doppelt so schnell wieder nach, weil die Asche wie Dünger wirkt. Das Gebiet ist menschenleer..."

„...haben wir gedacht!", kam es von der Rosi. „Aber dann, dann ist das passiert, mit diesen Tramps. Das konnte doch keiner wissen, dass ausgerechnet in dieser Nacht Menschen dort oben sind und draußen übernachten."

„Und jetzt liegen zwei davon im Krankenhaus, einer davon sogar auf Intensiv!" Max schaute ernst.

„Das ist es eben, Herr Max, was uns so zu schaffen macht. Bei Ihrer Frau haben wir im Unterricht gelernt, dass man verantwortlich ist für das, was man tut."

„Auch wenn man es nicht gewollt hat", ergänzte Xaver. „Dass man sich vorher schon überlegen sollte, was für Folgen eine Handlung hat."

„Genau!" Max musste grinsen. Den lateinischen Spruch, der so etwas Ähnliches aussagte, hatte er oft von Eva gehört und vor kurzem sogar in der Zeitung gelesen. Wie ging er doch noch?

„Quisquid agis, agas prudenter et respice finem! Wie du auch handelst, handle klug und bedenke das Ende!", hörte Max, wie bestellt, die brave Rosi zitieren. „So sagt Ihre,… deine Frau immer. Aber, Herr Max, ist denn das prudenter, was wir machen, mit unserer Umwelt? Bedenken wir da das Ende? Wir machen die Hölle aus dieser Erde. Fast die Hälfte der Erdoberfläche wird schon in dreißig Jahren nicht mehr bewohnbar sein, ein Drittel der Tiere und Pflanzen ist vom Aussterben bedroht oder schon weg."

„Ihr erlebt es nicht mehr", wandte sich Xaver an seinen Opa und Max. „Aber wir, wir sind dann noch nicht einmal so alt wie ihr jetzt. Dann wird es hier keinen Bayerwald und drüben auch keinen Böhmerwald mehr geben. Und unsere Kinder werden uns fragen, warum wir nichts getan haben."

„Wir haben was getan", schaltete sich jetzt wieder die Rosi ein. Und Xaver darauf: „Zwei Zeichen haben wir gegeben. Zwei Feuerzeichen."

Max sah dem Xaver an, dass er sich langsam in Rage redete. Er fuchtelte mit seinen Armen und sein Kopf nahm eine immer dunklere Farbe an.

„Zwei Zeichen, die nicht zu übersehen waren. Und wieder ist keine Reaktion auf unsere Forderungen erfolgt. Die tschechischen Politiker sind da genauso wie unsere bayerischen."

„Hadern wie Fleck!" ergänzte Rosi. „Sie tun so, als ob sie sich wunder was für Sorgen um die zwei verletzten Tramps machen würden. Der Zdeněk hat uns erzählt, dass noch keine tschechische Regierung jemals diese Tramps gemocht hat. Den Kommunisten waren sie ein Dorn im Auge, weil für sie die Freiheit Amerikas das Ideal war, den späteren Regierenden waren sie viel zu unangepasst."

„Und jetzt werden Krokodilstränen um sie geweint, weil es denen da oben in Prag in den Kram passt. Das ist sowas von verlogen! Da lach ich doch!" Xaver war ohne Zweifel der zornigere Teil dieses Paars.

Luis, der die ganze Zeit schweigend dabeigesessen war, schaltete sich ein:

„Das ist alles schön und gut, aber ihr sollte dem Max auch erzählen, warum ihr eigentlich hergekommen seid."

Für den Moment saßen die beiden, die vorher ganz schön aufgetaut waren, wieder bewegungslos da, schuldbewusst, die Schultern nach vorne gekippt.

Wieder begann die Rosi, diesmal zaghaft:

„Herr...Max, wir haben uns gedacht, dass, dass du vielleicht helfen kannst."

„Du bist bei der Polizei gewesen und du kennst dich aus, wie man das macht, mit...". Xaver stockte. Er schien nach Worten zu suchen.

„Wie man das macht“, nahm seine Freundin den Faden auf, „wenn man aussteigen will. Wir sind auch total unzufrieden mit dem, was wir durch unsere zwei Aktionen erreicht haben.“

„Eigentlich müsste man weitermachen, bis zum bitteren Ende. Lieber eine Katastrophe jetzt, als unendlich viele Katastrophen in der Zukunft!“

Der Opa riss entsetzt seine Augen auf, als er seinen Enkel so sprechen hörte, aber der nächste Satz von Rosi relativierte die Aussagen ihres Freundes.

„Nach dem Unfall mit den Tramps in Rehberg ist uns aber einiges durch den Kopf gegangen. Wir möchten aufhören.“

Schweigen im Wohnzimmer. Man hörte nur die Schluckgeräusche der Rosi, die einen tiefen Zug aus dem Wasserglas genommen hatte.

Der Opa half weiter.

„Verstehst, Max? Die zwei haben doch noch eine Zukunft vor sich. Die wollen einen gescheiten Beruf ergreifen, wollen heiraten und mir Urenkel schenken!“ Rosi und Xaver schauten sich bei diesen Worten an und wurden rot. Xaver wollte etwas sagen, aber der Opa ließ ihn nicht zu Wort kommen.

„Noch ist die Sache nicht ganz aus dem Ruder gelaufen. Die Brandstiftung ist keine Bagatelle, das ist klar. Aber die zwei waren nicht die Haupttäter! Schau sie doch an! Die sind jung, und die sind verführt worden…“

„Naa, Opa, verführt worden samma mir net“, unterbrach der Xaver mit unterdrücktem Zorn in der Stimme. „Ejtzt kimmst scha wieder a so daher! Ich will keine mildernden Umstände. Ich…, wir“, verbesserte der Xaver mit einem Seitenblick auf seine Freundin, „wir wollen auf keinen Fall alles auf die anderen abwälzen“,

„Aber wichtig ist das trotzdem", widersprach der Luis und wandte sich direkt an Max:

„Man muss sich doch eine Strategie zurechtlegen, wenn man aus so etwas aussteigt! Gibt es da einen Bonus bei der Strafe, wenn man geständig ist und eine weitere, vielleicht noch schlimmere Katastrophe verhindert?" Mit einer Handbewegung brachte der Opa seinen Enkel, der nochmals unterbrechen wollte, zum Schweigen.

„Dann noch eine Frage: Fallen die zwei unter das Jugendstrafrecht? Und, Max, du kennst doch alle bei der Polizei. Kannst du da nicht ein gutes Wort für sie einlegen, wenn sie euch die anderen liefern?"

Jetzt war der Xaver vollends außer sich.

„Opa!", rief er mit sich überschlagender Stimme, „Opa, wir hängen niemanden hin, auf keinen Fall! Wenn wir gewusst hätten, wie die Sache jetzt läuft, wären wir nie mit dir zum Max gegangen. Nie! Wir wollen, dass durch die geplanten Aktionen nicht noch mehr Menschen in Gefahr geraten oder gar getötet werden.

Aber wir wollen keine Denunzianten sein. Wir verraten niemanden. Und wenn du zur Polizei gehst, dann sagen wir gar nichts, dann ist auch keinem geholfen!"

„Wisst ihr, was?", unterbrach Max Esterl die Streithähne, die sich mit roten Gesichtern gegenübersaßen, während die arme Rosi, die irgendwie zwischen den Stühlen saß, immer blasser wurde.

„Das Eine geht auf keinen Fall", wandte er sich an die beiden Jungen. „Ihr seid offenbar mitverantwortlich für das, was noch passieren wird oder kann. Ihr könnt nicht einfach aussteigen. Nicht, ohne etwas zu tun. Das ist, wie wenn eure Lokomotive auf irgendetwas zurast und ihr springt ab. Ohne zu bremsen. Ihr habt die Lok in Gang gesetzt! Ihr seid auch verantwortlich für die Katastrophen, die diese Lok verursacht. Und ihr habt vorhin genau das Richtige gesagt: Wenn ihr nichts sagt, dann ist auch keinem geholfen!"

„Bitte geht jetzt!", forderte Max seine drei Besucher auf. „Oder ist die Lokomotive schon so kurz vor dem Zusammenstoß, dass es ganz stark pressiert?"

Rosi und Xaver schüttelten stumm ihre Köpfe.

„Ich muss eine oder zwei Nächte darüber schlafen. Dann ruf ich euch an und sage, ob ich eine Möglichkeit sehe."

Der Alte nickte stumm und wandte sich zum Ausgang. Die beiden Jungen trotteten ihm mit hängenden Köpfen nach. Rosi wandte sich im Türrahmen noch einmal um.

„Danke, Herr...Max!"

Max Esterl sah Tränen in ihren Augen.

Eigentlich müsste er den beiden raten, sofort zur Polizei zu gehen und alles zu erzählen, überlegte Max.

Aber dann würden Rosi und Xaver die Jalousien herunterlassen und keiner würde mehr ein Wort aus ihnen rauskriegen. Die anderen zwei, Zdeněk und Friedl, wären gewarnt, würden noch vorsichtiger agieren und würden sich erst zum entscheidenden letzten Schlag aus ihrer Deckung wagen.

Max hatte um Bedenkzeit gebeten. Aber er wusste, dass sie nicht mehr viel Zeit haben würden. Die Drohungen der Öko-Aktivisten an die Politik hatten sehr aktuell geklungen! Entweder ihr reagiert schnell – oder es kracht! Weil Max Esterl schon lange genug auf der Welt war, wusste er: Es würde krachen. Kruminale!

Kap. 28: Šumava-Versteck

Zdeněk, Lucy und Friedl hatten es sich an ihrem Rückzugsort in der Abgeschiedenheit des Šumavagebietes gemütlich eingerichtet. Verpflegung war genügend da, notfalls hätten sie noch Wochen aushalten können, ehe sie die Notrationen angreifen hätten müssen. So verbrachten sie ihre Tage mit Faulenzen, Lesen und mit Ausflügen in den Wald, bei denen sie jedoch immer bedacht waren, keinem Menschen über den Weg zu laufen.

Einmal wäre der Friedl fast über eine fünfköpfige Familie gestolpert, die der tschechische Nationalsport des Schwammerlsuchens ausgerechnet hierher in die Nähe der Chata geführt hatte. Alle hatten sie Wanderschuhe und alte Trainingsanzüge an, alle durchkämmten sie eifrig das Unterholz.

Er hatte sie aus der Distanz beobachtet und überlegt, was er tun konnte, um sie zu vertreiben, wenn sie bei ihrer Suche nach den Schätzen des Waldes weiter in Richtung ihres Häuschens gingen.

Zum Glück hatte eines der Kinder seine Geschwister mit aufgeregtem Geschrei alarmiert, und an eine Fundstelle dirigiert, die weiter abseits lag.

An ihren immer leiser klingenden Rufen konnte Friedl hören, dass sich die Schwammerlsammler langsam von der Chata entfernten.

So vergingen die Tage für Zdeněk, Lucy und Friedl.

Lediglich die Solaranlage auf dem Dach ihrer Zufluchtsstätte machte Probleme: Jetzt, wo die Sonne nicht mehr zehn oder zwölf Stunden am Tag schien, erzeugte sie zu wenig Energie, um sie alle drei zu versorgen: Friedl hing den ganzen Tag an seinem Smartphone, um nach neuen Nachrichten zu schauen, Lucy hörte die halbe Nacht Musik auf ihrem

Handy und Zdeněk las sehr viel. Er hatte in einer Ecke der Chata zwei Romane von Karel Klostermann gefunden und vertrieb sich die Zeit mit Lesen.

Alle drei waren sie unzufrieden damit, dass ausgerechnet sie, die so ökologisch dachten, es selber nicht schafften, ihre Bedürfnisse nach Energie noch mehr herunterzuschrauben.

Gut, dass sie keinen Kühlschrank für die Getränke und die wenigen verderblichen Lebensmittel brauchten, die sie dabei hatten. Der Wassergrand neben ihrem Haus kühlte perfekt.

Zu der Enttäuschung über die eigene Abhängigkeit von den Energiequellen gesellte sich eine noch größere Enttäuschung. Jeden Abend diskutierten die drei Umweltaktivisten über das gleiche Thema:

Ihre Appelle, ihre Mahnungen, ihre Drohungen fanden so gut wie kein Echo. Außer bei der Polizei! Die unternahm natürlich alles, um die Täter zu finden.

Alle anderen, an die ihre Forderungen sich richteten, redeten sich raus: Die Regierungen, die politischen Parteien, die Industrie, keiner fühlte sich verantwortlich.

Erst müssen wir mit den verheerenden wirtschaftlichen Folgen der Corona-Krise fertig werden, sagten die einen. Dabei sollte es jedem klar sein, dass die Folgen der Klimakatastrophe für die Wirtschaft noch tausendmal schlimmer sein würden als die von der Corona-Pandemie!

Wir tun so viel, sagten die anderen, mehr geht nicht.

Dabei legte die Autoindustrie einen schlimmen Spritfresser nach dem anderen auf die Fertigungsbänder und die landwirtschaftliche Industrie versprühte ihre Umweltgifte immer noch und die Verseuchung mit Plastikmaterial war kaum zurückgegangen.

Die Umweltgesetze erwiesen sich alle als wirkungslose Augenwischerei. Die Lobbyisten hatten ihre Arbeit gut gemacht. Niemand musste etwas ändern.

Das mit der menschengemachten Erderwärmung stimmt gar nicht, sagten die dritten, die Oberschlauen. Die Ursachen sind ganz natürlicher Art. Es hat immer schon Schwankungen gegeben, und es wäre wichtiger, sich dagegen zu wappnen, statt alle Ressourcen im Kampf gegen diese zyklisch wiederkehrende Erwärmung, die man eh nicht aufhalten kann, zu verplempern.

Wenn das so war, musste man natürlich Klimaanlagen produzieren, um die Wärme zu bekämpfen. Klimaanlagen, die mit Energie aus Erdöl und womöglich Atomkraft betrieben wurden.

Der Kommentator des Bayerwald-Boten schrieb in seiner Samstagskolumne, dass es völlig richtig sei, wenn sich die Politik nicht erpressbar mache: Terror bleibt Terror. Umweltfragen gehören im Bundestag debattiert und nicht durch Waldbrände im Nationalpark befeuert.

Die abendlichen Diskussionen endeten in frustrierender Hoffnungslosigkeit und in perspektivloser Enttäuschung. Die darauf folgende Schlaflosigkeit in der Waldesstille, die die drei inzwischen als bedrückend empfanden, machte sie empfänglich für finstere Gedanken und für Pläne, die sie selber noch vier Wochen zuvor nicht für möglich gehalten hätten.

„Jetzt muss es sein!“, beschlossen die Aktivisten am dritten oder vierten Tag ihrer Passivität. „Jetzt gehen wir den letzten Schritt.“

Doch dazu brauchten sie den Xaver.

Kap. 29: Respice finem!

Rosi strich ihrem schlafenden Freund zärtlich eine Locke aus der Stirn. Sie hatten sich geliebt, so intensiv wie fast noch nie, und Rosi hatte das Gefühl, als ob es die letzte Nacht in ihrem Leben sei. Heute sollte es losgehen.

Der Zdeněk und der Friedl hatten heute Nachmittag irgendwie in Rätseln gesprochen, waren nicht mit der Sprache herausgerückt, was morgen das Ziel ihres nächsten Anschlags sein würde. Eigentlich hatten sie doch mit dem Xaver alles genau abgesprochen. Warum machten Zdeněk und Friedl jetzt bloß so auf geheimnisvoll?

Rosi glaubte, dass die beiden das Vertrauen in sie verloren hatten. Der Xaver hatte sie nämlich beschuldigt, die Aktion in Rehberg nicht gut genug geplant zu haben. Vor allem den Zdeněk hatte der Xaver angegriffen: „Das mit den Tramps hätte nicht passieren dürfen!"

Der Zdeněk hatte sich nicht verteidigt, aber der Friedl war dann direkt zynisch geworden. „Ja glaubst du denn", hatte er den Xaver angeschrien, „dass wir hier Gretademos machen, mit Friedensliedern und Trommlergruppen. Dann hättest du zu den Grünen gehen müssen, die denken immer noch, dass Reden etwas bringt!"

„Aber dass in Srní zwei Menschen fast umgekommen sind, das soll was bringen?", hatte Xaver den Freunden vorgeworfen.

Das was der Zdeněk danach gesagt hatte, war fast noch schlimmer gewesen als die Worte vom Friedl: „Selber schuld die Čundráci! Warum saufen sich Birne zu, da draußen im Wald?"

Der Zdeněk und der Friedl trauten ihnen nicht mehr, das spürte Rosi deutlich, aber offenbar wurde der Xaver noch gebraucht für die nächste Aktion.

„Und du musst auch mitmachen, Rosi“, hatte der Friedl ihr aufgetragen. „Du bekommst auch eine Aufgabe!“

Was das wohl sein konnte?

Rosi konnte sich nicht vorstellen, dass sie bei irgendeiner Aktion nützlich sein könnte.

„Das große Ding“, hatten die zwei gesagt, „das große Ding“ würde steigen und dann würden die Politiker endlich erkennen, welcher Riesenfehler ihnen unterlaufen war. Dann würden sie sehen, dass mit den Öko-Aktivisten nicht zu spaßen war, dass sie ernst genommen werden mussten. So hatte der Friedl eine Viertelstunde weitergeredet und geredet.

Wie meistens hatte er sich so in Zorn gepuscht, dass Rosi richtig Angst vor ihm bekommen hatte. Der Friedl schreckte sicher vor nichts mehr zurück. Der war so radikal geworden in den letzten Tagen! Rosi schauderte.

Es war schon richtig gewesen, dass sie beide sich dem Max anvertraut hatten. So konnte man das Schlimmste vielleicht verhindern. Aber der Xaver hatte sich seit ihrem Gespräch stur gestellt. Seine Freunde würde er nicht verraten. Das wusste die Rosi, und sie wusste auch, dass diese Haltung falsch war. Aber irgendwie war sie auch stolz auf den Xaver. Der war kein Verräter.

Und jetzt? Jetzt hieß es Farbe bekennen. Und die Konsequenzen auf sich nehmen. Wie hatte die Frau Esterl damals auf Lateinisch gesagt?

„Respice finem! Bedenke das Ende!“

Morgen, so hatte Rosi das sichere Gefühl, morgen war das Ende da. Sie sollten sich morgen bereit halten, hatte der Friedl ihnen nochmals telefonisch aufgetragen. Ab Mittag. Dann war es wohl wieder eine Aktion, die in der Nacht vorbereitet werden musste. Oder sie hatten weit zu fahren. Rosi geriet fast in Panik. Wie sollte der Max dann etwas unternehmen können, wenn der Friedl und der Zdeněk eine Aktion in Regensburg, wo der Friedl studierte, oder gar in Pilsen planten, wo der Zdeněk herkam?

Der Max hatte doch nur hier die Möglichkeit, so eine Aktion mit ihrer Hilfe zu durchkreuzen.

Rosi sah auf das Gesicht von Xaver, der friedlich schlief. Sie verspürte den dringenden Impuls, ihn zu wecken, gab dem aber nicht nach. Lange saß sie noch im Bett neben ihrem Freund und betrachtete ihn, wie er schlummernd da lag. Als sie daran dachte, dass sie beide vielleicht schon morgen im Gefängnis sitzen würden, traten Rosi Tränen in die Augen.

Kap. 30: Der Streit

„Freitagnacht um zwölf Uhr. Am Stausee!“, hatte es schließlich geheißen. Also doch, wie von Anfang an geplant, der Stausee!

Rosi und Xaver waren da. Sie waren eine halbe Stunde zuvor daheim aufgebrochen und über Oberfrauenau, am neuen Altenheim vorbei den Weg Richtung Stausee hochgegangen. Der Mond hatte durch die Bäume geschaut, es war eine angenehme Frühherbstnacht, eigentlich richtig romantisch. Rosi ertastete mit ihren Fingern die rechte Hand vom Xaver.

„Sag es ihnen, Xaver! Sag ihnen, dass du, …dass wir da nur mitmachen, wenn es so läuft, wie vorher besprochen. Den Entnahmeturm sprengen oder einen Teil des Stollens: einverstanden!

Auch den Damm könnte man erheblich demolieren, kein Problem!

Aber wenn sie das vorhaben, was ich befürchte, ist das Wahnsinn!“

„Das weiß ich ja eh, Rosi. Was meinst du, warum es mich die letzte Zeit so rumtreibt? Warum waren wir sogar beim Esterl? Aber dem sein Rat hilft mir nicht weiter.

Zur Polizei gehen, meine Freunde verpfeifen! Das kann ich nicht!“

Xaver ging schneller.

„Heute entscheidet es sich, Rosi. Wenn die Aktion keine Leben gefährdet, machen wir mit. Es genügt, wenn durch die Sprengung halb Niederbayern ohne Trinkwasser ist. Das ist ein starkes Zeichen! Wenn sie aber den ganzen Damm sprengen wollen, dann steigen wir aus. Egal, was kommt! Wir steigen aus!“

Dankbar drückte Rosi Xavers Hand.

Kurze Zeit später erreichte das Paar den Eingang zum Talsperrenareal. Xaver öffnete, ohne zu zögern, das Tor.

Rosi flüsterte: „Ich dachte, das hier ist alles gesichert. Kameras, Warnsysteme und so. Müssen wir da nicht aufpassen?"

Xaver antwortete in normaler Lautstärke: „Was meinst du, was der Axel und ich damals gemacht haben, vor zwei Wochen, als der Axel die Anlage gewartet hat? Der hat die ganzen Sicherungssysteme so geschaltet, dass man sie von ferne steuern kann."

„Das geht?" fragte Rosi naiv.

„Die digitale Technik macht so etwas möglich. Du kannst alles in deinem Haus von der Ferne aus steuern. Du kannst die Heizung einschalten, während du noch in der Arbeit bist, du kannst die Sauna in Gang setzen, das Licht einschalten, die Goldfische füttern, du kannst an deiner Eingangstür eine Kamera platzieren und zuschauen, wie der Postbote klingelt."

Xaver hielt inne. Sie waren an der Außentür der Anlage angelangt.

Während Xaver das Tor aufschob, klärte er Rosi – nicht ohne Stolz - weiter auf: „Die Überwachungskameras haben wir auch manipuliert: Sie müssten jetzt schon seit einigen Stunden harmlose Aufnahmen senden, die vor Wochen aufgezeichnet wurden. Sie senden in Dauerschleife immer dieselben langweiligen Bilder, auf denen nichts zu sehen ist.

Am Wochenende finden hier keine weiteren Kontrollen statt. Nur wenn irgendetwas Alarm auslösen würde, dann käme ein Bereitschaftsdienst. Der Axel aber hat alles so manipuliert, dass kein Alarm ausgelöst wird. Ich war ja dabei und hab genau hingeschaut."

„Warum brauchen die dich dann überhaupt noch, Xaver? Und vor allem: Zu was brauchen die mich?“

Xaver winkte unwillig ab.

„Ich hab dir´s doch schon gesagt. Ich war mit dem Axel dabei und mir hat er das alles erklärt, was zu tun ist. Wo man die Sprengladungen platzieren muss und wie man sie dann auch scharf macht. Die müssen ja von der Ferne gezündet werden. Das übernehmen allerdings dann der Friedl und der Zdeněk. Warum sie dich unbedingt dabei haben wollen, weiß ich auch nicht so…“

„Da seid ihr ja endlich!“ Zdeněk und Friedl kamen aus der Tür zum nächsten Raum, in dem der Eingang zum Stollen abzweigte.

„Wir haben die Koffer mit den Ladungen schon abgestellt. Ganz schön schwer! Du musst sie jetzt noch scharf machen. Den ganzen komplizierten Apparat mit der Fernauslösung. Kommt mit.“

Schon nach wenigen Metern sah Xaver, dass da der erste der Sprengstoffkoffer stand.

„Hier? So war das aber nicht ausgemacht! Wenn ihr die erste Sprengladung hierherstellt, dann kann passieren, dass der ganze Damm in die Luft fliegt.“

„Na und? Dann werden wir Öko-Aktivisten endlich beachtet. Auf der ganzen Welt wird sich die Botschaft verbreiten, dass es uns ernst ist. Dass wir uns nicht mehr mit Kleinkinderspielchen abgeben und ein Feuerchen anzünden, das die Erwachsenen dann wieder löschen. Hast du nicht gemerkt, dass die Politiker den Brand sogar für sich genutzt haben?“

Als Xaver stumm blieb, gab Friedl sich selbst die Antwort:

„Die haben sich als die Helfer in der Brandkatastrophe aufgeführt, als die Macher, die das schon wieder hinkriegen, was diese schlimmen Ökoterroristen da angestellt haben. So machen sie das immer! Sie löschen die Brände, an denen sie selber schuld sind, und lassen sich dafür sogar noch feiern. Sie behaupten, die Klimaerwärmung sei noch in den Griff zu kriegen und schaffen es nicht einmal, die Kohlekraftwerke abzuschaffen. Sie machen neue Gesetze, die sich Klimaschutzgesetze nennen, die aber noch lascher sind als die alten!“

Der Friedl, den Xaver noch nie so erlebt hatte, schien vor Zorn zu glühen. Xaver merkte, dass Rosi Angst vor ihm hatte. Sie klammerte sich an ihn und dabei spürte er, wie ihre Hände zitterten.

„Der Sprengstoffkoffer bleibt da, wo er ist! Und du machst ihn jetzt scharf!“

„Ich mach das nicht, Friedl! Tragt den Koffer weiter nach hinten, in den Stollen und den zweiten zum Entnahmeturm, wie wir das ausgemacht haben, dann mache ich sie scharf!“

Friedl und Xaver standen sich gegenüber wie zwei Streithähne.

„Du machst das jetzt, oder…“

„Willst du mir drohen? Noch einmal: So haben wir das nicht ausgemacht. Da gehen Dutzende von Menschen drauf, wenn wir hier sprengen und der Damm bricht!“

„Merkst du das nicht, du Schisser? Das ist die einzige Möglichkeit, etwas in Bewegung zu bringen!“ Friedl lachte herablassend: „Aber das verwöhnte Buberl ist sich zu fein, Drecksarbeit zu leisten.“

Xaver konnte sich nicht mehr halten und ging auf Friedl los. Mit einem Schlag auf die Nase streckte er ihn nieder.

Er hatte aber nicht mit Zdeněk gerechnet. Der hatte sich, während Xaver sich auf den daliegenden Friedl warf und diesen mit Fäusten traktierte, der Rosi bemächtigt und ihr einen Schraubenzieher aus dem Werkzeugkasten an den Hals gesetzt.

„Aufhörän!!", schrie er mit einer Donnerstimme, die Xaver noch nie bei ihm gehört hatte.

„Aufhörän! Konec! Schluss!

Xaver, du tust jetzt, was wir sagän, odr die Rosi ist dran."

Mit einem entschuldigenden Blick fügte er hinzu:

„Tut mir leid, abr du willst nicht andrs."

Friedl wischte sich mit einem Taschentuch das Blut von Nase und Mund. Er schien jetzt wieder vernünftig zu sein.

Auch Xaver schnaufte durch. Ihre Situation war ziemlich ausweglos. Er musste davon ausgehen, dass es Zdeněk mit seiner Drohgeste ernst meinte. Jetzt wusste er auch, warum er unbedingt die Rosi mitnehmen sollte. Die beiden Schweine hatten schon damit gerechnet, dass er nicht parieren würde. Die Rosi war ihr Druckmittel.

Er musste nachdenken. Und Zeit gewinnen. Die Geschichte hinauszögern. Vielleicht machten die zwei einen Fehler.

„Anfangen!", befahl der Friedl, und der Zdeněk drückte den Schraubenzieher noch ein wenig tiefer in Rosis Hals.

„Und keinä Tricks!", ergänzte Zdeněk. „Axel hat gesagt, wenn rot Lampl leichtet, is Maschinä scharf! Also mach!"

Die Koffer zu aktivieren wäre eigentlich gar nicht so schwierig gewesen. Natürlich musste man vorsichtig damit umgehen, sie enthielten immerhin jeder eine ganz schöne Menge an Semtex, dem tschechischen Supersprengstoff, den der Zdeněk besorgt hatte. Jedoch eine dreiviertel Stunde für jeden der Koffer hätte Xaver gereicht.

So aber zog er die Arbeiten hin, tat so, als müsse er das noch überprüfen und schimpfte, dass hier eine Klemme fehlte und da ein Drähtchen falsch angeschlossen sei.

Xaver schwitzte heftig und seine Finger zitterten, als das rote Lämpchen aufleuchtete und er die Arbeit am ersten Koffer für beendet erklärte.

„Endlich, das hat ja ewig gedauert!“, schimpfte der Friedl und die zwei Terroristen führten ihn und Rosi zum zweiten Koffer. Wie Xaver schon erwartet hatte, war der etwa dort platziert, wo die Staumauer sich zum See hin absenkte.

„Ihr Schweine, ihr habt mich wirklich gelinkt“, konnte Xaver sich nicht halten. „So war das niemals ausgemacht!“

„Seid froh, dass wir euch anschließend laufen lassen. Wir sind ja keine Unmenschen.“ Friedl stieß den Xaver vorwärts, auf den zweiten Koffer zu.

„Los, an die Arbeit! Die Zeit wird eh schon knapp!“

Xaver erhaschte einen Blick auf seine Armbanduhr. Tatsächlich! Wenn er beim zweiten Koffer noch ein wenig länger brauchte als beim ersten, dann würde der Samstagmorgen anbrechen, der Friedl und der Zdeněk würden den Tatort nicht mehr gefahrlos verlassen können, denn irgendwelche Touristen und Spaziergänger waren hier immer unterwegs. Dann hätten sie einen Tag Zeit gewonnen.

Der Opa würde sich Sorgen machen, vielleicht auch die Eltern der Rosi, obwohl die von daheim ausgezogen war.

Der Opa war schlau. Er würde hoffentlich die richtigen Schlüsse ziehen.

Nach dieser kurzen Phase des Optimismus verfiel Xaver wieder in dumpfe Hoffnungslosigkeit.

Er machte den zweiten Koffer scharf, aber es war tatsächlich schon nach sieben Uhr, als das rote Lämpchen auch hier leuchtete.

Die zwei Terroristen waren immer nervöser geworden und hatten den Xaver angetrieben, aber der hatte so zu zittern begonnen, dass er überhaupt zu nichts mehr fähig war. So hatten sie wohl oder übel eine Pause machen müssen. Und jetzt war es sieben Uhr fünfzehn. Zu spät, um noch ungesehen rauszuschlüpfen.

Die zwei Terroristen führten die zwei Aktivisten in einen Nebenraum und gaben ihnen etwas zu trinken und zu essen mit, bevor sie die Tür zusperrten. Sie selber machten es sich vor der Tür bequem.

Der Tag würde lang werden.

„Kommt ja nicht auf die Idee, auszubrechen. Dann geht es euch schlecht“, hatte Friedl gesagt und dazu die Geste des Halsabschneidens gemacht.

Zdeněk und Friedl, so hatte der Xaver sehen können, führten genügend Lebensmittel, hauptsächlich Obst, und auch einige Flaschen Wasser mit, so dass sie und ihre Gefangenen den Tag überstehen konnten.

„Die wollen bestimmt wieder rüber in den Böhmerwald abhauen und dort einige Zeit untertauchen. Da brauchen sie die Lebensmittel“, flüsterte der Xaver seiner Rosi zu.

Dann war Schweigen. Der Tag war lang. Immer wieder hörten Rosi und Xaver die Stimmen ihrer Gefängniswärter. Die würden den Stollen erst in der Nacht verlassen, wenn sie sicher waren, dass niemand mehr unterwegs war.

Um die Mittagszeit öffnete sich die Tür für einen Moment und es flogen zwei Plastikflaschen mit Wasser und einige Schokoriegel ins Innere ihres Gefängnisraums.

Dann hörten sie lange Zeit nichts mehr. Sie überlegten, ob sie nicht ausbrechen sollten. Xaver hatte immerhin ein stabiles Messer dabei. Aber die zwei anderen würden sie bestimmt hören. Und dann?

Xaver war noch immer geschockt von der brutalen Geste des Halsabschneidens und an Rosis Kehle waren die Abrücke von Zdeněks Schraubenzieher deutlich zu sehen.

Xaver schaute immer wieder auf seine Uhr. Jetzt hieß es warten. Friedl und Zdeněk würden kaum vor Mitternacht abziehen. Sie würden es nicht riskieren, dass noch irgendein verspäteter Samstagabendspaziergänger unterwegs war.

Erst wenn die beiden weg waren, konnten sie einen Ausbruch versuchen.

Kap. 31: Samstag Nachmittag

Heute hatten Eva und Max Esterl endlich wieder einmal eine ausgiebige kombinierte Rad- und Wandertour unternommen. Erst waren sie nach Oberfrauenau gestrampelt, dann in die „Spiegelstraße" eingebogen, die, fast immer sich auf gleicher Höhe haltend, Richtung Klingenbrunner Bahnhof führte. Eva liebte dieses Sträßlein wegen der Alleen aus uralten Bäumen, die sie säumten: Mächtige Ahorn-, Kastanien- und Eichenbäume bildeten den Vordergrund und gleichzeitig den Rahmen für Bilder vom weit drüben aufragenden Arber mit dem seit einigen Jahren tonsurtragenden Mittagsplatzl, den Rahmen für Talblicke auf das Dorf Frauenau mit der Zwiebelturmkirche im Mittelpunkt und später dann die Sicht hinüber zum waldbedeckten Wagensonnriegel, von dessen Gipfel auf der abgewandten Seite des Berges man wie von einem Balkon auf das Rinchnacher Land und die Vorberge des Bayerwaldes hinausschauen konnte.

Ab dem Bahnhof Klingenbrunn hatte sie die für Autos gesperrte Bergstrecke in Angriff genommen, die am noch jungen Flanitzbach hoch bis zum „Gfäll" führte, einem Hauptausgangspunkt für Wanderungen zum Großen Rachel.

Max hatte ganz schön auf die Zähne beißen müssen, denn die fast fünf Kilometer lange Bergstrecke hatte ihm alles und seinem Akku fast die Hälfte seiner Reserven abverlangt.

Oben auf dem Gfäll kam der zweite Teil ihres Duathlons, wie der Max scherzhaft sagte. Sie ließen ihre Räder abgesperrt stehen und gingen zu Fuß weiter. Seit Max wegen seines künstlichen Kniegelenks nicht mehr stundenlang gehen konnte, hatte das Ehepaar Esterl diese Radl-Wander-Variante entdeckt und lieben gelernt.

Die erste Strecke bis zum nach einem Bayerwalddichter „Waldschmidt“ benannten Rachelschutzhaus erwies sich als unangenehme, lieblos durch den Wald geschotterte Touristenautobahn. Ganze Horden von Wanderern, die fast alle mit den Igelbussen des Nationalparks hierher gekarrt wurden, hatten das gleich Ziel wie Eva und Max.

Am Waldschmidthaus verweilten die zwei Esterln kaum fünf Minuten. Das Schutzhaus war geschlossen, dennoch waren alle Tische vor dem Haus voll besetzt mit Wanderern, die Brotzeit machten. Max hatte gewusst, dass das Haus seit geraumer Zeit nicht mehr bewirtschaftet wurde. Trotzdem schüttelte er immer wieder seinen Kopf: Ein Berg ohne Einkehrmöglichkeit war für ihn wie ein Fußballspiel ohne Tore, ein Schweinernes ohne Kraut, ein Schafkopfabend ohne Bier. Man konnte sich damit abfinden, aber schön war es nicht.

Auf dem Weg zum Gipfel war Max dann gespannt darauf, was wohl von dort aus zu sehen war von der Waldbrandfläche. Diese musste von den Gipfelfelsen aus gut zu überblicken sein.

Oben mussten sich die Esterln erst durchboxen auf dem Weg über die Felsen, so viele Menschen waren hier und so viele wollten genau wie sie rüber auf die nördliche Seite des Gipfels, um die Brandstätte zu sehen.

Als sie einen guten Beobachtungsplatz auf einem Felsvorsprung gefunden hatten, konnten Eva und Max noch einmal die riesige Fläche der Brandstätte erkennen, die sich da, in wenigen Kilometern Entfernung und etwa dreihundert Höhenmeter unter ihnen breitete. Genau rechts, am Kleinen Rachel vorbei, musste man schauen.

Erst von hier heroben konnten Eva und Max das ganze Ausmaß der Zerstörung erkennen. Schwarze, verkohlte Flächen, Reste von Baumstümpfen, dazwischen wieder ganze

Striche, die vom Feuer verschont geblieben waren, und über allem schwebte, genährt von vielen sanft nach oben streichenden Rauchsäulen, ein zarter, fast durchsichtig-grauweißer Dunst, durch den gerade noch die Silhouette des Falkensteins zu erkennen war.

Max glaubte an den Rändern des Areals auch einige Feuerwehrautos zu erkennen. Die Brandwachen waren also immer noch nicht abgezogen.

Eva tippte ihren Mann auf die Schulter: „Schau da rüber, da sieht man auch die andere Brandstätte." Tatsächlich! Kruminale! Max war so auf den „bayerischen" Brand fixiert gewesen, dass er gar nicht in die andere, die östliche Richtung geschaut hatte. Auch hier konnte man die Überreste eines Waldbrandes erkennen, des „tschechischen", der sogar näher an ihrem Standpunkt lag, als der bayerische. Allerdings sah man nicht das volle Ausmaß der Katastrophe dort. Ein Großteil des Brandgebietes lag vor ihren Blicken verdeckt hinter dem Rücken des Steiningberges. Aber auch dort konnte man an den zum Himmel steigenden Rauchsäulen erkennen, welche Flächen die Feuer gefressen hatten.

Die Öko-Terroristen hatten ganze Arbeit geleistet. Hoffentlich konnte verhindert werden, dass sie noch schlimmere Taten begingen. Max musste an die Rosi und den Xaver denken.

Er riss sich los.

„Komm, wir gehen!"

Der Weg hinunter über die Rachelkapelle zum See war wunderschön. Immer wieder boten sich den beiden Wanderern Blicke hinab zum silbern durch die Bäume blitzenden Wasser. Aber Max konnte das alles nicht mehr so richtig genießen. Er hatte heute zu viel gesehen und zu viel darüber nachdenken müssen.

Wenn Max Esterl gewusst hätte, was sich in der Zwischenzeit ereignet hatte, wäre er wohl noch nachdenklicher gewesen. Und er wäre schneller gegangen.

So aber wanderten Eva und er gemütlich vom See wieder zurück Richtung Gfäll, fanden dort ihre Räder und vor allem die Schlüssel zu den Radschlössern und rasten talwärts. Im kleinen Rausch der Geschwindigkeit vergaß Max zum Glück das, was ihn die ganze Zeit bedrückt hatte.

***

Als die Esterln am frühen Abend daheim in Frauenau ankamen, stand das Elend vor ihrer Haustür. Der Luis bot ein Bild des Jammers. In Hausschuhen hatte er den Weg durchs halbe Dorf zum Esterlschen Haus zurückgelegt, sein kariertes Hemd stand offen, seine grauen, dichten Haare waren struppig und zerzaust.

„Max, ich brauch´ dich. Es ist so weit."

Max Esterl überließ es seiner Frau, die Fahrräder zu verstauen und bugsierte den Luis sofort ins Wohnzimmer, wo dieser schon vor einigen Tagen gesessen hatte.

„Der Xaver und die Rosi sind weg!", stieß der Luis hervor, kaum dass er auf seinem Stuhl Platz genommen hatte.

„Wie…weg?"

„Verschwunden, Max, verschwunden! Alle zwei! Mindestens seit heute Vormittag! Wenn nicht schon seit heute Nacht!"

„Bist du sicher? Sind sie nicht wandern oder bei Freunden oder sonst wo?"

„Da bin ich mir sicher, Max! Ganz sicher. Jeden Samstag fährt der Xaver ganz in der Früh zum Frauenauer Bäcker und zum Wochenmarkt in Zwiesel. Und seit den Coronazeiten legt er mir ganz ungefragt immer drei Paniwürst und zwei resche Zöpfl vor meine Tür. Ganz in der Früh!

Heute nicht.

Der Xaver kommt im Laufe des Vormittags irgendwann bei mir vorbei, zum Nachschauen, wie´s mir geht. Wir wohnen ja direkt vis a vis.

Heute nicht.

Über sein Handy war er nicht zu erreichen und daheim ist er auch nicht."

„Und was ist mit der Rosi?"

„Die Rosi ist ebenfalls verschwunden. Vor einer halben Stunde haben sie vom Gistl aus bei mir angerufen. Die Rosi hätte ihren Samstagsdienst antreten sollen und ist nicht gekommen. Sie haben es bei ihr am Handy probiert: Nichts.

Und beim Xaver: Auch nichts. Und weil sie wissen, dass die Rosi meistens beim Xaver ist, da bei uns im Haus, haben sie mich angerufen. Dann hat mich die Angst erst so richtig gepackt, Max, darum bin ich ja hier. Ich weiß mir keinen Rat!"

„Sind halt junge Leute", versuchte Max den Alten zu beruhigen. „Die müssen dir nicht immer sagen, wohin sie gehen oder fahren."

„Nein, Max, das müssen sie nicht. Trotzdem stimmt was nicht. Ich bin so unruhig, Max, ich halt´s nicht mehr aus!"

„Aber wir wissen doch überhaupt nicht, wo wir suchen müssen. Das ist doch sinnlos, Luis. Nicht einmal die Polizei würde zu so einem frühen Zeitpunkt etwas unternehmen. Da müsste schon etwas ganz Konkretes vorliegen."

„Ich hab ja einen Verdacht, Max. Einen konkreten Verdacht.

Der Xaver hat heuer in den Großen Ferien die ganze Zeit in der Glashütte gearbeitet. Geld verdienen für eine Reise mit der Rosi nach dem Abitur im nächsten Jahr. Es hat ihm gut gefallen, die Arbeit hat ihm Freude gemacht.

Und dann, plötzlich, hat er von einer Woche auf die andere Schluss gemacht mit dem Job in der Hütte. Weil er einem Techniker geholfen hat, der irgendwas an der Talsperre zu reparieren hatte. Dabei hat er den Menschen überhaupt nicht gekannt. Und nach der Woche an der Talsperre wollte er wieder zurück in die Hütte! Stell dir vor, Max. Die haben ihm natürlich erst mal was gepfiffen. Ich musste helfen! Habe mit meinem Freund geredet, der dort Betriebsleiter ist. Der hat ihn dann doch wieder genommen. Ich hab mich direkt geschämt für den Xaver.

Aber jetzt, Max, jetzt weiß ich, warum der Xaver da oben in der Talsperre gearbeitet hat und warum er partout mit diesem Techniker mitwollte.

Ich hab mich so geniert für ihn. Das passt überhaupt nicht zum Xaver. Der steht zu seinem Wort. Genau wie ich.

Damals habe ich mich noch gewundert über dem Xaver seine Spuchten. Heute ist es mir wie Schuppen von den Augen gefallen. Ich habe eins und eins zusammengezählt: Der Xaver und der Ingenieur, dem er geholfen hat, die haben die Anlage damals ausspioniert!

Und heute passiert etwas dort oben, da lass ich mir den Kopf abschneiden, wenn´s nicht stimmt!"

„Wenn das so ist, Luis, dann müssen wir sofort die Polizei benachrichtigen, bevor der Xaver und seine Freunde den größten Blödsinn ihres Lebens machen. Ich ruf bei der Anke Brandt an, der Zwieseler Polizeichefin, die kenn ich gut."

Max stand auf und ging zum Telefon.

Luis rumpelte ebenfalls in die Höhe und eilte mit ausgestreckten Armen auf Max zu:

„Na, Max, ned d´Polizei! Bitte ned! Ich bin mir ja gar nicht so sicher, dass alles so ist, wie ich mir´s ausdenkt hab. Und wenn da ein Riesenpolizeiaufgebot daherkommt und es ist alles falscher Alarm?

Das sind doch keine Schwerverbrecher, Max. Mit denen kann man ja reden. So aber bringt man die jungen Leute extra dazu, Verzweiflungstaten zu begehen! Sie werden in die Ecke gedrängt und kriminalisiert! Das sind doch Idealisten und keine Kriminellen. Aber wenn wir mit einem Riesenpolizeiaufgebot kommen, dann machen wir sie zu Kriminellen!"

„Glaubst du nicht, dass es kriminell ist, einige Hektar Wald abzufackeln? Da bin ich anderer Meinung als du. Wir haben aber jetzt keine Zeit, darüber zu streiten, wer kriminell ist oder nicht, Luis. Kruminale! Wir müssen was tun! Hast du eine Idee, wie sie das anstellen wollen, da oben? Was kann man sabotieren an so einer Trinkwasseranlage? Hast du dir da schon Gedanken gemacht?"

„Freilich, Max! Den ganzen Tag treibts mich schon rum! Seit in der Früh der Xaver nicht mit den Würsten gekommen ist.

Auf zwei Möglichkeiten bin ich gekommen.

Erstens: Du machst das Wasser unbrauchbar. Das ist am einfachsten. Du schüttest etwas hinein, das das Wasser ungenießbar macht. Das wäre noch am wenigsten schlimm!"

Max schaute dem Alten direkt in seine blaugrau-wässerigen Augen.

„Was wäre dann noch schlimmer?", fragte er, obwohl er die Antwort schon ahnte.

„Vergiften! Du schüttest ein Gift in den See. Es gibt Gifte, da genügt ganz wenig davon, so hochkonzentriert sind die. Und da gibt es wieder zwei Möglichkeiten!“

Der Luis hatte das Problem scheint´s wirklich den ganzen Tag gewälzt.

Entweder du nimmst ein Gift, das Übelkeit verursacht, Bauchweh, Erbrechen oder so. Das vergeht wieder.“

„Oder?“

„Oder du nimmst ein Gift, das schlimmer wirkt, vielleicht sogar tödlich ist.“

„Aber die Wasserentnahme wird doch laufend kontrolliert, oder? Das Wasser läuft doch über eine Aufbereitungsanlage, da kommt nichts durch, was nicht koscher ist.“

„Ja, hoffentlich nicht, das wäre ja ein Horror. Ich weiß es nicht, Max, es sind ja nur Gedankenspiele. Aber diese Gedanken verfolgen mich nun schon den ganzen Tag. Es wäre ja auch schon schlimm genug, wenn das Wasser auf Wochen oder Monate oder sogar Jahre hinaus unbrauchbar wäre. Die Trinkwasserversorgung in halb Niederbayern wäre lahmgelegt.“

Luis vergrub sein Gesicht in seinen Händen und schwieg.

„Du hast vorhin gesagt, du kannst dir zwei Sabotagemöglichkeiten vorstellen. Das Vergiften ist die eine. Die andere?“

Max fragte, obwohl er auch hier die Antwort schon wusste.

„Den Damm sprengen!“

„Das hab ich mir gedacht. Das wäre natürlich noch spektakulärer! Aber der Damm ist doch ungeheuer breit. Und nach unten, zur Sohle hin, wird er noch breiter. Da genügen doch keine hundert Meter. Ich hab mir mal den Querschnitt angeschaut auf einer der Infotafeln dort oben. Da richtest du nichts aus mit windigen Handgranaten. Auch nichts mit einem Packerl Semtex oder einigen Dynamitstangen. Ich bin kein Experte, aber ich kann mir nicht vorstellen, dass da ein paar Aktivisten großen Schaden anstellen können."

„Max, wir unterhalten uns jetzt über Dinge, die wir sowieso nicht in der Hand haben", die Stimme des Alten wurde drängender, „wir müssen etwas tun. Aber wir können nicht die Polizei rufen. Nicht auszudenken, was passiert, wenn da oben eine Hundertschaft auftaucht und die jungen Leute praktisch dazu zwingt, ihre Aktion noch schnell durchzuführen. Eine Katastrophe wäre das! Wir müssen da rauf, Max!"

Als Luis die zweifelnden Blicke des Ex-Kommissars bemerkte, setzte er hinzu: „Und wenn du nicht mitkommst, dann geh ich allein!"

Max merkte natürlich, dass bei den Argumenten des Alten einige Hintergedanken im Spiel waren. Ihm ging es bestimmt auch darum, dass die Rosi und der Xaver möglichst gut davonkamen. Wenn erst einmal der ganze Apparat sich in Bewegung gesetzt hatte, würde ihn nichts mehr stoppen können.

„Warte mal!", beschied Max dem Alten und rief nach Eva.

„Die Rosi und der Xaver sind verschwunden", informierte Max seine Frau, die in ihrem Arbeitszimmer gelesen hatte. „Ich helfe dem Luis beim Suchen."

Eva Esterl, die ihren Mann und dessen Hang zu oft risikoreichen Rückfällen in seine Berufszeit als Kriminalpolizist kannte, verzog ihr Gesicht, als ob sie Zitronen gegessen hätte. „Max, nicht schon wieder! Du hast mir doch versprochen…"

Max deutete auf Luis, der wie ein Häuflein Elend neben ihm stand.

„Ich kann ihn doch nicht allein lassen, Eva. Was ist denn schon dabei, wenn ich mit ihm zur Talsperre hochgehe und wir uns dort ein wenig umschauen?"

„Und ich sitz wieder daheim und kann mir Sorgen machen!"

Als Eva diesen Satz sprach, wusste Max, dass sie einverstanden war. So direkt konnte sie das eben nicht formulieren. Max verstand Evas Sorgen. Aber es ging halt nicht anders. Kruminale!

Max drückte der Eva ein Bussl auf die Wange:

„Ich verspreche dir, dass ich nichts unternehmen werde, was mich in Gefahr bringen könnte. Wir halten Ausschau nach der Rosi und dem Xaver."

Als Max den zweifelnden Ausdruck im Gesicht seiner Frau sah, fügte er hinzu: „Einige Stunden kann es schon dauern, bis wir zurück sind. Leg dich ruhig nieder auf d´Nacht."

Es war schon finster, als Max und Luis ihr Auto am Parkplatz unterhalb der Talsperre abstellten. Die letzte Strecke war Luis ohne Licht gefahren. Dann hatte er sein Handy ausgeschaltet und Max gebeten, dasselbe zu tun. Wer konnte wissen, welche Sicherheitsvorkehrungen die Aktivisten getroffen hatten. Es war aber genauso gut möglich, überlegte der Max, dass alles ein Fehlalarm eines, im Bezug auf sein Herzipopperl namens Xaver, übersensiblen Alten war. Dann saß der Xaver jetzt bestimmt daheim auf seinem Kanapee und machte sich Sorgen um den Opa, der am Samstagabend noch nie die Sportschau versäumt hatte.

„Wir schauen, ob wir irgendetwas Verdächtiges entdecken", hatte der Luis schon bei der Herfahrt als Direktive ausgegeben. „Ich kenne mich gut aus da heroben. Hab schließlich als junger Mann damals fast eineinhalb Jahre beim Bau der Talsperre mitgearbeitet. Das waren noch wilde Zeiten, vor fünfzig Jahren!“ Als Luis aus den Augenwinkeln das Kopfschütteln des Ex-Kriminalers bemerkte, setzte er schnell hinzu: „Aber alles ist noch genau so wie damals.“

Max hatte überlegt, wann die Talsperre gebaut worden war. Ende der siebziger Jahre, Anfang der achtziger musste das gewesen sein. Er war gerade nach München versetzt worden und hatte deshalb von der Errichtung dieser Riesenanlage fast nichts mitbekommen.

„Hoffentlich“, hatte Max gesagt, „hoffentlich ist noch alles wie damals.“

Die zwei Männer gingen zunächst den Wanderweg entlang, der vom Parkplatz zur Dammkrone führte.

Nach wenigen Metern gelangten sie an den übermannshohen Schutzzaun, der das gesamte, einige Hektar große Gelände der am Fuße des Dammes gelegenen Anlage umfasste. Luis blieb stehen und schaute sich um. Nichts Ungewöhnliches war zu sehen und zu hören.

Der Mond lugte hin und wieder schüchtern zwischen den Wolken hervor. Die ersten Herbstnebel, die von den Bergen und von der Dammkrone herabschlierten, ließen seine milchweiße Sichel nur erahnen.

Es war still, hier heroben, samstagabendstill. Kaum etwas war zu hören von den Nachtgeräuschen des Waldes. Nur ihre eigenen Schritte knirschten auf dem geschotterten Weg.

Das Heulen eines Käuzchens hätte in dieser Situation gut in die Szene gepasst, dachte Max und lächelte gleichzeitig darüber, dass ihm jetzt gerade so ein Krampf einfiel.

Luis bog nach links auf einen Feldweg ab. Nach wenigen Metern kamen sie an ein Tor, das sehr verschlossen aussah. Verschlossen und verriegelt. Und von einer Kamera bewacht, wie Max bemerkte. Da würde ihr heutiger Ausflug an die Talsperre bald ein Ende haben. Wahrscheinlich gab es auch eine Sicherung durch Alarmanlagen, ging es Max Esterl durch den Kopf. Da hätte er eigentlich schon früher drauf kommen können. Max sah, wie der Luis am Tor hantierte. Jetzt tat er wahrscheinlich gut daran, sich eine wasserdichte Ausrede zurechtzulegen.

Naja…Anke Brandt würde die Sache für sie beide schon hinbiegen. Die war ihm Einiges schuldig seit ihren letzten gemeinsamen Fällen.

Luis zog. Das Tor ließ sich fast geräuschlos öffnen. Ganz vorsichtig machte Luis so weit auf, dass er durchschlüpfen konnte und bedeutete dem Max erstens, zu schweigen und zweitens, ihm zu folgen.

Max verspürte ein Kribbeln in seinem Rücken, und er wusste von vielen riskanten Einsätzen während seiner Berufszeit, was dies bedeutete: Gefahr, etwas war nicht so, wie es hätte sein sollen, ein Ding stand nicht an der Stelle, an die es hingehörte, ein Geräusch erklang zu einer Zeit, da es nie erklingen durfte.

Ein Tor war offen und eine Alarmanlage war ausgeschaltet! Kruminale! Das waren schlechte Zeichen!

Max duckte sich unwillkürlich ein wenig, während er dem ziemlich unbekümmert immer schneller auf dem Schotterweg voraneilenden Luis folgte.

Sie standen vor der Eingangstür eines Betriebsgebäudes, genau am Fuße des Staudamms, der sich wie eine finstere Wand riesig vor ihnen emportürmte.

Jetzt wunderte Max sich nicht mehr, dass auch die Tür des Gebäudes sich öffnen ließ. Luis hielt sie auf, ließ Max eintreten und zog die Tür wieder hinter sich zu. Beide standen in der Dunkelheit. Max hörte, wie Luis an irgendeiner seiner Taschen nestelte.

Die Taschenlampe, die er herausgeholt hatte, leitete sie durch den Eingangsraum in einen zweiten, kleineren, aus dem drei Türen führten: Eine aus Holz, durch die sie den Raum betreten hatten, eine weitere Holztür, der aber Luis keine Beachtung schenkte, und eine schwere Schiebetür aus Stahl, auf die der Alte sofort zuging.

Ohne zu zögern schob er sie auf, was ihm mit einiger Anstrengung auch gelang. An den Betonwänden im Inneren sah Max verschiedene Aufschriften. Auf eine von ihnen hielt der Luis den Lichtstrahl kurze Zeit gerichtet, so dass Max die rote Schrift entziffern konnte:

„Außentür des Stollens aus Sicherheitsgründen immer verschließen!"

Jetzt wusste Max, wo sie sich befanden. Sie waren schon bis zum Stolleninneren vorgedrungen. Und noch war keine der Türen verschlossen gewesen. Und noch immer hatte Max keine Alarmglocken gehört!

Kein Alarm! Keine heulenden Sirenen, keine hektisch blinkenden roten Warnlampen! Nichts!

Kruminale! Das bedeutete Alarm! Bei Max schrillten sämtliche inneren Glocken.

Natürlich hatte er wieder keine Waffe dabei. Wie denn auch, als Pensionist? Max versuchte sich zu beruhigen. Wenn der Xaver und die Rosi dabei waren, würde schon nichts Schlimmes passieren. Die konnten ja nicht ihren eigenen Großvater…

Außerdem traute er den beiden von Haus aus so was nicht zu. Während ihres Besuchs bei Max hatten sie das ja auch deutlich gemacht: Keine Gewalt gegen Menschen!

Max folgte Luis, der zielsicher durch den grauen Betongang schritt. Mittlerweile, so hatte Max das Gefühl, waren sie schon längst direkt unter dem Damm. Nichts war hier unten zu vernehmen oder zu spüren: Kein Wind, auch keine Zugluft, kein Geräusch, nur ihre Schritte hallten von den kahlen Betonwänden. Wie in einer Gruft kam sich Max Esterl vor. Einer Betongruft. Begraben unter Millionen Litern Wasser.

Jetzt machte der Gang einen Knick. Der Luis, der einige Schritte vor ihm ging, war für Max nicht mehr zu sehen. Aber er hörte ein Geräusch. Ein dumpfes Geräusch, wie wenn einer hinfiel, und gleichzeitig vernahm der Ex-Kriminaler einen erstickten Schrei. Max überlegte kurz, ob es nicht klüger sei, Fersengeld zu geben, aber er konnte den Luis nicht im Stich lassen, rannte die paar Schritte, bog um die Ecke…und lief genau wie sein Sängerfreund Luis in einen Schlag, der ihn zu Boden schickte und Tausende Sterne in seinem Schädel tanzen ließ.

Max wurde rabiat hochgerissen und nach vorne gestoßen, wo schon der Luis vor ihm hertaumelte. Die zwei Gestalten, die den Luis und ihn überwältigt hatten, trieben ihre Gefangenen weiter, nach vorne, Richtung Entnahmeturm.

„Da rein!“

Der eine der beiden Öko-Terroristen sperrte eine Tür zu einer Seitenkammer auf und der andere schob Luis und Max hinein.

Luis lief Blut aus einer Platzwunde über die Stirn, er fiel mehr in den Raum hinein als dass er ging. Aber als er sah, wer schon in diesem Verlies saß, war alles vergessen. Mit einem Freudenschrei stürzte er auf seinen Enkel zu, umarmte und halste ihn.

„Weilst nur gsund bist, Xaver! Gottseidank!“, stammelte er immer wieder, „weilst nur gsund bist!

Und du aa!“, weitete der Luis seine Dankesworte auch auf die Rosi aus, die ebenfalls eine Umarmung erhielt.

Friedl zerstörte die Stimmung:

„Habt ihr Handys dabei?" Er wartete die Antwort gar nicht ab. „Her damit!"

Widerstandslos zog Max sein Handy aus seiner Anoraktasche. Die beiden Terroristen waren jeweils mit einer Eisenstange bewaffnet und machten den Eindruck, als ob sie diese auch zu benutzen wussten.

Max ärgerte sich maßlos. Er, der Profi, hatte sich da ganz schön übertölpeln lassen. Das hatte er den Umweltaktivisten nicht zugetraut! Kruminale! Wie sie es wohl geschafft hatten, die Alarmanlage zu deaktivieren und hier hereinzukommen? Die mussten ganz schön clever sein. Und dass sie nicht vor Gewalt zurückschreckten, das hatte Max eben erlebt. Nochmal Kruminale! Was würde Anke zu seinem Alleingang sagen? Was Eva, wenn er die ganze Nacht nicht heimkam? Und dann erst, wenn sie am Morgen, am Sonntagmorgen die Nachrichten von der Katastrophe am Staudamm hörte! Er war ein Idiot! Ein Riesenidiot! Kruminale!!

Zdeněks Stimme holte Max aus seinen Gedanken.

„Bleibt wo ihr seid, dann passiert euch nix. Wenn ihr zum Damm hin geht, dann lauft ihr direkt ins Zentrum der Sprengung. Bleibt! Ihr müsst euch nur gedulden. Irgendwann werdet ihr schon gefunden.

Mit einem spöttischen Blick auf Xaver ergänzte der Friedl: „Wir wollen ja keine Leben opfern!"

„Wenn wir gleich raus gehen", fuhr der Zdeněk mit seiner Belehrung fort, „werden wir das Sicherheitsschott zumachen, du weißt es ja, Xaver, es ist absolut wasserdicht und hält jedem Druck stand, darum seid ihr dahinter nicht in Gefahr.

Dort beim Sicherheitsschott gibt es für euch allerdings auch kein Durchkommen in Richtung der Sprengsätze, ihr braucht das gar nicht zu probieren. Vielleicht schafft ihr es ja in die andere Richtung, bis in den Entnahmeturm."

Wiederum ergänzte der Friedl, der offensichtlich der Aggressivere der beiden war: „Da oben könnt ihr dann um Hilfe schreien, bis ihr heiser seid. Die ersten, die euch hören werden, sind die Einsatzkräfte, die nach der Explosion hier auftauchen. Die müssen aber mit dem Hubschrauber hier landen, denn die Wege rauf zum Staudamm werden ziemlich geflutet werden."

Der Xaver ging drohend auf seine Ex-Freunde zu, die sofort ihre Waffen gegen ihn hoben. Er schrie sie an:

„Genau das ist es, warum wir aussteigen, Rosi und ich!

Die Straße wird geflutet!

Wisst ihr überhaupt, wie viele Menschen unterhalb des Dammes an dieser Straße wohnen? Die werden alle ersaufen! Elend ersaufen! Für euch sind das nur anonyme Figuren! Aber ich, ich kenne die fast alle! Mit einem war ich im Kindergarten und in der Grundschule, eine war in meiner Ministrantengruppe, das sind doch alles Menschen! Und diese Menschen opfert ihr? Zdeněk, Friedl, wacht auf! So sind wir doch nicht! Wir sind die Guten!!"

„Wir sind doch ebenfalls keine Unmenschen, Xaver, das siehst du falsch."

Zdeněk sah seinem Gegenüber direkt in die Augen.

„Genau fünfundzwanzig Minuten vor der Sprengung wird die Polizei in Zwiesel verständigt.

Dieser Zeitraum genügt der Polizei nicht, um die Sprengsätze zu entschärfen. Aber das sollte genügen, um die Anwohner zu alarmieren."

„Wie groß die Flutwelle wird, weiß ja eh keiner", schaltete Friedl sich dazwischen, „und mindestens fünf weitere

Minuten wird das Wasser brauchen, um die ersten Häuser zu erreichen."

„Die Anwohner dort müssen doch nur den Berghang hochklettern", argumentierte Friedl weiter, und Zdeněk fuhr fort: „Fünfzig Höhenmeter, dann sind sie in Sicherheit! Sie können sogar noch den alten Opa, der nicht mehr gehen kann, mit dem Auto wegschaffen. Wenn die Tsunamiwelle die Stelle erreicht hat, wo der Kleine Regen mit dem Flanitzbach aus Frauenau zusammenfließt, wird sich das Wasser schon ziemlich verteilt haben. Dann ist das Tal breit genug."

„Die Brücken bis hin nach Zwiesel wird es natürlich wegreißen", fügte der Friedl mit ironischem Grinsen hinzu. „A paar spektakuläre Bilder brauchma ja fürs Fernsehen, damit den Politikern endlich der Arsch auf Grundeis geht. Sonst wär doch wieder alles umsonst gewesen!"

„Und dann werden die Politiker aufwachen und sie werden wissen, wie sehr sie uns unterschätzt haben. Aber dann ist es zu spät und wir sind schon über alle Berge! Ahoj, machts gut!", schlug der Zdeněk einen versöhnlichen Ton an.

„Und haltet euch die Ohren zu, wenn´s kracht!" Dieser Wunsch vom Friedl war wohl eher spöttisch gemeint, dachte Max, während die zwei Öko-Aktivisten die Tür von außen absperrten und die vier Gefangenen zurückließen.

Die Eingeschlossenen hörten, wie sich die Schritte der Terroristen entfernten. Die würden sich auf den Weg hinüber in den Böhmerwald machen und auf den Donner der Explosion warten.

Stille. Nur das laute Atmen vom Luis war zu vernehmen. Der hatte sich auf eine Kiste gesetzt, die in ihrem offenbar als Abstellraum genutzten Gefängniskammerl stand. Der Luis war fertig. Die Spannung, die Ängste um seinen Enkel, der Schlag auf den Kopf, die Erleichterung und jetzt das

Gefängnis siebzig Meter unter dem Wasserspiegel. Das war zu viel für einen über Achtzigjährigen, selbst wenn er so gut beinander war wie der Luis!

Während Rosi sich um den Luis kümmerte, verloren Xaver und Max keine Zeit. In der Rumpelkammer war schnell ein Trumm Holz gefunden, mit dem sie die Tür aufhebeln konnten, die keinen zu großen Widerstand leistete.

Sie sahen ein, dass es keinen Sinn hatte, Richtung Damm zu gehen und wandten sich nach rechts, zum Entnahmeturm hin. Sowohl der Xaver als auch der Luis kannten sich hier aus. Sie wussten, dass außer einem kleinen Aufzug, für den man aber einen speziellen Schlüssel brauchte, auch noch eine Nottreppe in den Turm hoch führte.

Vielleicht konnten sie sich doch bei irgendjemandem bemerkbar machen und die Sprengung verhindern oder zumindest die Anwohner im Überschwemmungsgebiet früher warnen lassen. Und wenn nicht, war es immer noch besser, im Turm eingesperrt zu sein, als in dieser klaustrophobischen Tunnelenge.

Auch hier leistete die Tür keinen großen Widerstand. Wenige Minuten später standen sie am Fuße der Nottreppe, die mehr eine Art Leiter war. Max Esterl entdeckte einen Pflasterstein, den das Talsperrenpersonal offenbar zum Arretieren der geöffneten Tür verwendete und versuchte, ihn in seine Anoraktasche zu stecken. Er passte nicht hinein.

Xaver hatte Max dabei zugesehen. Er kapierte sofort und nickte Max zu: „Gib ihn mir, Max, ich hab doch den Rucksack, da geht er leicht rein."

Es war nicht einfach, den Luis die schmale Nottreppe hochzubekommen. Er war völlig kaputt und begann, wirres Zeug zu reden. Max kam es so vor, als ob der Luis dehydriert sei. Er brauchte dringend Wasser. Wie lange waren sie jetzt schon unterwegs? Max schaute auf seine Uhr. Fünfeinhalb Stunden. Auch er spürte ein immer schlimmer werdendes Durstgefühl.

Es war schon ein Wahnsinn, überlegte Max. Wenige Meter über ihnen lasteten Millionen von Litern besten Trinkwassers und sie hier herunten waren am Verdursten.

Es dauerte ziemlich lange, bis sie den Luis die fast siebzig Meter in die Höhe geschoben und gehoben hatten, und sie waren alle ausgepumpt, als sie in der obersten Etage des Turms ankamen und durch die hohen Fenster in die Sternennacht hinaussahen.

Die Nacht war hell, man konnte das sanfte Licht des Mondes erkennen, der direkte Blick zu ihm hinauf war jedoch durch den Entnahmeturm versperrt, der von hier noch einige Meter nach oben ragte.

Wenn man aber nach unten, auf die still daliegende Seeoberfläche schaute, lächelte einem das Spiegelbild des Planeten wie tröstend entgegen. Jenseits der silbern glänzenden Wasserfläche erhob sich mächtig der schwarze Wald, über dem die Sterne um die Wette funkelten. Ein Bild, das Max zum Schwärmen gebracht hätte, wäre die Situation nicht so ernst gewesen.

Unter anderen Umständen hätte Max die Szenerie, die sich ihm bot, genossen. Und er hätte laut die Mondnacht von Eichendorff zitiert:

„Es war, als hätt der Himmel

Die Erde still geküsst, …

Es rauschten leis die Wälder,

So sternklar war die Nacht."

Seine völlig unpassende romantische Stimmung, die Max später auf fortgeschrittene Dehydrierung zurückführte, wurde zerstört durch laute Schläge. Xaver hatte den Stein aus seinem Rucksack genommen, sich die rechte Hand mit seinem Pullover umwickelt und begonnen, eines der Fenster damit zu bearbeiten. Rosi und Max sahen ihm in gebührendem Abstand zu. Sie wollten nicht von umherfliegenden Glassplittern verletzt werden. Luis saß auf dem Boden und redete wirres Zeug.

Endlich splitterte das Glas. Xaver versuchte, die Scheibe ganz aus dem Rahmen zu entfernen und schlug noch einzelne Splitter nach unten. Die frische Luft tat gut, auch wenn sie kalt war. Dann hatte Xaver alles freigearbeitet, so dass sich er, Rosi und Max abwechselnd auf die Fensterbrüstung stellen und runter auf die Seeoberfläche sehen konnten.

Max schauderte beim Blick in die Tiefe. Schon bei höchstem Wasserstand, so schätzte Max Esterl, lagen die Fenster etwa zehn bis fünfzehn Meter über der Wasserfläche.

Jetzt aber lag die Wasseroberfläche viel tiefer. Die Trockenheit der Sommerwochen und vor allem die Entnahme von Abertausenden von Hektolitern Löschwasser hatten selbst diesen riesigen See deutlich schrumpfen lassen.

„Fünfundzwanzig Meter“, schätzte Max und sah Xaver mit einem fragenden Blick an.

„Wenn´s langt.“ Xaver begann, sich die Oberkleidung auszuziehen. Jetzt erst begriff die Rosi, was ihr Freund vorhatte.

„Willst du das wirklich machen, Xaver?“, fragte sie ängstlich. „Das überstehst du nicht! Bitte, bitte, spring nicht.“

Als der Xaver sich unbeirrt auch noch sein Unterhemd vom Leibe zog, stammelte Rosi: „Herr…Max. Sag du´s ihm, auf mich hört er nicht! Das überlebt kein Mensch, einen Sprung aufs Wasser aus dieser Höhe!“

Noch ehe ihr Max zustimmen und noch ehe die Rosi ihn festhalten konnte, hatte der Xaver sich aufs Fensterbrett geschwungen.

„Es geht nicht anders!“

Xaver warf einen letzten Blick auf Rosi.

„Ich hab die Schuhe extra angelassen, damit es mir die Sohlen nicht aufreißt. Weil: Wenn alles überstanden ist, danntanzmamiazwoamidanand.“

„Nein, Xaver!“, schrie der Luis noch, der offensichtlich wieder zu sich gekommen war und die Lage erfasst hatte. „Nein!“, aber da hatte sich der Xaver schon bekreuzigt und wortlos in die schwarze Tiefe fallen lassen.

Drei Personen beugten sich, so weit es ging, aus dem Fenster. Nach etwa zehn Metern war der Xaver aus ihrem Blickfeld entschwunden. Danach hörten sie ein Klatschen und dann nichts mehr. Eine Sekunde, zwei Sekunden, nichts. Rosi klammerte sich so stark an den Arm vom Max, dass sich ihre Fingernägel in sein Fleisch gruben. Nichts. Rosi begann, leise zu himferzen und zu weinen.

„Still! Ich glaub ich hab was gehört!“ Max war sich nicht sicher.

Doch, jetzt, nach weiteren bangen Augenblicken, hörten sie es alle drei: Ein Schrei durchdrang die Nacht, ein befreiender Urschrei, ein Schrei, der nicht nach Not und schon gar nicht nach Tod klang.

Ein Schrei war es, der nach unbändigem Leben klang, und dem ein Jodler folgte, wie er übermütiger noch auf keinem Tanzboden ausgestoßen wurde, und die Rosi fiel abwechselnd dem Max und dem Luis um den Hals und rief immer wieder „mein Xaver, mein Xaver“, und dann sahen sie den Xaver ins Bild schwimmen und nach oben winken und sie winkten nach Leibeskräften zurück, und die drei konnten ihm aus ihrer Vogelperspektive im Mondlicht zusehen, wie er zügig hin zum Ufer schwamm, flink die Steine zum Damm hinaufkletterte und sofort talabwärts Richtung

Oberfrauenau rannte, als wären zehn glitschige grüne Wassermänner hinter ihm her.

Alle Drei ließen sich zu Boden sinken und blieben dort erst einmal erschöpft liegen. Nun hieß es warten.

Max wusste, dass ihnen qualvolle Minuten bevorstanden. Am schlimmsten für ihn war, dass er jetzt nichts mehr tun konnte. Das Schicksal vieler Menschen und Existenzen lag in Xavers Hand.

Oder vielmehr in Xavers Wadeln. Xaver rannte, was seine Beine und seine Lungen hergaben, den abschüssigen Weg nach Oberfrauenau hinab. Er hatte im Wasser, kaum dass er aufgetaucht war, seine Schuhe zwar ausgezogen, sie aber, die langen Schuhbänder zwischen den Zähnen, mitgeschleppt. Das rentierte sich jetzt, weil er auf der Schotterstraße mit den Schuhen viel schneller vorwärtskam.

Das Talsperrenwasser war zwar kalt gewesen, aber das machte Xaver nichts aus. Sein Körper war mit Adrenalin so vollgepumpt, dass er problemlos heftige Minusgrade überstanden hätte.

Während des Laufens hatte Xaver schon überlegt, wen er in Oberfrauenau am besten aus dem Schlaf klingeln konnte und ihm war eingefallen, dass dort seit einiger Zeit ein Seniorenheim existierte. Der Baron Poschinger hatte das alte Herrenhaus voriges Jahr zur Seniorenresidenz umbauen lassen. Dort sollte eigentlich jemand Nachtdienst schieben, folgerte der Umweltaktivist und lautete, unten angekommen, völlig ausgepumpt Sturm an der beleuchteten Hausglocke.

Die tschechische Nachtdienstpflegerin, die grantig in die Gegensprechanlage brummte, dass es dreiviertel vier sei und schließlich doch die schwere Eingangstür zögernd und zweifelnd schauend aufmachte, kapierte die Situation erstaunlich schnell.

Ein junger Mann mit nacktem Oberkörper, durchtrainierten Sixpacks, das gefiel der Pflegerin, die sonst eher mit schlaffen, faltigen Körpern zu tun hatte, ausnehmend. Um kurz vor vier Uhr morgens! Das war endlich einmal eine Abwechslung im Nachtdienst, die aufregend war, aufregender, als wenn jemand aus dem Bett gefallen wäre. „Prosim?"

Obwohl der junge Mann ziemlich wirres Zeug daherredete, überließ ihm die Pflegerin ihr Handy. Ins Haus ließ sie ihn nicht. Einen halbnackten Halbirren!

Als die Pflegerin hörte, was der Halbirre da in ihr Handy schrie, änderte sie ihre Meinung und flüsterte fast lautlos, während sie dem Irren freundlich zulächelte: „Idiot ärstr Klasse!"

„Ein dringender Notfall", hatte der junge Irre am Telefon zu erklären begonnen. „Terrorakt am Trinkwasserspeicher! Der Frauenauer Staudamm wird gesprengt. Vielleicht schon in einer halben Stunde!" Weitere Ausführungen folgten, die die Pflegerin nicht verstand.

„Sofort Alarm auslösen!", hatte sie noch gehört, „und evakuieren! Woher ich anrufe? Ich bin in Oberfrauenau an der Altenresidenz. Ja, sie können mich dort abholen. Warum sie mir glauben sollen? Mann o Mann! Es geht um Menschenleben und wir dürfen keine Zeit verlieren. Max Esterl schickt mich. Kennen sie nicht? Dann rufen sie die Frau Brandt an, die kennt Max Esterl und die kennt mich, die hat mich verhört diese Woche! Sofort, oder wollen sie verantwortlich sein für ein Riesenunglück? Ja, ich weiß, wo die Sprengladungen deponiert sind. Ich stehe vor der Tür des Altenheims in Oberfrauenau."

„Säniorränräsidänz!", verbesserte die Pflegerin.

„Und wenn es geht, einen Sprengstoffexperten besorgen! Aber schnell, sonst fliegt der Damm in die Luft! Und sofort alle, die unterhalb der Talsperre wohnen, evakuieren!"

„Jeschusch Mariajosäf", schlug die Pflegerin die Hände über dem Kopf zusammen und fragte den Irren: „Sollän wir auch vakuumierän odr hier in Säniorӓnräsidänz kein Gäfahr?"

Kap. 32: Semtex

Xaver tigerte vor der Eingangstür der Seniorenresidenz herum, konnte sich nicht still halten und wartete auf die Polizei. Die Pflegerin hatte ihm gegen die Kälte, die den jungen Burschen jetzt doch schon beutelte, einen himmelblauen Bademantel gebracht, die Alternative dazu wäre eine Schlafanzugjacke gewesen.

Warum kamen die nicht? Die Uhr auf dem Türmchen der Residenz schlug viermal. Verdammt, warum kamen die nicht? Hatten die ihn nicht ernst genommen bei der Polizei? Als er den Namen der Frau Brandt erwähnt hatte, war doch alles klar gewesen! Der Beamte hatte gesagt, er werde sofort die Frau Brandt alarmieren, das sei eh Chefinnensache. Die Frau Brandt schätzte Xaver von den Vernehmungen her. Die war in Ordnung. Aber beeilen sollte sie sich. Xaver hatte in den letzten Stunden immer wieder darüber nachgedacht, wann die Sprengung wohl stattfinden würde. Immer wieder war er auf eine Zeitspanne von vier bis fünf Uhr nachts gekommen.

Der Zdeněk und der Friedl wollten sicher abhauen und so viele Kilometer wie möglich zwischen sich und den Staudamm bringen. Also eher um fünf.

Andererseits wollten sie dann doch nicht unnötig Menschen gefährden und nicht riskieren, dass Frühaufsteher spazieren gingen oder Schwammerlsucher über den Damm hinweg unterwegs waren. Also eher vier Uhr.

Egal, je früher die Polizei endlich eintraf, desto besser.

Es war vier Uhr und fünf Minuten.

Jetzt, endlich, hörte Xaver Sirenengeräusche und bald schon blinkte Blaulicht die Straße hoch nach Oberfrauenau.

Es war so weit, und das miserablig schlechte Gewissen des Xaver, das durch seine Weigerung gegenüber dem

Zdeněk und dem Friedl und später durch seinen wagemutigen Sprung vom Turm schon ein wenig aufgemöbelt worden war, würde wieder ins Lot kommen können.

Die verdiente Strafe, die ihn sicher erwartete, würde ein Übriges bewirken und Xaver würde wieder ruhig schlafen können. Auch wenn er die nächsten zwei, drei Jahre im Gefängnis übernachtete. Alles würde er auf sich nehmen, alles, wenn bloß keine Menschen bei dem Anschlag umkamen.

Immer wieder musste der Xaver an die unterhalb der Staumauer lebenden Familien denken, die jetzt noch in ihren Betten lagen und friedlich schliefen, die aber, wenn alles schief ging, schon bald in ihren Häusern von Wassermassen ersäuft oder von mitgerissenen Baumstämmen erdrückt wurden!

Die drei Polizisten, die in dem Dienstauto saßen, zwei Männer und Frau Brandt, rissen, noch im Fahren, eine Autotür für Xaver auf und bestürmten ihn, kaum dass er im Wagen saß, mit Fragen, während ihr VW-Bus mit höchster Geschwindigkeit den ungeteerten Fahrweg zum Staudamm hochbretterte.

Xaver hatte sich in den vergangenen Minuten auf die Situation vorbereitet und wusste, was er unbedingt an Informationen weitergeben musste.

Das große Tor zur Anlage, durch das Luis und Max einige Stunden zuvor geschlüpft waren, hatten Zdeněk und Friedl bei ihrem Rückzug natürlich wieder versperrt. Es leistete den Polizisten aber nicht lange Widerstand.

Es war vier Uhr und 12 Minuten.

Mit dem Bus fuhren sie vor bis zum Eingang ins Stollensystem. Einer der Beamten blieb im Auto, um den Kontakt zur Polizeidienststelle in Zwiesel zu halten, die die

Koordination der Aktion übernommen hatte. Xaver hatte allen Polizisten eingeschärft: Wenn Zdeněk und Friedl die Warnung der Öffentlichkeit vor der bevorstehenden Sprengung bei der Dienststelle in Zwiesel absetzten, blieben nur noch fünfundzwanzig Minuten!

Fünf Minuten brauchte man, um sich, wenn alles schiefging, vor der Explosion im Damm in Sicherheit zu bringen! Blieben zwanzig Minuten.

Aber noch war es nicht soweit.

Xaver dirigierte die drei Polizisten, die mit ihm gekommen waren, zur Tür, die den Zugang zum Stollen versperrte. Hier hatten sich die Öko-Terroristen keine große Mühe gemacht. Die Metalltür war nur angelehnt.

Xaver, der auf ganz selbstverständliche Weise die Führung übernommen hatte, wies die Polizisten an: „Zwei Ladungen müssen wir entschärfen, eine auf der unteren, der Talseite des Damms und eine auf der anderen, der Wasserseite. Ein Sprengstoffexperte ist vermutlich nicht unter euch, oder?"

Die Frage blieb unbeantwortet.

Nach wenigen Metern schon stießen sie auf die erste Ladung.

Es war vier Uhr fünfzehn.

Xaver hatte gewusst, wie man die Koffer scharf machte, niemand aber hatte ihm gesagt, wie man sie wieder deaktivierte. Xaver fiel nichts anderes ein, als alle Schritte, die zum Scharfmachen geführt hatten, in umgekehrter Reihenfolge zu vollziehen. Würde das funktionieren?

Das rote Lämpchen, das die Funktionsbereitschaft des Höllenapparats anzeigte, starrte Xaver an wie das Auge eines Monsters. Wie sollte er das rechtzeitig hinkriegen? Xavers Hände zitterten erneut. Ein falscher Handgriff konnte bedeuten, dass der Auslöser den Befehl zur Sprengung gab.

Doch er konnte ja überhaupt nicht anfangen! Der Puls von Xaver begann zu jagen:

In seiner Aufgeregtheit und in der Hektik hatte Xaver übersehen, dass er Werkzeug brauchte, um seine Arbeit durchzuführen! Ein schlimmer Fehler, der viele Menschenleben kosten konnte! Xaver blickte sich panisch suchend um. Einer der Polizisten, ein älterer, legte Xaver seine Hand auf die Schulter und reichte ihm einen Autowerkzeugkasten. „Keine Panik!", beruhigte er den bebenden Burschen, „wir haben an alles gedacht."

„Die Polizei, dein Freund und Helfer", fügte die Polizistin hinzu, die Xaver seit den Vernehmungen wegen der Brände kannte.

Noch nie war Xaver dieser uralte Werbespruch so wahr vorgekommen wie jetzt.

„Ich brauche nicht viel", wies der Aktivist den Polizisten an. „Einen kleinen Schraubenzieher und ein Kombizangl."

Xaver bekam seine Instrumente gereicht und machte sich, vor dem Koffer kniend, an die Arbeit.

Es war vier Uhr zwanzig.

Viel Zeit würde er nicht haben.

Zum Glück hatte sich, als es an die Arbeit ging, das Zittern gelegt. Konzentriert und jeden Schritt vorher genau überlegend, deaktivierte der Aktivist die Sprengladung. Nach wenigen Minuten erlosch das rote Licht.

Die Uhr zeigte vier Uhr achtundzwanzig.

Xaver wischte sich den Schweiß von der Stirn, sprang auf und wollte zum zweiten Koffer eilen, als der Polizist, der am Auto gewartet hatte, herbeigelaufen kam:

„Der Anruf ist in Zwiesel angekommen! Um vier Uhr vierundvierzig wird gesprengt!"

„Jedzd wird es gnabb“, kommentierte lakonisch die Frau Brandt, „aber du schaffsd das, Xaver!“

Sie rannten hinein in den Betongang zum zweiten Koffer.

Vier Uhr dreißig.

Die Zeit konnte reichen. Wenn nichts dazwischenkam!

Xaver war sich klar darüber: Wenn es nicht klappte mit der Deaktivierung, dann würden sie auch keine einzige Minute mehr haben, um zu fliehen. Alles würde ihnen um die Ohren fliegen!

„Lasst mich allein!“, stieß er im Laufen hervor.

Die zwei Polizisten, die Frau und der Ältere, schienen nicht zu verstehen. Xaver schrie:

„Haut ab! Raus mit euch! Ich brauch euch nicht!“

Der Ältere blieb zurück, die Frau kam mit.

Xaver hatte keine Zeit mehr, um sich auf eine Diskussion mit ihr einzulassen.

Vier Uhr einunddreißig.

Xaver kniete vor dem zweiten Koffer, das Kombizangl und den Schraubenzieher in seinen Händen. Jetzt wusste er, welche Schritte aufeinander folgen mussten, um den Kofferinhalt unschädlich zu machen.

Die ersten Handgriffe funktionierten. Xaver atmete auf. Er würde rechtzeitig fertig sein.

Doch die Anspannung, die Riesenbelastung, die unmenschliche Nervenprobe, die ihm schon beim ersten Koffer abverlangt worden war, zeigten ihre Folgen. Die Finger des jungen Mannes, die gerade dabei waren, mit einem feinen Schraubendreher das letzte, fast nur stecknadelkopfgroße Schräubchen herauszudrehen, begannen zu zucken. Der Schraubendreher fiel mit einem leisen Klirren zu Boden.

Hastig versuchte Xaver ihn wieder aufzuheben. Kaum hatte er ihn in der Hand, als es schon wieder hässlich klirrte.

Noch ein drittes Mal probierte es Xaver. Diesmal hatte er beide Hände benutzt und das kleine Werkzeug bis hin zum Schräubchen bugsiert. Aber es gelang Xaver nicht, die Miniklinge in die kleine Rille am Kopf des Schräubchens hineinzuführen.

Er scheiterte erneut kläglich und sah die Polizistin von unten an. Auf seiner Stirn stand der Schweiß, in seinem Blick lag Verzweiflung. Der Junge zitterte am ganzen Körper.

Vier Uhr einundvierzig.

Wertvolle Minuten waren verstrichen. Wenn sie jetzt schnell, sehr schnell aus dem Stollen und sofort den Damm hoch liefen, konnten sie es schaffen.

Xaver brach zusammen. Krämpfe schüttelten ihn, als habe ihn eine Riesenfaust gepackt. Es wurde ihm schwarz vor den Augen. Keine Chance mehr.

Um vier Uhr zweiundvierzig legte sich die eine Hand der Polizistin beruhigend auf die Schulter des Jungen, während ihre andere Hand dem Xaver den Schraubendreher aus den zuckenden und krampfenden Fingern entwand.

Anke Brandts Finger zitterten auch ein wenig, als sie das entscheidende Schräubchen herauszudrehen versuchte. Sie rutschte ab. Einmal, zweimal. „Jetzt keine Panik! Bloß jetzt keine Panik!“, dachte sie. „Du hast noch mindestens eine Minute Zeit. Für dieses kleine, lächerlich kleine Schräubchen!“

Vier Uhr dreiundvierzig.

Das rote Lamperl erlosch.

Xaver lag auf dem Betonboden. Er hyperventilierte.

Anke Brandt war selber völlig kaputt. Sie war nahe daran, zu kotzen, doch sie zwang sich, erst einmal einige Sekunden still sitzen zu bleiben und ruhig zu atmen. Ganz ruhig!

„Xaver, komm, wir gehen! Draußen ist die Luft besser!“

Für diesen coolen Satz würde der Xaver diese Frau sein Leben lang bewundern.

Als sie aus dem Stollen ins Freie traten und die ersten Sonnenstrahlen über der Dammkrone sahen, war dem Xaver, als ob er die Sonne überhaupt zum ersten Mal sehe.

Kein Mensch war in der Nähe, nur er und die taffe Polizistin, die ihn plötzlich umarmte und mit ihm über den gepflasterten Vorplatz tanzte.

Xaver stieß einen Juchzer aus, der die in sicherer Entfernung wartenden Polizisten, es waren inzwischen noch mehrere dazugekommen, auch in Jubelstimmung versetzte. Einige von ihnen umarmten sich auch oder boxten sich gegenseitig auf ihre Polizistensixpacks oder klatschten sich ab oder schlugen sich einfach nur auf die Schultern.

Selbst die drei im Turm hatten die Freudenszenen mitbekommen. Auch wenn sie den Xaver von dort aus nicht sehen konnten, stimmten sie von oben in den Jubel mit ein, am lautesten der Tenor Luis, der nach dem Jubel sofort zu singen begann. „Großer Gott, wir loben dich“, erklang es schließlich zweistimmig über den morgenfrischen, spiegelglatten See.

Rosi schüttelte es so vor Weinkrämpfen, dass sie nicht mitsingen konnte.

Die beiden Alten tanzten und sie, die Junge, lag, nachdem ihre Tränen versiegt waren, mit geschlossenen Augen auf dem Boden.

Die Spannung fiel nur langsam von ihr ab.

Als aber der Xaver die Dammkrone erklommen hatte und zum Turm hinüberwinkte und immer wieder auf und ab sprang und „geschafft, geschafft!" hinüberschrie, da war die Rosi schon wieder auf den Beinen und beugte sich zum Winken so weit aus dem eingeschlagenen Fenster, dass der Luis und der Max sie jeweils an einem ihrer Beine festhalten mussten.

Jetzt war auch ihre Gefangenschaft sicher bald zu Ende.

Kap. 33: Das Echo

Der Sprengstoffanschlag war zwar gescheitert, aber er war beileibe nicht ohne Folgen geblieben.

Sämtliche Medien der Republik und darüber hinaus brachten noch am selben Tag ihre Eilmeldungen über die verhinderte Katastrophe am Staudamm.

In den Morgenstunden kursierte noch das Gerücht, dass es sich um einen Anschlag islamistischer Gruppen handle.

Doch schnell verbreitete sich eine Version, die offensichtlich von Zdeněk und Friedl kam und schon vor dem Anschlag ins Internet gestellt worden war.

Die Forderungen der Öko-Aktivisten, wie sie sich selbst bezeichneten, waren altbekannt, aber neu formuliert:

Kohleausstieg sofort!

Energieversorgung 100% erneuerbar bis 2035 festschreiben. Bloße Absichtserklärungen genügen nicht mehr!

Wir wollen Taten sehen.

Wenn nicht – machen wir weiter!

Junge Aktion Rettet die Welt

Diesmal erhielten sie das Echo, das Zdeněk und Friedl sich erhofft hatten. Auf allen Kontinenten der ganzen Welt wurde berichtet, die Frauenauer Trinkwassertalsperre wurde zum Mittelpunkt der internationalen Berichterstattung.

Für einen Tag! Morgen würde schon wieder eine andere Sau durchs Dorf getrieben werden!

Im Laufe des Vormittags versuchten die verschiedenen Medienvertreter die obskursten Methoden, um an Bilder vom Tatort zu kommen.

Da alle Zugänge zum Damm den ganzen Tag über abgesperrt waren, probierte es die Zeitung mit den

Großbuchstaben sogar mit einem Helikopter. Der Pilot flog so tief, dass der Sturm seiner Rotoren den gerade Mittag machenden Polizisten die hervorragend schmeckenden Pizzen, die sie in einer Sammelbestellung bei der kleinen örtlichen Pizzeria geholt hatten, aus den offenen Schachteln in den See wachelte. Am liebsten hätten die Beamten den Hubschrauber abgeschossen.

Das Bayerische Fernsehen hatte beim zuständigen Staatsanwalt eine Sondergenehmigung zum Drehen erhalten und verbreitete die Bilder vom See, dem Damm, dem Turm und einem der Sprengstoffkoffer in die ganze Welt.

Nur die lokale Reporterin des Bayerwald-Boten schaffte es, dank hervorragender Ortskenntnisse, in einer mehrere Stunden dauernden Wanderung den See von der oberen, der Zuflussseite her zu erreichen. Ihre Bilder waren als einzige „Originalaufnahmen vom Tatort" plötzlich sehr gefragt.

Der Xaver war verhaftet und zur Vernehmung nach Zwiesel gebracht worden. Die Polizei wollte von ihm natürlich vor allem etwas über den Verbleib der Flüchtigen wissen.

Den Max, den Luis und die Rosi hatte die Anke, nach einer längeren Vernehmung, persönlich mit dem Dienstwagen runter nach Frauenau gefahren.

Eva Esterl hatte ihren Mann, als dieser am frühen Nachmittag heim kam, wortlos umarmt. Auch als sie ihn ins Wohnzimmer begleitete und ihm eine Tasse Kaffee reichte, sagte sie nichts. Max Esterl schwieg ebenfalls. Schuldbewusst.

Unausgesprochen standen die Vorwürfe im Raum.

Max sah seiner Frau ins Gesicht, und er sah Tränen in ihren Augen.

„Kruminale, Eva! Ich schwöre…", begann der Ex-Kommissar.

„Keinen Meineid an einem Sonntag, Max Esterl!"

Während der Damm am Stausee- auch dank Max Esterls Hilfe-heil geblieben war, brachen bei Eva Esterl alle Dämme, sie weinte, machte ihrem Mann Vorwürfe, umarmte ihn, um sich gleich danach wieder unter Tränen darüber zu beklagen, dass er ein unheilbarer, notorischer Wiederholungstäter sei und dass sie ihm nie, nie wieder etwas glauben werde.

Das Glück von Max war, dass Eva gestern, nachdem Max und Luis sich verabschiedet hatten, einen Fernsehabend verbracht hatte und früh zu Bett gegangen war.

Als Anke Brandt sie am Morgen um kurz vor sechs mit ihrem Anruf aus dem Schlaf riss und ihr mitteilte, dass der Max wohlbehalten sei, aber vor Mittag nicht wegkomme, war sie zwar aus allen Wolken gefallen, aber ihr war wenigstens die Angst um ihren Max erspart geblieben.

Während Max Esterl auf dem Wohnzimmerkanapee lag und schnarchte, sang Xaver bei der Vernehmung auf der Zwieseler Polizeidienststelle.

Der Fall war inzwischen in die Zuständigkeit des Staatsschutzes übergegangen, dessen Beamte die sonntäglich leere Autobahn A92 von München nach Deggendorf in Rekordzeit heruntergedüst waren und nun zu dritt im kleinen Vernehmungsraum saßen.

Die vierte Person im Raum war Anke Brandt. Xaver hatte darauf bestanden, dass sie dabei war. Seit ihrem gemeinsamen Erlebnis am zweiten Sprengkoffer hatte er Vertrauen zu ihr gefasst. Irgendwie sah er in der kaum zehn Jahre älteren Fränkin Anke Brandt sogar seine Mutter, die er im frühen Kindesalter verloren hatte.

Erst hatten die Beamten aus München kein Verständnis für Xavers Wunsch gezeigt. „Kommt überhaupt nicht in

Frage. Wir drei hier führen die Vernehmung durch und kein anderer."

Aber Xaver hatte sich stur gestellt. „Entweder die Frau Brandt ist dabei oder i sog nix!"

Nach einer Viertelstunde hatte sich die Tür des Vernehmungszimmers geöffnet.

„Wo ist Frau Brandt? Hat sie eine Stunde Zeit?"

Anke Brandt war es recht, dass sie von den Staatsschützern mit in die Vernehmung geholt wurde. Der Xaver war ihr am heutigen Morgen ein wenig ans Herz gewachsen.

Er war kein Terrorist! Im Gegenteil! Durch sein äußerst beherztes Eingreifen, das ihn selber in höchste Lebensgefahr brachte, hatte er eine Katstrophe verhindert.

Die resolute Landpolizeidienststellenleiterin, PHKin Brandt brauchte eine halbe Stunde, um dies den Kollegen vom Staatsschutz beizubringen.

Dann änderte sich deren Ton dem Xaver gegenüber. Auch sie hatten erkannt, dass dieser Bursche kein abgebrühter Terrorist war.

Der Xaver aber machte von da ab reinen Tisch.

Er sah sich nicht mehr verpflichtet, den Zdeněk und den Friedl immer noch zu decken. Sie hatten ihn ausgeschmiert und sie hatten den Tod vieler Unschuldiger in Kauf genommen.

Kap. 34: Vor Sonnenaufgang

Xaver hatte den Staatsschützern auch verraten, dass Zdeněk und Friedl wohl, wie schon beim vorletzten Anschlag, vorhatten, sich in den unendlichen Tiefen des Böhmerwaldes zu verstecken.

Er konnte sich sogar noch erinnern, dass die zwei ihm nach dem letzten Anschlag per WhatsApp ein Handyfoto geschickt hatten, das sie und Lucy vor der Chata zeigte. Das, so freuten sich die Staatsschützer, die sich mittlerweile als ganz in Ordnung erwiesen hatten, würde es den tschechischen Kollegen erheblich leichter machen.

„Wenn sie dort sind, kriegen wir sie auch!“, waren sich die drei Staatsschützer sicher.

Bald schon war ein Ersuchen zur Fahndungshilfe nach Pilsen unterwegs:

„…nach Zeugenaussagen halten sich die beiden Haupttäter, ein Tscheche namens Zdeněk Dvořák und der Deutsche Friedrich Meier, vermutlich in einer Datscha (siehe Foto!) im Böhmerwald versteckt.

Äußerste Vorsicht! Höchste Dringlichkeit!“

Oberst Josef Holub, der für die Sicherheit in Westböhmen zuständig war, machte sich daran, alles für diese Fahndungsaktion zu organisieren, die sicherlich die letzte große in seinem Berufsleben sein würde. Er freute sich, dass dieser hoffentlich krönende Abschluss ausgerechnet im Šumava-Gebiet stattfinden würde. Das war gut. Auch die tschechischen Behörden hatten natürlich großes Interesse daran, diese „Öko-Terroristen“, wie die deutsche Seite sie nannte, zu erwischen. Holub hatte mit diesen Terroristen noch ein spezielles Hühnchen zu rupfen.

Den Böhmerwald anzuzünden, die Šumava, die seit den Zeiten des Schriftstellers Karel Klostermann ein böhmisches

Heiligtum war, kam einem Sakrileg gleich. Noch dazu in der Umgebung von Srní, dem Zentrum der Klostermann-Verehrung, dort, wo des Dichters Vorfahren herstammten, wo er jede Minute seiner Freizeit verbracht hatte und wo viele seiner Romane und Geschichten handelten.

Josef Holub freute sich über den Auftrag. Noch heute Abend würde er im Böhmerwaldparadies Klostermanns den Terroristen die Hölle bereiten. So wahr er Pepi Holub hieß.

Erst aber musste nach dem Standort der Chata gesucht werden. Das sollte aber, dank des vorliegenden Fotos, kein allzu großes Problem sein. Pepi Holub hatte gute Bekannte im Šumava-Gebiet. Es gab darunter zwei, drei Spezialisten, die jeden Winkel des Böhmerwaldes kannten.

***

Schon kurz nach Beginn des nächsten Tages, um null Uhr fünfzehn, machte sich Holubs Sondereinsatztruppe in fünf Mannschaftstransportern auf den Weg von Plzen über Klatovy und Sušice in die Šumava. Oberst Holub wollte bei seiner letzten großen Operation nichts dem Zufall überlassen.

Um drei Uhr nachts war das Zielobjekt schon weiträumig umstellt. Es lag, wie Oberst Holubs Gewährsperson richtig angegeben hatte, ganz einsam mitten im Wald. Die nächste halbe Stunde zog sich die Schlinge zu, die Polizisten hatten sich von allen Seiten Schritt für Schritt fast geräuschlos auf die Chata hingearbeitet.

Die schwarzgekleideten, mit Schutzwesten und Helmen versehenen SEK-Leute warteten darauf, dass ihr Einsatzleiter das vereinbarte Signal geben würde. Vier Uhr zwei hatte Oberst Holub zum Zeitpunkt ihres Losschlagens bestimmt. Nicht vier Uhr eins und auch nicht vier Uhr drei!

Oberst Holub lächelte, als er an diese Zahlen dachte. Der zweite April war sein Geburtstag, er war ein Widder, also ein starker Charakter. Vier Uhr zwei! Das würde ihm Glück bringen bei seiner letzten Aktion.

Natürlich hatte der Oberst diesen Zeitpunkt nicht irgendwie rein willkürlich bestimmt. Wenn er zum Beispiel am siebten Juni Geburtstag gehabt hätte: Sechs Uhr sieben oder gar sieben Uhr sechs, das hätte nicht mehr gepasst, da wäre es schon zu hell gewesen. Der Oberst lächelte noch einmal versonnen. Dann schaute er auf seine Armbanduhr. In einer halben Minute war es so weit.

Währenddessen schliefen die drei Öko-Terroristen Zdeněk, Lucy und Friedl noch tief. Die letzten Tage hatten, besonders für Zdeněk und Friedl, ganz erheblichen Stress bedeutet. Die zwei Nächte im Stollen, das untätige Herumsitzen, der unruhige Schlaf im Schacht, auf dem blanken Boden und dann der flotte Marsch am Sonntag früh hinauf bis zur Grenze und danach hinüber zu ihrer Chata, wo sie von Lucy schon erwartet wurden.

Die Enttäuschung, als sie um vier Uhr vierundvierzig keine Detonationen gehört hatten, war riesig gewesen. Sie waren da noch nicht besonders weit vom Stausee entfernt gewesen und hatten extra Halt gemacht, um alles mitzubekommen.

Was hatte da nicht geklappt? Was war dazwischengekommen? Hatte der Axel etwas falsch berechnet? Hatte der Xaver, obwohl sie ihm genau auf die Finger geschaut hatten, irgendetwas manipuliert? Die Öko-Terroristen hatten sich keinen Reim auf die durch keine Explosion gestörte Sonntagmorgenruhe machen können und waren enttäuscht weiter Richtung Grenze marschiert. Der seit alters her „Judenweg“ genannte Steig hatte sie in den „Judenwald“ hinüber nach Böhmen geführt.

Nicht einmal der Sonnenaufgang, den sie oben auf der fast ebenen Hochfläche hinter dem Rachel in seiner ganzen Pracht erlebt hatten, konnte die Umweltterroristen aufheitern. Ihre rabenschwarzen Gedanken begleiteten sie auf ihrem Weg in die nicht mehr allzu weit entfernte Chata.

Lucy hatte ihnen sofort angesehen, dass etwas nicht so funktioniert hatte, wie geplant.

Als sie später dann die Nachrichten gehört hatten, war ihnen zwar klar geworden, dass etwas an ihrem Plan schiefgegangen war. Weil aber diese Nachrichten noch ziemlich verworren geklungen hatten, konnten sie sich keinen rechten Reim darauf machen.

Erst im Laufe des Tages bekamen sie über die Radionachrichten mit, dass ihr „Terroranschlag in letzter Sekunde vereitelt" werden konnte.

Ihren Ärger hatten sie mit Bier und Schnaps hinuntergespült. Beides war in der Chata reichlich vorhanden gewesen.

***

Noch zwanzig Sekunden, noch zehn, neun, acht, sieben, sechs, fünf, vier, drei, zwei, eine…

Vier starke Scheinwerfer, von jeder Himmelsrichtung einer, machten die zwielichtige Šumava-Morgendämmerung zum hellsten Tag. Schwarze, schwerbewaffnete Gestalten in kugelsicheren Westen stürmten geduckt auf die Chata zu, deren zwei Türen gleichzeitig mit jeweils einem Sprengsatz geöffnet wurden, danach flogen Nebelgranaten in das Innere und die SEK-Leute drangen weiter vor.

Die völlig überraschten Öko-Terroristen hatten keine Chance und sie wussten das auch sofort, als sie aus ihrem tiefen Morgenschlaf gerissen wurden. Barfuß, in Unterhosen und Unterhemd, Lucy trug ein T-Shirt, das ihr fast bis zu den Knieen reichte, kamen die drei mit hinter den Köpfen verschränkten Händen aus dem Eingang gestolpert. Sie wurden jeweils von einem der Schwarzgekleideten abgeführt oder vielmehr in die Richtung der Einsatzwägen vorwärtsgestoßen, bis sie von den Kollegen an den Bussen in Empfang genommen und mit Handschellen ausgestattet wurden.

Oberst Holub schaute auf seine Uhr:

Výborně! Die eigentliche nächtliche Verhaftungsaktion hatte keine zehn Minuten gedauert. Oberst Holub war zufrieden. Die Öko-Terroristen hatten seiner Berufslaufbahn einen schönen, einen würdigen Abschluss beschert.

Die drei Festgenommenen wunderten sich auf alle Fälle, dass der Kommandeur der Truppe, ein gesetzter älterer Herr mit einem ziemlich gediegenen Bauch, sie alle drei mit einem Lächeln und einem Handschlag begrüßte, und sie mit ihm für ein Gruppenfoto posieren mussten, bevor sie in einen der Mannschaftsbusse verfrachtet wurden.

Kap. 35: Der Held vom Stausee

Natürlich war der Xaver zunächst in U-Haft gekommen. Das Abitur nach diesem Schuljahr konnte er sich abschminken. Das tat vor allem seinem Großvater Luis weh.

Der Xaver nahm es mit Gleichmut. Er war froh, dass er einigermaßen unbeschädigt aus der Kiste herausgekommen war und dass er nicht mehr auf dem Gewissen hatte, als ein paar Hektar Wald. Dass er die Rosi, seine große Liebe, nur zu den Besuchszeiten sehen konnte, war für den Xaver das Schlimmste an seiner Haft.

Freilich wartete ein Prozess auf ihn, womöglich sogar eine Gefängnisstrafe, darauf hatte ihn sein Verteidiger schon hingewiesen.

Aber der Xaver war ein Held geworden. Ein Held, der eigentlich für die gute Sache kämpfte, jedoch durch den Einfluss böser Elemente vom richtigen Weg abgekommen war. Das war ein Stoff für die Öffentlichkeit.

Zeitungen fragten um Interviews an, regionale Sender, Talkshows, alle wollten sie den Xaver groß herausbringen.

Xaver war jetzt der „Held vom Trinkwasserspeicher". Das Problem war allerdings, dass der Xaver in U-Haft saß. Bis zum Ende des Prozesses waren schon längst wieder andere Helden gefunden.

Eine Reportage wurde allerdings gedreht. Mit dem Luis.

Wie die Fernsehleute es geschafft hatten, den Luis zum Mitmachen zu bewegen, konnte keiner in Frauenau sagen.

Er machte aber seine Sache so gut und vertrat sogar die Öko-Positionen vom Xaver so überzeugend, dass seine Sängerfreunde ihn nach der Singstunde damit aufzwickten. Sie schlugen vor, nachher noch ins Gistl zu gehen. „Des is doch dei neies Stammlokal, oder, Luis? Du Oberaktivist, du greana!“

Damit konnte der Luis leben. Hauptsache der Xaver war so halbwegs heraus aus der Sache.

Der Xaver wurde also für kurze Zeit zum Helden, obwohl er selber das gar nicht so wollte. Sein eigentliches Anliegen und das der Öko-Aktivisten aber ging unter.

Jetzt musste es auch noch den Öko-Terrorismus geben, schrieb die Presse, als ob nicht der islamistische und der Terror von rechts schon reichten. Nach wie vor aber war niemand bereit, Konsequenzen zu ziehen. Keiner der Politiker hatte eine Zusage gemacht, alle sprachen davon, dass Staat und Gesellschaft nicht erpressbar seien. Alles machte so weiter wie bisher.

Naja ganz so, wie es schien, war es nicht: Die Polizeidienststelle in Zwiesel bekam als erste Polizeistation in Niederbayern ein Elektroauto. Mit dem fuhr allerdings kein Beamter gerne. Wenn man mit Blaulicht und Sirene und Tempo Hundert bis zum Brennes am Fuße des Großen Arber hochbrettern musste, dann konnte es passieren, dass man retour schon auf die Heizung verzichten musste.

Sonst wäre man nicht einmal mehr den Hügel zur Zwieseler Polizeistation hinaufgekommen.

Nach acht Tagen war der Wirbel um den Anschlag schon wieder vergessen. Ein misslungener Terroranschlag gab eben nicht so viel her.

Ja, wenn es zwanzig Tote gegeben hätte…

Nach zwei Wochen U-Haft wurde der Öko-Aktivist entlassen, da weder Flucht- noch Verdunklungsgefahr bestand.

Rosi und Luis holten ihren Xaver ab.

Kap. 36: Weihnachtsfeier im Xangverein.

Der Tisch, an dem Eva und Max Esterl saßen, war schön mit Kerzerln, Tannengrün und roten Schleiferln dekoriert. Die Sangesbrüder und ihre besseren Hälften lehnten sich zurück und lobten den Hirschbraten, den ihnen der Wirt ihres Sängerlokals, ein passionierter Jäger, vorgesetzt hatte. Die Bedienung machte ihre Runde zum Abservieren und nahm gleichzeitig die Bestellungen derer auf, die unbedingt noch ein Verdauungsschnapserl brauchten.

Alle waren zufrieden.

Bevor die Kellnerin die Schnäpse servierte, hatte der Vereinsvorstand das Wort ergriffen, ein Tenor, dem man schon vom Körperumfang her ein großes Stimmvolumen zutrauen konnte.

Nach einigen Ordnungsrufen kehrte Ruhe im Raum ein und der Vorstand konnte sein Resumee halten.

Das Vereinsjahr der Frauenauer Sänger hatte schlimm begonnen. Wegen der Corona-Pandemie durften keine Proben in geschlossenen Räumen abgehalten werden, alle öffentlichen Veranstaltungen waren abgesagt, man durfte sich nicht einmal mehr privat treffen: Das Vereinsleben war vollkommen zum Stillstand gekommen.

Erst mit dem Fortschreiten der Impfungen und nach dem dritten Lockdown hatte sich die Situation einigermaßen entspannt.

Wegen des hohen Durchschnittsalters der Sänger musste man Angst haben, dass einige sich, nach der monatelangen Zwangspause, verabschieden und aus dem aktiven Sängerleben ausscheiden würden.

„Hinkts – aber singts!!“, rief der Vorstand, der seine Rede bisher ziemlich emotionslos vorgetragen hatte, seinen Sängerkameraden zu.

„Nur net auslossn!", waren sich auch die Vereinsmitglieder einig, und auf einen Wink des Vorstands eilte die Kellnerin mit den bestellten Schnäpsen herbei.

Nachdem alle ihr Glaserl in der Hand hielten, stimmte der Dirigent einen Trinkspuch an. Aus zwanzig Männerkehlen erklang eine der Trinkerhymnen, wie sie in geselligen Runden in früheren Zeiten sehr beliebt waren.

Heute hörte man sie nur noch selten. Max Esterl gefiel sie. Schon bei der ersten Wiederholung stimmte er mit ein:

„Vergesset auf das Trinken nicht! Nein, nein!"

Bei der Schlusszeile, die auf „Wohl bekomme uns der Tropfen" endete, hoben alle ihre Stamperl und schütteten deren Inhalt nach dem letzten wohlklingenden Akkord in einem Zug hinunter.

Das war das Ende des offiziellen Teils der Feier.

Ab jetzt aber interessierte die Sänger nur eins:

„Luis, wie ist es denn ausgegangen, mit dem Xaver? Erzähl doch!"

Gestern war der Prozess gegen die Öko-Terroristen, wie sie seit einiger Zeit in der Öffentlichkeit genannt wurden, beim Landgericht Deggendorf zu Ende gegangen.

Heute früh war zwar schon ein großer Artikel darüber im Bayerwald-Boten gestanden und auch die Rundfunk- und Fernsehsender hatten berichtet, aber wenn man schon einen direkten Angehörigen und zwei am Geschehen Beteiligte am Tisch hatte, dann wollte man natürlich die Geschichte aus erster Hand erfahren.

„Eigentlich wollt ich nichts sagen", begann der Luis, sein Schnapsglas zwischen den Fingern drehend, „aber bevor ihr die Geschichte durch den Dorftratsch erfahrt, erzähle ich sie lieber selbst. Dann stimmt wenigstens alles."

Das Raunen der Zuhörer bedeutete Zustimmung.

Luis fuhr, an Max Esterl gewandt, fort: „Du musst mir halt helfen, Max, wenn ich alter Esel etwas vergesse. Hast uns schon so viel geholfen, der Rosi, dem Xaver und mir.“

Dankbar schaute der Luis hinüber zum Max, der am anderen Tischende saß und nickte.

Luis stellte sein Schnapsglas auf den Tisch und nahm stattdessen sein Weißbierglas zur Hand. Irgendetwas brauchte er wohl, an dem er sich festhalten konnte.

„Also“, begann er, „gestern ist die Verhandlung in Deggendorf zu Ende gegangen. Die Haupttäter, der Zdeněk und der Friedl haben jeweils drei Jahre und acht Monate gekriegt. Die hat es ganz schön erwischt. Und mein Xaver…“ Schon bei dem Gedanken an den Ausgang des Prozesses kamen dem Alten die Tränen.

Luis wischte sich verstohlen die Bettl von der Wange und wandte sich an Max: „Des mit der Begründung, des muaßt ejtz du erklärn, Max, da kenn i mi net a so aus.“

Der Ex-Kommissar übernahm.

„Während dem Essen haben einige von euch mich schon Verschiedenes gefragt und ich hab alle um Geduld gebeten. Ich hab mir aber eure Fragen gut gemerkt und ihr kriegt jetzt die Antworten darauf.“

Max lachte ein wenig. „So weit ich Antworten weiß.“ Der Luis setzte sich. Es war still im Raum. Alle warteten gespannt auf die Erklärungen des Ex-Kommissars, der sich vorkam, wie auf einer Pressekonferenz während seiner Dienstzeit.

„Also, erstens: Der Prozess hat, wie ihr ja wisst, in Bayern stattgefunden und nicht in Tschechien. Darauf haben sich die Behörden der beiden Länder geeinigt. Zwar haben die Terroristen drüben im Böhmerwald einen schwer und einen lebensgefährlich Verletzten hinterlassen, aber der letzte Anschlag auf den Staudamm, der hätte noch weit schlimmere Folgen haben können."

„Und der Brand am Hahnenbogen, der war ja auch nicht grad a Feuerl!", warf einer der Bässe dazwischen.

„Ejtz trinkmaramoi auf de zwää, de wo am Staudamm Schlimmeres verhindert haben", ließ sich der Vorstand vernehmen und hob sein Glas. Die Versammlung folgte ihm bereitwillig.

Max setzte sein Bierglas ab und stellte es auf den Tisch.

„Der Luis hat es ja schon gesagt. Die zwei Hauptangeklagten haben jeweils knapp über dreieinhalb Jahre gekriegt.

Die Hauptanklagepunkte waren:

Gründung einer terroristischen Vereinigung.

Schwere Brandstiftung in zwei Fällen.

Fahrlässige schwere Körperverletzung."

Hier unterbrach eine der Sängerfrauen:

„Darf ich fragen, Herr Esterl, wie es den Verletzten geht?"

„Da haben die Terroristen Glück gehabt. Die beiden Tramps sind wieder gesund und sie haben beim Prozess ausgesagt. Viel haben sie aber nicht gesagt. Die waren ziemlich dicht in der fraglichen Nacht."

Allgemeines Gelächter. Die Tschechen waren halt doch den Bayern sehr ähnlich. Ein gescheiter Rausch galt seit jeher hüben wie drüben als Statussymbol.

„Das Glück für den Xaver war, dass er in Srní nicht direkt dabei war. Sonst wär´s nicht so gut für ihn ausgegangen!", ließ sich der Luis vernehmen, dem natürlich vor allem daran gelegen war, seinen Enkel auch vor seinen Freunden reinzuwaschen. „Dem Xaver hat man bloß Beihilfe zur Brandstiftung vorgeworfen. Alles andere ist durch sein Eingreifen oben am Staudamm aufgewogen worden: Dadurch, dass er am Staudamm bei der Vorbereitung der Tat beteiligt war, konnte er später die Sprengladungen überhaupt erst entschärfen. Die Frau Brandt, die Polizeichefin in Zwiesel, die hat ihn mit ihrer Aussage ziemlich herausgeboxt, der kann mein Xaverl gar nicht genug danken."

„Dass der Xaver auch am Staudamm ursprünglich bei der Terrortruppe aktiv gewesen ist, das hat ihm die Staatsanwältin nur deshalb nachgesehen, weil der Xaver schließlich auch sein Leben und seine Gesundheit aufs Spiel gesetzt und uns alle gerettet hat, unser Turmspringer." Max grinste.

„Fünfzig Meter ist er da runtergesprungen!" Schon hatte einer der Sänger die wirkliche Sprunghöhe mehr als verdoppelt.

„Fuchzg Meter!", rief ein anderer Sänger dazwischen, „da hätts eahm ja s´Sackl zrissn! Des kann aber net sei!", prustete er drauf los. „D´Rosi kriagt doch a Kind."

Alle wandten sich überrascht dem künftigen Urgroßvater zu und gratulierten. Der Luis gab eine Runde aus.

„Wohl bekomme uns der Tropfen!"

Nachdem die Sänger durch ein langgezogenes Aaah ihr Wohlbefinden bekundet und ihre Gläser scharf auf den Tisch gestellt hatten, begann die nächste Runde der Konferenz.

„Ein Jahr hat er gekriegt, der Xaverl. Auf Bewährung. Stimmt das?"

„Ja, das stimmt", antwortete Luis. „Und die Tschechin, die Freundin vom Friedl, die…, die…"

„Lucy", ergänzte Max. „Die hat auch ein Jahr auf Bewährung bekommen und die Rosi ist mit einer kleinen Auflage freigesprochen worden. Die hat der Xaver herausgehalten und auch der Rosi hat die Anke Brandt ein gutes Zeugnis ausgestellt. Der Zdeněk und der Friedl haben weder die Rosi noch den Xaver besonders belastet, die haben eigentlich das Meiste auf sich genommen."

„Ja, das stimmt", ergänzte wieder der Luis, „die zwei waren beim Prozess ganz in Ordnung, die haben Reue gezeigt."

„Eine gute Sozialprognose, so heißt das in der Fachsprache."

Max machte eine Pause und schaute in die Runde.

Der Luis wollte noch etwas sagen.

„I möcht´ mi na bei dir bedankn, Max. I woaß net, wias ohne di heit bei uns ausschau dat. Des waar a Weihnachtn woarn! Naz Leit!"

Dem Max war es zuwider, dass er plötzlich im Mittelpunkt stand.

„Mögst no an Schnaps?", lenkte er von sich ab.

„Jaa!", tönte es aus vielen Kehlen, der Vorstand erhob sich, als die Kellnerin die Gläser brachte, spontan von seinem Platz. Mit ihm rumpelte die ganze Sängerschar in die Höhe, sodass zwei oder drei Stühle flogen. Diesmal folgte kein Trinkspruch, sondern der unvermeidliche vierstimmige Sängerspruch:

„Am Rachelhang im Flanitztal,
klingt unser Lied mit frooohem Schall!"

Konec--Ende

Anmerkungen:

Natürlich wird in Frauenau eine dem Mittelbairischen zugehörige Variante des Waidlerdialekts gesprochen. Zum Glück sogar noch ziemlich unverfälscht.

In einigen Passagen habe ich meine Waidler auch in ihrem Dialekt sprechen lassen; manchmal habe ich ihre Worte sogar übersetzt.

Da dies aber auf die Dauer für den unkundigen Leser zu anstrengend und für den Dialektsprecher zu nervig ist, habe ich die meisten der Dialoge in umgangssprachlichem Deutsch wiedergegeben.

Ossi Heindl

Dankesworte:

Mein Dank gilt diesmal in erster Linie den Frauenauern, die meine Frau und mich nach unserem Umzug so überaus freundlich willkommen hießen, und da wiederum besonders den Radlrentnern und dem Männergesangsverein (ja, die beiden gibt es wirklich!), die mich, wie im Krimi beschrieben, ganz selbstverständlich in ihrer Mitte aufgenommen haben.

Auch dem Auerer Gemeinderat und Herrn Altbürgermeister Schreiner danke ich: Es ist schön, dass Ihr mich im Karl-Klostermann-Weg wohnen lasst!

Besonders danken möchte ich all meinen Zwieseler Freunden und Bekannten, die mich fast sieben Jahrzehnte begleitet haben und mir hoffentlich auch nach meinem familiär bedingten Wegzug die Treue halten.

Einer dieser Freunde hat mich mit den Worten verabschiedet, dass sich Zwiesels Chancen beim Wettbewerb „Unser Dorf soll schöner werden“ durch meinen Ortswechsel erheblich verbessert haben…

Natürlich danke ich auch meiner Familie, die mich beim Schreiben so großartig unterstützt, meinen Töchtern Elisabeth und Magdalena, meinem Schwiegersohn Andreas und meiner Frau Conny für die Lektorendienste, Mag. Gusta Kralova für die Übersetzungen, meinem Freund und Fehlerfischer Hans Pongratz für die sorgfältige Korrektur und dem Schopf Hans vom Ohetaler Verlag, der das Buch in die richtige Form gegossen hat. Nicht vergessen möchte ich Dr. Jiří Šourek vom Euroverlag in Pilsen mit seinem Team.

Dass der zehnte Max-Esterl-Band vor dem neunten erscheint, hat mit der Corona-Pandemie zu tun. Der neunte Band war schon konzipiert und zum kleineren Teil auch geschrieben. Um diesen Krimi beenden zu können, hätte ich noch eine oder zwei Wochen in der Fremde recherchieren und mich inspirieren lassen müssen, Das war wegen des Lockdowns nicht mehr möglich.

Ich verspreche aber, dass ich mich, sobald man wieder verreisen und auch in ein Wirtshaus gehen darf, sofort an die Arbeit mache. Kruminale!

Ihr Ossi Heindl

Der Autor Ossi Heindl

Ossi Heindl verbrachte seine Kindheit und Jugend in Zwiesel im Bayerischen Wald.

Nach dem Abitur am Gymnasium Zwiesel (1970) und Studien- bzw. Referendariatsjahren in München und Würzburg kehrte Heindl als Religions- und Deutschlehrer ans Gymnasium Zwiesel zurück.

Von 1986 bis 2012 war Ossi Heindl Schulleiter am Berufsbildungszentrum des Mädchenwerks in Zwiesel.

Der Autor ist verheiratet, hat zwei Töchter und fünf Enkel, denen er möglichst oft Geschichten erzählt.

Seine Leidenschaften sind denen des Max Esterl sehr ähnlich: Schafkopfen, Sport treiben, Musik, Natur erleben und Lesen, besonders gern natürlich die Werke Karl Klostermanns.

Seit seiner Pensionierung ist bei Ossi Heindl
noch das Schreiben hinzugekommen.

Foto: Conny Heindl

Sollten Sie auch kennen ...

Ossi Heindl
Max Esterl
und die Schilderspaxer
Max Esterls dritter Fall
Ein Böhmerwaldkrimi
diesmal mit Leiche

Ossi Heindl
Max Esterl
und das drumherum
Max Esterls vierter Fall
Ein Böhmerwaldkrimi

Ossi Heindl
Max Esterl
und die Mumienkammer
Max Esterls fünfter Fall
Ein Böhmerwaldkrimi

Ossi Heindl
Max Esterl
und das Wolfauslassen
Max Esterls sechster Fall
Ein Böhmerwaldkrimi
Ohetaler Verlag

Ossi Heindl
Max Esterl
und der Waldprophet
Max Esterls siebter Fall
Ein Böhmerwaldkrimi
Ohetaler Verlag

Ossi Heindl
Max Esterl
und das Virus
Max Esterls achter Fall
POLICIE ČR
Ohetaler Verlag